Six mois avec toi !

Six mois avec toi !

Éditeur : BoD-Books on Demand

12-14 rond-point des Champs-Élysées, 75008 Paris

Impression : Books on Demand, Norderstedt, Allemagne

Illustration : Frédérick Flachat - Graphiste

ISBN : 9782322182169

A tous les Liam,
et surtout à mon mari
qui a toujours été là pour moi.

1. TOUT COMMENCE !

Je ne sais pas ce qui m'arrive, cet inconnu a ses mains autour de mon visage et je reste plantée là comme une idiote sans réagir. J'ai mes yeux plongés dans ce regard caramel et je n'ai aucune envie de m'en sortir. Mes mains se posent malgré moi sur ses hanches et il ne sourcille pas. Son pouce effleure légèrement ma lèvre et un courant électrique me traverse de part en part. J'humecte mes lèvres avec ma langue et celle-ci frôle son doigt. Ce geste que je réalise plusieurs fois par jour devient terriblement sexy. Ses yeux s'enflamment et je sais à cet instant que je suis foutue. Il faut que je me sorte de ma léthargie, mais son visage s'approche du mien et son regard dévie vers mes lèvres. Je ne peux m'empêcher de regarder les siennes et elles sont tellement appétissantes, j'ai envie de les goûter. Mes mains remontent sur son torse et nos lèvres s'effleurent lentement. On se teste, se goûte, notre baiser est hésitant, il recule juste assez pour me regarder comme pour me demander la permission. Je me jette sur ses lèvres sans aucune retenue, je ne me reconnais pas dans cet acte, mais je ne peux pas m'en empêcher. Un barrage se rompt et nous devenons déchaînés. Ses mains se font plus impatientes, il arrache plus qu'il détache mon chemisier. Je passe les miennes sous son polo et je rencontre son petit ventre parfait. J'en veux encore plus, l'urgence m'envahit, sans hésitation je lui retire son haut. Nos lèvres se détache à peine une seconde avant de se rejoindre dans un baiser encore plus profond. Nos langues s'emmêlent, nos lèvres sont rougies et gonflées par la violence de notre désir. Nos pantalons rejoignent très rapidement le reste de nos vêtements. Je reste debout devant lui, en prenant conscience que je suis nue devant un inconnu. Il est tout proche de moi, ses yeux plongent dans les miens et il doit lire toute l'hésitation qui me gagne. Il m'attrape par les hanches, je remarque son parfum qui m'enivre et la tête me tourne. Je pose une main sur son torse et l'autre sur sa hanche, il baisse la tête et nos lèvres se rejoignent avec délicatesse. Un baiser doux comme une plume. Sa bouche quitte la mienne pour m'embrasser juste dessous l'oreille, je frémis. Il me chuchote quelques mots que je ne prends pas la peine de comprendre. Il m'attrape la main et m'attire vers le lit où il m'allonge avec une délicatesse insoupçonnée.

La nuit a été très courte et très torride. J'ai mal partout et je ne suis pas sûre que je pourrai marcher avant un long moment. Mais qu'est-ce qui m'a prise de coucher avec cet homme ? Mon regard se pose sur un emballage de préservatif, puis un autre et encore un autre. Je me cache les yeux avec mes mains, j'ai honte de moi, je n'ai pas couché une fois avec lui, mais cinq fois. Je remonte les draps sur ma poitrine et je réalise que je suis seule dans la chambre. Cela fait cinq minutes que je suis réveillée et sa place est toujours chaude, il a dû aller à la douche. Aurai-je le courage de le rejoindre ? La question m'effleure à peine l'esprit que la porte s'ouvre délicatement. Je vois un chariot rentrer dans la chambre puis mon amant d'un soir. Il est vêtu d'un jeans noir et il est torse et pieds nus. Ses cheveux bruns sont encore mouillés et en bataille. C'est indécent d'être aussi sexy. Nos regards se croisent et je ne sais pas comment je vais sortir de cette chambre. Je le détaille sans vergogne de la tête aux pieds. Ces épaules solides, ses bras forts et doux à la fois, ses mains fermes et expertes, mon regard remonte vers son torse. Il est parfait, chaque ligne est dessinée avec précision. Je descends sur son ventre et cette ligne de poils qui descends sous son jeans, je salive. Je le dévore du regard et sa voix suave me sort de ma rêverie

- Tu comptes une nouvelle fois me dévorer ou on peut déjeuner avant, me dit-il malicieusement.

J'ouvre la bouche, la referme, je passe ma langue sur mes lèvres et d'une voix presque imperceptible, quasi inconnue, je l'informe de mon appétit. Il attrape le plateau et vient se poser à côté de moi. Ce dernier est bien garni : café, thé, jus de fruits, raisins, fraises, pamplemousses, viennoiseries, pains, beurre, confiture … Je ne pourrai jamais avaler tout ça. Je me sers du thé avec un pain au chocolat et quelques fraises. Je le vois m'observer et suivre tous mes gestes, s'il continue je ne pourrais jamais rien avaler. Il attrape sa tasse et se verse du café, ses yeux se détachent de moi. Je respire de nouveau. Je porte la tasse à mes lèvres, mais sa question me coupe.

- Suis-je qu'un plan d'un soir pour toi ?

Il est culotté lui, il pourrait me laisser boire mon thé avant de m'expédier. Je reste muette, je plonge mes lèvres dans ma tasse et le regarde du coin de l'œil. Il insiste, le bougre !

- C'est juste que j'aime savoir où je mets les pieds. Si pour toi, c'est un One Shot, pas de soucis, je comprends. On ne se connaît pas après tout.

Je vois sur son visage qu'il est au supplice, il me fait de la peine. Est-ce que je veux une relation sérieuse avec lui ? J'en ai aucune idée. C'est vrai qu'il est beau et que c'est un dieu au lit, mais je ne connais même pas son prénom. Je croque dans une fraise et ses yeux se posent sur ma bouche qui croque le fruit juteux. Je ne sais pas quoi répondre, alors je me tais. Je croque dans une deuxième fraise quand je manque de m'étouffer par la suite de son monologue.

- Écoute, tu me plais... beaucoup et au lit on est plutôt bon, alors laisse-moi ma chance. Laisse-moi juste six mois, si dans six mois, tu ne m'aimes pas. Je te rends ta liberté.

- Je suis ta prisonnière ?

- Pour six mois me répondit-il avec un sourire coquin et les yeux qui pétillent.

J'agrippe ma tasse et je plonge une nouvelle fois le nez dedans. C'est vraiment un étrange personnage, un étrange personnage terriblement sexy.

Le nez collé à la vitre du taxi qui me ramènent chez moi, je me demande ce qui m'a prise d'accepter sa proposition. Je suis folle d'accepter de me faire séquestrer part un total inconnu pendant six mois. Je m'interroge et je ne vois pas le taxi qui s'arrête le long du trottoir en bas de mon immeuble. Le chauffeur me fait sursauter en me demandant de régler la course. Je lui tends deux billets et me précipite dans le hall de mon immeuble. Je salue de la main le gardien qui me sourit à travers le plexiglas qui nous sépare. J'hésite une seconde avant de me jeter dans les escaliers, j'ai besoin de réfléchir et les trois étages à grimper me fera le plus grand bien. J'arrive devant ma porte, les clefs à la main et je n'ose pas entrer. Je sais que Félicie m'attend et que je ne vais pas couper à un interrogatoire en règle. Ma colocataire et meilleure amie a toujours lu en moi comme dans un livre ouvert. Je diverge et pense à m'enfuir quand elle ouvre la porte avec un sourire que je connais trop bien. Elle est affamée et elle ne va pas me lâcher, il faut vite que j'aille me cacher dans ma chambre. Félicie me laisse entrer et je cours dans ma chambre, m'assoie sur mon lit avant de sortir ma grosse valise. Ma meilleure amie rentre et son sourire carnassier est toujours là, elle va faire de moi qu'une seule bouchée.

- Alors Lola, où étais-tu passée ? On t'a cherché dans le club, mais tu avais disparu.

- Je suis rentrée et je me suis couchée, je baisse les yeux ne croyant pas à mon mensonge.

Hum et cette valise, c'est pour ...

- Je vais chez mon père pour quelques jours, je mens encore.

- Arrête Lola, tu es toute rouge et je vois très bien que tu me mens, aller raconte-moi ce qui s'est passé avec le beau mec de la soirée. (Félicie s'assoie à côté de moi avant d'enchaîner) Je ne te lâcherai pas tant que tu ne m'auras pas tout déballé et n'oublie pas les détails.

- Fé, soupirais-je, *je ne sais pas ce qui m'a pris. Ce mec est un dieu du sexe et il est tellement sexy. On a passé la nuit à faire l'amour, j'ai des bleus partout et des muscles insoupçonnés qui me font souffrir.*

Ma meilleure amie en reste bouche bée, moi la plus sage du groupe, la plus sérieuse ... Je décide de lui donner le dernier coup de massue en lui racontant la suite et surtout « l'arrangement » que j'ai conclu. Félicie tombe sur mon lit, les bras en étoile et jure. Je crois que malgré la folie de mes actes, elle m'envie. Elle qui n'a eu que des mecs toxiques, des coups d'un soir collants ou des petits amis qui ne supportent pas la rupture. Je finis ma valise sous les yeux de ma colocataire qui n'a rien dit depuis que je lui ai tout raconté, finalement est-ce qu'elle me juge ? Je ne sais pas du tout quoi prendre comme vêtements, alors je prends presque la totalité de mon armoire et ma valise ne ferme plus. On s'assoie toutes les deux dessus et tant bien que mal, on réussit à la fermer à grand coup de rire. Elle va me manquer, son regard moqueur et son grain de folie vont me manquer. Je pourrai la voir, c'est juste que je n'habiterai plus ici pour les prochains six mois. Je la regarde et il est temps pour moi de partir, mon bel inconnu doit déjà m'attendre en bas de l'immeuble. Je la serre contre moi et les mots restent bloqués dans ma gorge, une larme coule sur ma joue et je la chasse avant qu'elle ne la voit. Félicie me chuchote de m'éclater, de profiter et me dit encore toutes ces choses rassurantes et hilarantes dont elle a le secret. Je lui promets d'être prudente et de continuer de payer ma part pour l'appartement. Elle secoue la tête, un sourire sur ses lèvres et elle m'embrasse sur les deux joues. Mon téléphone sonne brisant cet instant d'amitié et d'émotion. C'est un numéro inconnu, je regarde ma meilleure amie et elle me prend le téléphone des mains pour répondre. Ses yeux se mettent à briller et elle fait mine de s'éventer exagérément. Je mets une main sur ma bouche pour ne pas éclater de rire tellement qu'elle est hilarante, mais une phrase attire mon attention et je me fige. Félicie parle à mon inconnu sexy en diable et elle continue de faire de grands gestes avec une voix de diva. Il va la prendre pour une folle, je me ressaisie et j'essaie de lui prendre le téléphone, mais sans prévenir elle raccroche. Je sens le rouge me monter aux joues, mais qu'est-ce qu'elle a fait ? Pourquoi je me sens si irritée qu'elle lui a parlé, serait-ce de la jalousie ? Elle me tend mon téléphone, triomphante et me lance :

- *Tu n'avais pas mentionner qu'il avait une voix à faire mouiller les petites culottes,* s'exclame-t-elle.

- *Il a dû te prendre pour une folle,* m'agaçais-je en attrapant ma valise pour sortir de ma chambre.

- *Tu ne veux pas savoir ce qu'il voulait ?*

- *Il m'attend en bas de l'immeuble et veut que je me dépêche ?*

- *Non, il pourra pas venir, il t'envoie sa voiture. Victor t'attend en bas et il a dit que tu peux prendre ton temps.*

Elle a les yeux brillants de malice, qu'est-ce que je l'aime cette folle qui partage ma vie depuis des années. Je la sers une dernière fois dans mes bras et je pars vers une nouvelle aventure. Avant de sortir de l'appartement, je lance un regard circulaire à la pièce et mon cœur se serre. J'ai bien l'impression que je ne reverrai pas mon petit chez moi avant un moment. Je ferme la porte et décide de me diriger vers l'ascenseur, mon sac sur l'épaule et ma valise qui roule péniblement tellement qu'elle est chargée.

Je sors, la nuit commence à tomber et le froid qui l'accompagne me mort les joues. Je remonte le col de ma veste et je suis à la recherche d'une voiture, mais je ne vois rien qui pourrait correspondre. Il n'y a pas grand monde dans la rue, il n'est peut-être pas encore arrivé finalement. Je regarde des hommes en salopette bleue décharger un camion de déménagement au bout de la rue. Mon regard est attiré par une limousine qui se gare en face de moi. Un homme d'un certain âge en descend et il s'approche de moi en me fixant. Je me demande ce qu'il peut bien me vouloir, il cherche peut-être son chemin. A quelques pas de moi, il me demande si je suis bien Lola et il se présente en tant que Victor, chauffeur de Monsieur Delmillo. J'en reste comme deux ronds de flan. Mon bel inconnu a fait venir une limousine rien que pour moi. Je ne peux qu'hocher la tête et suivre le vieux monsieur qui prends ma valise en me souriant. Il m'ouvre la portière et je me faufile dans la chaleur de la voiture. Mes yeux se posent sur un seau à champagne, la bouteille est déjà ouverte et une grande coupelle de fraises est posée à côté. Je dépose mon sac à main sur la banquette, l'habitacle est immense, je détends mes jambes et mon regard se pose partout. Une enveloppe avec mon prénom est posée sur une tablette en face de moi. Je la prends et j'hésite avant de l'ouvrir, j'ai le cœur qui bat fort. Je sens plus que je ne vois la limousine s'insérer dans la circulation, la vitre qui me sépare de Victor se ferme. Les mains tremblantes, j'ouvre l'enveloppe, j'y découvre une carte épaisse de couleur crème. Je la sors et commence à lire les quelques mots que mon inconnu m'a laissé.

Profite du champagne et des fraises.

On se retrouve au prochain arrêt.

Liam

C'est quelques mots m'électrisent et sonnent comme une promesse. J'attrape la bouteille et me sers une coupe, je plonge délicatement mes lèvres pour le goûter et il est délicieux. Je croque dans une fraise, elle est exactement comme je les aime : sucrées et juteuses. Je termine tranquillement mon verre quand la voiture s'immobilise et que la porte s'ouvre, laissant rentrer le froid de la nuit. Mon ventre se serre et j'aperçois mon bel inconnu qui rentre sans difficulté dans la limousine. Il pose son sac d'ordinateur, passe une main dans ses cheveux. Qu'est-ce qu'il peut être sexy ! Je suis certaine qu'il ne le sait même pas. Je me mords les lèvres et nos regards se croisent. Je vois ses lèvres bougées et je me rends compte qu'il me parle. Il doit penser que je suis une écervelée, impossible de me concentrer quand il est à proximité, un vrai désastre. Je cligne des yeux et il me sourit.

- *Excuse-moi, j'étais ailleurs, que me disais-tu ?*

- *Je t'emmène dîner, tu me fais confiance pour le choix du resto ?*

- *Oui, sans problème, mais tu préfères pas qu'on aille chez toi ?*

- *Chaque chose en son temps,* me répondit-il coquin.

La soirée se passe sans anicroche, Liam est un homme absolument charmant et j'ai passé la meilleure soirée depuis bien longtemps. Il me parle de lui et de son travail qui le passionne plus que tout. Il est le directeur général d'une société qui traite les données informatiques, c'est assez confidentiel et il ne m'en dit pas beaucoup sur ses fonctions. J'ai passé la soirée à me noyer dans ses yeux pendant qu'il me parlait de voyage autour du monde et de plateau télé. C'est un homme vraiment intéressant et je ne sais pas ce qu'il me trouve de bien. J'ai 26 ans, un travail qui me permet juste de joindre les deux bouts et je suis une personne assez effacée. Nous sommes, à présent, tous les deux installés sur son canapé avec un mug de thé à la main en face d'un feu qui crépite. J'ai mes jambes repliées sous moi et je me sens bien. La fatigue me fait somnoler, mais je ne sais pas encore où je vais dormir. Je pourrai dormir là sur son canapé, quand j'en fais la remarque à Liam, cela le fait rire. Une fossette se creuse sur sa joue droite, une mèche de cheveux lui barre le front et le rouge me monte aux joues. Il attrape un plaid qu'il déploie sur nous et allume la télé. Il me fait signe de m'approcher, je pose ma tasse sur la table basse et je m'installe dans ses bras. Son odeur et sa chaleur son réconfortante, je suis détendue, mes yeux papillonnent pendant qu'il passe d'une chaîne à l'autre. Je fini par m'endormir contre lui.

Je me réveille lentement contre quelque chose de mou, devrais-je dire contre quelqu'un. J'ouvre les yeux et je réalise que je suis toujours sur le canapé et que Liam s'est endormi là lui aussi, télécommande à la main. Je profite qu'il dorme pour l'observer, il est tellement beau et il a l'air si paisible que j'ai le cœur qui se serre. Ses traits sont détendus et sa respiration est calme. Liam a son bras autour de moi et je ne peux pas bouger. De ma main libre, j'essaie d'attraper la télécommande pour éteindre la télé qui a le son de coupé. Je me penche légèrement sur lui quand il me sert un peu plus fort. Je lève les yeux pour voir son visage et je vois qu'il sourit, il ne dormait donc pas. Je pose ma main sur son torse et j'attends qu'il ouvre les yeux, nous avons tous les deux un sourire qui barre notre visage.

- *Bonjour toi,* dit-il en m'embrassant sur le front sans ouvrir les yeux.

- *Bonjour toi ! Finalement le canapé était une bonne solution pour nous deux. Tu n'es pas trop endolorie, j'ai passé la nuit sur toi, je suis désolée.*

- *C'est la meilleure nuit que j'ai passée depuis longtemps. Je n'arrive pas à dormir habituellement, je suis réveillé depuis un moment, j'ai été chercher les croissants.*

- *Comment as-tu pu me bouger pour partir et revenir ?*

Liam m'embrasse à nouveau sur le front et me lance un sourire énigmatique avec un clin d'œil.

- *Aller ma belle, le café et les croissants t'attentent et ensuite je passe la journée avec toi, petite chanceuse. Arrête de sourire, la journée est chargée.*

Je ne peux pas m'empêcher de sourire tellement que je me sens bien. Personne ne m'avait acheté des croissants et encore moins préparé un petit déjeuner, je suis touchée par la délicatesse de Liam. Je m'étire et le rejoint dans la cuisine. Tout est prêt, je suis comme une princesse et je suis sur un nuage. Je croque dans un croissant tout en le regardant, je ne peux m'empêcher de le regarder. Il m'attire et pourtant une idée me traverse l'esprit. Je mâche plus lentement et j'ai du mal à avaler. Je prends une gorgée de café et je me brûle. Je repose la tasse un peu trop vivement sur la soucoupe et je la renverse. Je me lève brutalement en m'excusant, rouge de honte je cherche quelque chose pour essuyer, mais Liam me devance et il nettoie à ma place les dégâts. Je m'assoie de nouveau et cette fois-ci c'est lui qui m'observe. Je commence à jouer avec mon croissant n'osant pas croiser son regard.

- *Lola regarde-moi. Qu'est-ce qui se passe ?*

- *Tout va bien, je suis juste un peu maladroite.*

Je ne suis pas sûre qu'il croit en mon mensonge, il boit son café en me regardant par-dessus sa tasse. Au bout d'un moment, je ne tiens plus et je quitte la table prétextant que je dois aller à la douche. Liam me guide à travers son appartement spacieux et me montre où se trouve les serviettes. Je fouille dans ma valise et je trouve assez rapidement ma trousse de toilette. Je rentre dans la salle de bain, ferme la porte et fais couler l'eau de la douche. Je me déshabille rapidement et je croise mon regard dans le miroir. Qu'est-ce que je fou là ? Suis-je devenue folle à ce point ? La panique monte en moi et j'ai du mal à respirer. Je déverrouille la porte, l'ouvre, l'eau coule toujours dans la douche. Je reste tétanisée indécise, je ne peux pas traverser l'appartement nue, mais il met impossible de retourner m'habiller. L'angoisse augmente, les larmes coulent sur mes joues et je me laisse tomber au sol. La détresse me terrasse et je n'arrive plus à respirer, un poids énorme se forme dans ma poitrine. Je tousse de plus en plus fort, les larmes dévalent de plus en plus sur mon visage et je sens un corps contre moi, des bras m'enlacer. Liam est là, je ne l'ai pas entendu arriver, il me dit des paroles rassurantes, de me caler sur sa respiration, il retire son t-shirt et pose mes mains sur sa poitrine. Ma respiration s'apaise, mais mes larmes continuent de couler comme deux ruisseaux. Il me porte contre lui, me sert dans ses bras, son corps est chaud et rassurant. Je me laisse aller contre lui et je reste blottie contre lui, respirant son odeur. Liam me dépose dans son lit, les draps sont froids, mais il me rejoint et la chaleur de son corps me réchauffe rapidement. Il me caresse les cheveux et sa voix me berce. Je ferme les yeux un instant et quand je les ouvre, je me retrouve seul dans son lit. Je me redresse et jette un regard au réveil posé sur la table de nuit. Je me suis endormie 1h. Liam rentre dans la chambre et me propose de prendre une douche à deux pour éviter l'incident de tout à l'heure, je suppose. Il ne me pose aucune question sur ce dernier et je le remercie intérieurement. Je hoche la tête et le suis dans la salle de bain. Liam allume la douche, se déshabille très rapidement, vérifie l'eau et me fait entrer dans la cabine. Il prend une bouteille de shampooing et en verse un peu au creux de sa main et s'attelle à me laver les cheveux. Je me laisse faire, savourant ce moment de détente très agréable. Il ne me lâche pas du regard et c'est très perturbant. Je ne sais pas si je dois dire ou faire quelque chose. Il rince mes cheveux avant de prendre un gel douche et de me laver. Je suis un peu troublée par cette expérience nouvelle et je le laisse continuer. Liam approche dangereusement de mes cuisses et je sens déjà une douce chaleur m'envahir. Je m'agrippe à ses épaules et il ne perd rien de mon trouble. Il termine sagement de me laver, puis me rince. Je reste plantée là comme une idiote pendant qu'il se lave à son tour. Je ne trouve rien de pertinent à dire ou à faire, alors je le regarde passer ses mains sur son corps et cela me plaît beaucoup, beaucoup trop même. Liam coupe l'eau et sort le premier. Il passe une serviette autour de ses hanches et me fait signe de le rejoindre. Il m'enveloppe dans une serviette épaisse et très douce. Nos regards se croisent, l'air se charge en électricité et il m'embrasse chastement. Notre premier baisé depuis la folle nuit que nous avons passé ensemble. Liam m'informe que nous allons dans un endroit un peu particulier, alors il m'a choisi une tenue spéciale. Il me tend une pile de vêtements et se détourne pour s'habiller. Il a un jean serré noir, un polo blanc et une veste de costume. Il est vraiment très beau, je n'ai toujours pas bougé tellement obnubilé par le moindre de ses gestes. Liam rit en me voyant encore nue et que lui est prêt.

- *Lola, ce n'est pas le moment pour me manger du regard,* plaisante t'il.

- *Laisse-moi 5 minutes et je serais prête. Où allons-nous pour cette première journée ?*

- *Mon parrain nous attend pour le brunch, ensuite j'aimerais qu'on discute des 6 prochains mois. Tu sais que j'ai une société à diriger et je ne serais pas souvent là. Aujourd'hui, je ne voulais pas te laisser seul pour ta première journée. Cette robe te va merveilleusement bien et ce bleu fait ressortir tes magnifiques yeux. Tu es sublime, Lola.*

- Il est peut-être un peu tôt pour me présenter à ton parrain. Je peux t'attendre ici, cela ne me dérange pas.

Liam m'attrape par le bras et me sert, il me fait mal. J'essaie de me dégager, mais il me tient fermement. Je lui fais remarquer qu'il me fait mal et me fait peur. Son regard vissé au mien ne bronche pas et il m'attire à lui en me chuchotant que les six prochains mois, je serais à lui et qu'il veut profiter de chaque instant. Il me lâche et je me frotte le bras. Ses yeux passent de mon visage à mon bras et il se rends compte qu'il m'a serré vraiment fort. Je n'ai qu'une rougeur sur le bras, mais il m'a effrayé. Liam m'attire une nouvelle fois à lui et m'embrasse tout en s'excusant, il ne voulait pas me blesser ni me faire peur. Il m'embrasse encore et me rassure sur le brunch qui était prévu depuis longtemps. Je l'enlace un peu méfiante, mais très vite je m'apaise grâce à sa chaleur et à son odeur.

Le brunch se passe sans problème. Le parrain de Liam est formidable, il a été prévenant et attentif envers moi, j'apprécie grandement. Le repas est passé très vite et maintenant je suis installée dans la Prius de Liam et il règne un silence pesant, mais ni lui ni moi avons envie de le rompre. Nous sommes chacun perdus dans nos pensées en regardant la route défilée devant nous. La conversation qui nous attend va être compliquée et j'appréhende ce qu'il va me proposer. Je ne m'étais pas imaginé un seul instant qu'il y aurait déjà matière à discuter. Six mois à faire connaissance et à s'aimer si le destin le permet, je pensais qu'on était sur la même longueur d'ondes. Liam se gare devant une maison isolée de tout, il fallait savoir qu'elle était là pour la trouvée. Toute perdue dans mes pensées, je ne sais même pas comment on est arrivé ici. Liam descend sans un mot, fait le tour de la voiture et m'ouvre la portière de la voiture. Il me tend la main et j'hésite un court instant avant de la saisir et de sortir de là. Un sourire crispé est dessiné sur son visage, j'essaie de lui rendre plus authentique, mais je suis autant nerveuse que lui. Je me demande bien ce que nous faisons ici et surtout où nous sommes. La maison est imposante et elle m'impressionne. Nous montons une volée de marche pour arriver sous le porche. A ma droite, une balancelle en bois qui pourrait accueillir deux personnes, je trouve ça très cliché mais j'adore. A ma gauche une petite table ronde et deux chaises se font faces. Je m'imagine bien, le matin boire un café, assise ici face à la nature verdoyante qui entoure le lieu. Tout est calme et reposant, ça fait du bien. Liam pose une main dans mon dos pour m'inviter à entrer. Il ne sonne pas, la porte n'est pas close et cela m'étonne. A peine franchis, une jeune femme me demande si elle peut prendre mon manteau et mon sac, je suis étonnée et le lui donne maladroitement. Elle me sourit et disparaît aussi vite. Liam me prend la main, entre nous un silence lourd nous sépare. Il entre dans un salon très cosy, les couleurs y sont claires et le mobilier minimaliste. Liam m'invite à m'asseoir sur une causeuse beige et confortable. Je prends place et il se place en face de moi dans un fauteuil. Il croise les jambes et me regarde intensément. Il est à sa place, rien ne le dérange, je prends conscience qu'il est chez lui. Je frotte les mains sur ma robe et j'aimerais en finir. J'ouvre la bouche pour mettre fin à mon supplice, mais la porte s'ouvre sur un monsieur un peu dégarni. Il porte un plateau sur le quel est placé deux verres et une carafe d'un liquide ambré. Il le pose sans un mot sur la table et nous sert. Liam le remercie un peu sèchement et porte l'un des verres à ses lèvres. Je ne suis pas spécialement fan de whisky, alors je ne touche pas au mien. Nos regards se croisent une nouvelle fois et je me décide à lui poser la question qui me brûle les lèvres.

- *Que faisons-nous ici, Liam ?*

- *Hum, nous sommes chez moi, c'est ici que je réside la plupart du temps. L'appartement est pratique quand je travaille tard le soir.*

- *C'est ici que je vais habiter durant les 6 prochains mois où je serais avec toi ?*

- *Oui, si tu l'acceptes.*

Je pensais que la décision avait été prise, je regarde autour de moi et la panique monte en moi. Cette robe me sert beaucoup trop, elle me comprime la poitrine. Je regarde Liam et la panique doit se lire sur mon visage. Il se précipite vers moi et s'assoie à côté de moi en me prenant les mains. Je me noie dans ses yeux caramel, je cale ma respiration à la sienne et le calme revient. Comment vais-je pouvoir vivre ici, si je ne sais même pas où je suis ?

18

- Lola tout va bien, on peut rester à l'appartement si tu préfères. Aucune raison de paniquer, tout va bien.

- On est tellement loin de tout, je ne sais même pas où je suis.

- C'est un peu particulier et c'est pour cela que je souhaitais qu'on discute ici. Je pense que tu comprendras mieux ce que je vais te demander.

- Liam, tu me fais peur. Je pensais qu'on devait juste apprendre à se connaître.

- Oui, justement. Voilà, j'organise souvent des soirées particulières et dans un endroit pareil c'est l'idéal.

- Des soirées particulières ?

Son regard est fuyant, mais quand il croise le mien, il est déterminé d'aller jusqu'au bout.

- Oui, des soirées libertines. J'organise des soirées costumées ou simplement avec quelques autres couples, mais il y a toujours du sexe. On peut échanger nos partenaires, regarder les autres. Tout est dans le respect et personne n'est obligé de faire quoi que ce soit qu'il ne veut pas. Tu vas partager ma vie durant 6 mois et tu vas être confronté à ses soirées.

- Tu ne penses pas sérieusement que je vais accepter ça ? (il ne répond rien et son regard ne flanche pas) *Je souhaite rentrer chez moi.*

Cela fait plus d'une semaine que je suis rentrée chez moi, à peine partie que me voilà de retour. Je me surprends encore à regarder mon téléphone cinquante fois par jour pour voir s'il m'a appelé ou laissé un sms, et il y en a comme toujours. Je reste un moment à fixer l'écran de mon portable indécise pour finir par tout effacer sans même les lire. Ce rituel, je le fais au moins dix fois par jour, toujours les mêmes messages où il me demande de le laisser s'expliquer. Je refuse catégoriquement, je suis choquée et blessée par ce qu'il me propose. J'avais déjà dépassé mes limites avec lui, je ne peux absolument pas aller plus loin. Félicie ma colocataire est inquiète par mon comportement étrange. Je ne sors presque plus et quand j'accepte de boire un verre dans un bar en bas de chez nous, je ne commande jamais d'alcool. Je vais au boulot et je rentre directement à la maison, je n'ai plus envie de rien. J'ai à la fois honte de moi et je suis déçue que mon aventure s'est terminée comme cela. J'avais espéré que mon avenir change comme mes héroïnes préférés « Bridget Jones » ou « Anastasia Steele ». Je ne lis plus d'ailleurs, ce n'est qu'un tissu de mensonges pour midinette en mal de sensations. Il faut que je redescende sur terre et que je me concentre sur les choses importantes. Je travaille encore et encore et j'ai déjà atteint mon quota d'heures supplémentaires, mon boss ne veut plus me voir en dehors des heures normales de travail. Je tourne en rond dans l'appartement, j'envisage d'adopter un chat, mais ma colocataire est allergique. Cette dernière me regarde par-dessus son bouquin, faire des tranchés dans notre salon. Ce week-end, elle ne travaille pas et elle a bien l'intention de garder un œil sur moi. J'aurais bien fait un gâteau, mais je suis une mauvaise cuisinière. Tout un coup, un oreiller m'arrive en plein dans le dos, je fais volte-face à mon agresseur qui se trouve être une agresseuse. Je me jette sur ma meilleure amie pour une partie de chatouille, comme quand on avait 5 ans. Cela me fait du bien, je ris tellement que je me tiens les côtes douloureuses par notre fou rire. Félicie ne s'arrête pas pour autant, je la supplie d'arrêter, mais elle continue, je vais demander grâce quand un visiteur sonne à la porte. On se fige toutes les deux, les voisins ont dû en avoir assez de notre chahut. Je me lève, la première et me dirige encore hilare vers la porte. Je saisis la poignée et commence à m'excuser auprès de notre voisin et je m'arrête net quand je m'aperçois qui se tient devant moi. La porte toujours entre ouverte, je me raidi, Félicie s'approche me voyant inerte.

- Bah alors, qu'est-ce qui … ? sa phrase reste en suspens en voyant le beau mâle devant chez nous.

- C'est une nouvelle mode, de ne pas finir les phrases chez vous, les filles ?

Liam sourit, mais son sourire n'atteint pas ses yeux. Son regard se pose sur ma meilleure amie puis sur moi. Il lui tend la main se présente et me fixe de nouveau. Elle lui indique qu'elle est Félicie ma meilleure amie, cela les fait rire.

- Je peux t'emprunter Lola, Félicie ? Nous allons juste boire un café dans le bar en bas de la rue. Je te la ramène promis.

Ma colocataire fait un signe de la tête que oui, la traître. J'ai les pieds cloués au sol et je n'arrive pas à protester. Il est tellement canon que cela me laisse sans volonté. Liam fait un pas en arrière et me tend la main. Je lui indique que je suis pieds nus et lui fait un vague geste vers ma tenue peu appropriée pour sortir. Je le pousse à m'attendre devant un café que je le rejoins dès que je suis présentable. Liam a une lueur qui s'allume avant de s'éteindre tout de suite. Il me prend le poignet et me donne un chaste baiser à l'intérieur. Ce geste si simple fait emballer mon cœur, je frissonne et retire ma main. Je le regarde dévaler les escaliers et à ce moment je me dis, mais pourquoi il ne prend pas l'ascenseur comme tout le monde. Félicie me tire à l'intérieur de l'appartement et débite un flux de paroles tellement élever que je ne comprends rien du tout à ce qu'elle me dit. Je marche tranquillement jusqu'à ma chambre et commence à me préparer. Tout d'un coup, elle se met à crier comme un cochon qu'on égorge. Qu'est-ce qui lui prend ?

- Ahhhh mais active toi ! Le mec le plus beau de la ville t'attends en bas et toi tu prends tout ton temps.

- Euh... oui. Je ne suis pas à sa disposition et je te rappelle que je ne veux plus le revoir ce pervers.

- Non, mais tu t'entends. Si tu ne le veux pas, j'aimerais beaucoup

aller à ses soirées avec lui, moi je ne suis pas difficile.

Je la chasse de ma chambre en lui lançant mon oreiller et elle court dans le salon en pouffant comme une adolescente. Je fini de me maquiller légèrement et j'enfile une tenue bien plus présentable. Mon jeans noir favori avec une chemise blanche et un gilet en grosses mailles de laines. J'attrape mes bottes et les met par-dessus mon jeans. J'attrape mon sac et je me glisse en dehors de l'appartement sous le regard et le sourire bienveillant de Félicie. Je décide de suivre Liam et de prendre les escaliers, c'est bon pour mon fessier. Une marche à la fois et mon cœur bat très fort, mes mains sont moites, je ne sais pas ce que je vais lui dire. J'ouvre la porte du bâtiment et il ne me reste que quelques mètres à faire pour entrer dans le bar. J'avance lentement et quand j'arrive à proximité je le vois installer à une table. Liam est au téléphone et je décide d'attendre qu'il termine, cela me laisse le temps de l'observer. Ces cheveux sont en bataille à la force qu'il passe ses mains dedans. Il est plongé dans des documents et un stylo à la main, il annote dans la marge. Il me fascine, je suis attirée par lui, mais je ne dois absolument rien laisser paraître. Je ne comprends pas pourquoi il me fait autant d'effet. Dès le premier regard, il m'a emprisonné dans sa toile, impossible de penser à autre chose. Mon regard se pose sur les lèvres qu'il pince puis passe sa langue dessus discrètement, mes yeux remontent sur son visage et je rencontre les siens. Liam me fait signe et il coupe son téléphone. Je respire un grand coup et je passe la porte.

Plus je m'approche et plus son regard s'illumine et son sourire s'élargit. Je ne peux résister et je lui souris en retour. Liam se lève et me tire ma chaise pour que je puisse m'assoir. Tout le monde nous regarde et je me sens gênée, je tousse. Il se rend compte de sa maladresse et se rassoit aussitôt. Camille, le serveur, arrive, me salue et me demande ce que nous prendrons. Je commande comme d'habitude un cappuccino au caramel avec un croissant. Je vais avoir besoin de beaucoup de sucres pour affronter la conversation qui m'attend. Liam reste sobre et commande un grand café. C'est incroyable cette intensité qu'il y a entre nous. Un lien invisible et improbable se tire entre nous et j'ai peur de ce qu'il peut déjà représenter. Aucun de nous deux prend la parole, on regarde partout sauf l'autre et Camille nous apporte nos consommations sans mon croissant. Notre serveur s'excuse et me sert l'épaule avant de partir. Liam pose son regard sur sa main et le suit pendant que Camille retourne derrière le bar. Je cache mon sourire dans mon cappuccino et je le regarde troublé par cette familiarité habituelle que Camille me porte. Je viens souvent ici et ce dernier est comme un frère, on fait partie plus ou moins du même groupe d'amis et je l'apprécie beaucoup. Liam beaucoup moins visiblement, serait-il jaloux ? Il porte son café à ses lèvres avant d'entrer dans le vif de la conversation.

- Reviens à la maison, laisse-moi au moins t'expliquer, tu ne peux pas partir comme ça, sans un mot.

- Je pense que si, j'ai le droit et je le fais.

- Lola ...

- Liam ...

- Essaie au moins. Le mois prochain j'organise une soirée soft, les masques sont de rigueurs et personne ne t'obligera à rien, je veillerai sur toi. Si tu veux uniquement regarder tu le peux.

- Je ne sais pas, ce n'est pas mon truc de regarder les gens faire l'amour et ...

- Se donner du plaisir, m'interrompe-t-il, nous sommes des adultes qui se donnent du plaisir. Je ne fais l'amour qu'avec toi.

- Liam, on n'a couché ensemble qu'une seule fois, tu auras d'autres conquêtes.

Je plonge le nez dans mon cappuccino et lui dans son café, un silence semble s'éterniser. Je ne suis pas très à l'aise, j'ai envie de partir. Je regarde mon téléphone posé sur la table, aucun message, mes yeux trouvent les siens. Liam a un air sérieux et je découvre une autre facette de lui qui me plaît autant que son air taquin. Il plonge une nouvelle fois les lèvres dans son café, son téléphone sonne, il s'excuse et se lève pour répondre à l'extérieur. Je respire de nouveau, c'est fou l'effet qu'il me fait. Je me retourne brièvement pour le regarder, j'envoie un texto à Félicie et je finis mon cappuccino. Liam pose ses mains sur mes épaules, perdue dans mes pensées je ne l'avais pas entendu revenir. Il s'assoie et s'excuse une nouvelle fois.

- Je suis désolé, c'était le travail, je devais répondre, il attrapa sa tasse la termine d'un trait avant de poursuivre. Lola promet moi d'y réfléchir, juste une fois et ensuite tu prendras ta décision.

- Je suis désolée Liam, mais …

- Je dois partir, mais on s'appelle n'est-ce pas ?

- Euh … oui si tu veux.

Il se lève encore une fois, m'embrasse sur la tempe et attrape son sac d'ordinateur, il y glisse les feuilles qu'il avait déposées sur la table à côté et se sauve tellement vite. Je reste là, assise, sonnée par cette étrange conversation. Je ne sais pas vraiment ce que je dois en penser. Liam la tornade est venu, m'a chamboulée et est parti aussi vite. Camille arrive débarrasse la table et je lui demande machinalement une vodka sur glace. Il me regarde étonné, j'acquiesce et il part préparer ma commande. Quand il revient, il a à peine posé mon verre que je le vide cul sec. Je lui en redemande un et celui-là je prends plus de temps pour le boire. Il est temps de faire le point sur ce que je ressens, sur ce que je veux avec ce type. Je reste assise là durant ce qui me semble une éternité, mon verre vide, je rejoins ma colocataire la tête ailleurs. Machinalement, je rentre dans mon immeuble et prends l'ascenseur avant qu'elle ne se referme sur un livreur. Le pauvre homme, il a les bras chargés d'un gros bouquet qui prend presque toute la place dans la cabine. Je décide de sortir pour lui laisser plus de place. Je suis certaine que c'est pour l'étudiante à l'étage au-dessus du mien. Elle a toujours plein d'admirateur, mais elle n'en regarde aucun. Cette jeune future avocate n'a d'yeux que pour ses livres et ses études. Le prétendant va être déçu d'apprendre que la belle a refusé ses belles fleurs. Je monte les étagères et j'arrive quand Félicie rentre dans l'appartement, elle ne m'avait pas dit qu'elle était sortie. Elle m'entend et se retourne, elle tient dans les bras le gros bouquet de fleurs. C'était donc pour elle, sur quel type est-elle encore tombé ce week-end. Félicie a un large sourire communicatif. Nous rentrons toutes les deux dans l'appartement, elle cherche un vase, mais le nôtre est bien trop petit, alors nous mettons toutes les fleurs dans un grand seau. Elles sont serrées, mais au moins elles tiennent toutes. Sans se départir de son sourire, elle me tend une carte en papier épais. Je la tiens entre mes doigts et la déplie

Réfléchis-y

Liam

Je sens toutes les couleurs quitter mon visage. Comment a-t-il pu me faire livrer des fleurs aussi rapidement ? J'étais si prévisible ? Je fais le tour du bouquet, des camélias roses, des cyclamens rouges, des glaïeuls roses, rouges et blancs, des orchidées blanches, des pivoines blanches et énormément de tulipes, mes fleurs préférées. Tout son bouquet me crie de lui faire confiance et de me jeter dans l'aventure. Je suis sous le choc, toutes ces fleurs sont magnifiques et le prix me fait tourner la tête. Félicie anticipe mon étourdissement et m'assoie sur une chaise.

- *Il doit y en avoir pour un mois de salaire si ce n'est plus.*

- *Pouahh tu pues l'alcool Lo. Qu'est-ce que tu lui as fait pour mériter ce bouquet ?*

- *Je lui ai dit non.*

- *Tu lui as dit non ?*

- *Oui, c'est ce que je viens de dire, passe-moi mon sac.*

Je respire un grand coup avant de lui taper rapidement un message, de l'effacer, de recommencer plusieurs fois avant de lui envoyer un court message :

Lola : *Merci pour les fleurs tu n'aurais pas dû...*

Liam : *Tu dis oui ?*

Lola : *Non*

Liam : *Bonne nuit ! ;)*

Je ne réponds pas et j'éteins mon téléphone. Je décide de reprendre une douche pour me détendre, en sortant de la salle de bain, j'aperçois les fleurs et je souris bêtement. Il est l'heure d'aller se coucher, aussitôt dans mon lit, je m'endors.

La vie reprend son court et je n'ai plus de nouvelle de Liam depuis une semaine. Il serait naïf de penser qu'il a jeté l'éponge, je suis plutôt inquiète de savoir ce qu'il va me préparer. Un SMS arrive sur mon portable, au moment où je vais sortir du travail. Bien sûr, Liam. Victor m'attend avec une surprise, je dois le rejoindre devant l'immeuble de chez moi. Je me presse le pas, impatiente de savoir de quoi il s'agit. J'arrive au bout de ma rue et je vois la limousine avec Victor qui tient une pancarte entre ses mains, mais je n'arrive pas encore à lire ce qu'il a été noté dessus. J'avance en cherchant à déchiffrer et mon cœur rate un battement quand j'y parviens.

Monte dans la limousine et fais-moi confiance.

Liam

Tout d'un coup, j'ai peur, je ne sais pas pourquoi mon cœur s'accélère et je m'arrête. Je regarde pour la première fois Victor et il me sourit, quelque chose me dit qu'il sait de quoi il retourne et ça l'amuse. J'attrape mon téléphone et demande à ma colocataire de regarder par la fenêtre. J'attends sa réponse avant de me diriger vers la limousine. Celle-ci arrive peu de temps après avec des smileys qui ne veulent absolument rien dire. Je salue le chauffeur et monte sans attendre dans la limousine. Je m'attendais à voir Liam installé sur la banquette, mais c'est une nouvelle enveloppe qui m'attend. Je l'ouvre fébrile et un bandeau s'échappe et tombe sur mes genoux. Je reste un moment stupéfaite et je ne sais pas trop quoi en faire. Victor ouvre la portière et il m'explique qu'il a eu des instructions et que je dois le laisser faire. Il passe le plus doucement possible le bandeau sur mes yeux. Je n'y vois plus rien et je commence à paniquer. Encore une fois je me laisse entraîner dans quelques choses que je ne maîtrise pas du tout. Ma respiration s'accélère, mais Victor anticipe ma crise il me caresse les cheveux et il me dit que tout va bien se passer, que Monsieur Delmillo est quelqu'un de bien et qu'il ne me fera jamais de mal. Il me donne un morceau de tissus et il m'accompagne à le porter à mon nez. Je reconnais cette odeur entre mille, c'est celle de Liam. Je m'appuie contre le dossier de la banquette et m'apaise peu à peu. Victor sort pour passer à l'avant et je ne pense plus à rien. La voiture se met en route et nous roulons depuis un très long moment quand il se gare. La porte s'ouvre avant même que le chauffeur coupe le contact. Une main ferme et douce m'aide à sortir. Je manque de tomber et me retrouve dans les bras de l'homme qui me plaît. Un sourire idiot barre mon visage. Je ne peux toujours pas le voir, mais il chuchote tout contre mon oreille de lui faire confiance. Il me guide comme s'il avait déjà fait ça des centaines de fois. On rentre quelque part, l'atmosphère est lourde et chaude. Je panique, croyant qu'il m'a lancé dans un piège. Sa main se raffermi et il m'assure que ce n'est pas encore le moment pour ça. J'entends des gens autour de nous parler à voix basse. On continue d'avancer puis on s'arrête, il salue quelques personnes et on repart. J'entends des bruits que je n'arrive pas à identifier, Liam me sert contre lui, l'atmosphère change. Il me semble que la lumière est moins vive dans cette partie. Liam s'arrête, il se trouve face à moi et il me sert encore dans ses bras.

- Quoi qu'il se passe ce soir fais-moi confiance. Ne dis rien, ne fuis pas, regarde seulement.

Il me tourne contre lui, je sens son torse dans mon dos, sa respiration dans mon cou. Je ne sais pas à quoi je dois m'attendre. Il pousse mes cheveux sur le côté et il m'embrasse dans le cou, je frissonne. Ses mains passent de mes épaules à mes bras et elles descendent sur mes hanches et caresse mon ventre. L'une de ses mains descend sur mon intimité pendant que l'autre me maintient contre son torse. Le désir monte en moi, mais Liam ne va pas plus loin. Il m'embrasse encore une fois, me demande de maintenir le bandeau et de le retirer quand il me le dira. Je le sens détacher le lien, il me tient contre lui, sa chaleur m'enivre, je tourne juste un peu la tête pour sentir son odeur rassurante. Liam me dit que je peux me libérer du morceau de tissu. J'hésite, je n'ose pas de peur de découvrir où je suis. Liam se tend contre moi, il reste immobile, il attend ma réaction, alors doucement je fais glisser le bandeau. Au départ je ne vois rien, nous sommes dans la pénombre, je laisse mes yeux s'habituer lentement. En face de moi, une fenêtre me montre un couple faisant l'amour, je sursaute. Liam me sert un peu plus et il me parle doucement à l'oreille.

> - C'est une fenêtre sans tain, ils ne peuvent pas nous voir. Observe-les sans jugement, regarde leur corps qui bougent et le plaisir sur leur visage.

Je les regarde et je me sens mal à l'aise, est-ce qu'ils savent qu'on les observe et qu'on s'empare de leur intimité ?

> - Ils sont là pour ça. Ils savent qu'ils peuvent être observé, la pièce est conçue pour ça, cela les excite. Nous sommes seuls dans la chambre mitoyenne, si tu regardes derrière moi tu verras que la fenêtre a été bouché pour que personne ne nous regarde. Tu peux te laisser aller, personne ne te juge, il n'y a que nous deux.

Liam m'embrasse encore et nous regardons ces deux corps se faire l'amour. Je sens l'excitation de Liam contre mes fesses et cela me trouble. Il passe une main sous mon haut, ma tête bascule contre lui. Je ne résiste pas, c'est inutile, j'ai terriblement envie de lui. Il m'entraîne dans un coin de la pièce où se trouve une multitude de coussins de toute sorte. Liam m'allonge dessus et me fait l'amour plusieurs fois. J'espère que la pièce est insonorisée, car le plaisir qui déferle en moi, me fait crier comme jamais. Je reprends mes esprits dans les bras de Liam qui me caresse distraitement.

> - Ce club est à moi.

Je sursaute de surprise et Liam m'embrasse avant de me faire l'amour encore une fois avant de me faire sortir du club par une porte à l'abri des regards.

Le lendemain, je me sens un peu honteuse de ma soirée, Félicie me questionne, mais je ne dis rien. Je n'assume pas vraiment, malgré la conversation du retour avec Liam. Il m'a pourtant rassuré, mais je ne suis pas à l'aise et surtout avec ce que j'ai ressentis. Liam m'a promis de me laisser digérer tout ça et c'est moi qui viendrai vers lui quand je me sentirai prête pour la troisième surprise. Les jours passent et je me sens toujours aussi confuse, ce qui me conforte dans l'idée que ce n'est vraiment pas pour moi. J'envoie un texto à Liam en lui expliquant tout ça. Je ne reçois aucune réponse de sa part et je ne m'en inquiète pas vraiment. Liam travaille beaucoup et j'avoue que ça m'arrange de ne pas devoir m'expliquer. Le soir aucun message de mon bel amant et je commence à me poser des questions. Les jours suivants aucune nouvelle de lui et je me dis qu'il a dû tourner la page. Ma vie reprend sont train-train quotidien, mais Liam reste dans mes pensées, comme un nuage au-dessus de ma tête. J'ai dû mal à me concentrer et je recommence à regarder mon téléphone plusieurs fois par jour. Parfois, je pense voir la limousine au coin d'une rue, mais je me trompe, d'autre fois j'ai l'impression que Victor m'attend en bas de chez moi, mais ce n'est pas lui. Un livreur dans le hall, je souris et m'approche de lui et ce dernier me demande l'étage de l'étudiante parfaite, mon sourire s'évanouie. Je monte dans l'appartement, enfile mon pyjama en pilou et je sors une Ben&Jerry du congélateur. Je m'installe sur le canapé avec un plaid et mon téléphone. Je lance une comédie romantique et mon téléphone sonne à la première bouchée de glace. Félicie ne rentre pas ce soir, elle est chez son mec actuel. Génial, j'ai l'appartement pour moi toute seule avec ma Ben&Jerry. Le film se termine, le pot de glace est vide et je me sens nauséeuse. J'attrape mon portable et rédige un sms à Liam. Je pris tous les dieux qu'il me réponde, mais je m'endors sans entendre la moindre sonnerie. Un bruit strident me sort de mon sommeil en sursaut, c'est la sonnette de la porte. Je me lève péniblement et ouvre un type qui me tend un paquet. Je le prends et rentre en jetant le colis sur la table. Je retourne sur mon canapé, je vérifie mes messages et toujours rien. Le colis me fait de l'œil, il n'est pas très grand, je n'ai rien commandé cela doit être pour Félicie. Je m'approche de lui discrètement, comme s'il pouvait me voir, je regarde son étiquette. C'est pour moi, je l'attrape et l'ouvre. A L'intérieur une boite Aubade me nargue, je la sors du carton et l'ouvre. Une carte épaisse de couleur crème est posé sur le dessus je la mets de côté, car je la connais, je suis trop attiré par le satin que je vois. J'attrape le tissu qui est très doux et délicat. L'ensemble est vraiment très beau, un soutien-gorge blanc avec un string et un porte-jarretelles, c'est sobre mais d'une grande finition. Je ne pourrais jamais porter ça, j'aurai trop peur de l'abîmer. La sonnette retenti une nouvelle fois et cette fois-ci c'est une petite brune qui me tend un second colis. Il m'est toujours destiné. Je le pose à côté de l'autre et j'attrape la carte mise de côté.

Il te manque ton déguisement

Liam

Il ne pense pas sérieusement que je vais porter uniquement cela à sa soirée ? Il ne pense pas sérieusement que je vais aller à sa soirée ? C'est ridicule ! J'ouvre le deuxième paquet est là je trouve un sobre déguisement de soubrette. C'est tellement cliché que je pouffe de rire. Aucun mot à l'intérieur, mais mon portable sonne. Je cours jusqu'au salon et c'est un sms de Liam, je souris.

Fais-moi confiance !

Demain soir à 22h, viens déguisée !

Liam

Mon sourire s'efface, car je sais déjà que j'irai à cette soirée. La boule au ventre, je sens mon estomac se tordre et je me précipite dans les toilettes.

Il est 21h30 et je suis déjà prête, je suis plutôt canon dans ce déguisement. Félicie est là et m'a préparé une vodka pour me donner du courage. Elle sait très bien où je vais et elle me soutient. Je bois mon verre par petite gorgée dans un silence le plus totale. Un bip m'informe que j'ai reçu un SMS, Liam m'informe que Victor viendra me chercher que lui est déjà à la maison. Je frissonne, cela devient concret. Je n'ai rien mangé de la journée tellement que je suis stressée. Félicie m'offre des fraises et j'en grignote une distraitement, puis deux puis trois. Ma meilleure amie m'indique qu'il est l'heure de partir, elle voit la limousine se garer en bas de l'immeuble. J'enfile un gros manteau chaud, je prends mon sac et enfile mes petites chaussures plates en sortant. Je sers très fort mon amie contre moi, la tête basse je descends les escaliers et me dirige vers la limousine. Victor me tient la porte et je me faufile vite à l'intérieur. Comme les fois précédentes, je ne vois pas le temps passer et je suis déjà chez Liam. Il y a de la lumière partout et trois voitures sont garées dans la cour. Je sens la vodka danser dans mon ventre et la porte s'ouvre sur Victor. Il me tend sa main patiemment pour m'aider à descendre. Je prends le temps de respirer calmement et je porte un chewing-gum à ma bouche, mais Victor m'arrête dans mon geste. Je soupire lui tends la main et je suis accueilli par l'air frais du soir. Le chauffeur me sourit et il tend ma main à un homme en costume simple et noir avec un loup qui lui cache le visage. L'homme prend ma main et la porte à sa bouche, nos regards se croisent, même avec son déguisement sommaire je le reconnais. C'est lui ! Il m'attire doucement contre lui et m'embrasse sur les lèvres, je frisonne. Il sort de je ne sais où, un loup magnifique. Le masque est noir et blanc avec de belles plumes et de la dentelle. Je me tourne pour qu'il puisse me l'attacher. Je suis quelqu'un d'autre à l'instant où ses doigts expert ferme le nœud derrière ma tête. Nos regards s'accrochent, il me tend le bras et nous montons la volée de marche devant nous. Je me sens exceptionnelle et audacieuse. Le rouge me monte aux joues quand je pense à ce que je peux trouver dans cette maison. Liam me sert la main avant de retirer son bras et me sourit. Il m'attrape par la main et m'entraîne dans le salon que je connais. Je sursaute en voyant la scène que je vois. Un couple est installé sur des coussins qui sont installés dans un coin de la pièce. Ils s'embrassent et se touchent intimement, je détourne le regard pour tomber sur un homme qui me regarde fixement. Je sers la main de Liam pour chercher un peu de courage. Il m'entraîne dans la pièce vers l'inconnu. Je ne suis pas rassurée, son sourire est carnassier et je sais qu'il me veut. Je me colle un peu plus à Liam, mon cœur bat à tout rompre.

- Tu me présentes ta charmante amie, Liam. Il me semble bien que je ne la connais pas ... encore.

- Lucas, je te présente Lola et ce n'est pas mon amie, mais ma partenaire. Interdiction d'y toucher sans ma permission. Tu connais les règles, ne les transgresses pas.

- Oulà là, ne mords pas. Elle doit bien être spéciale, c'est bien la première fois que tu revendiques une femme.

- Il y a un début à tout, Lucas, à tout. Ne l'oublie pas, dit-il en nous éloignant.

Je me sers un peu plus contre lui, reconnaissante. Il se penche à mon oreille et m'embrasse juste en dessous, je frissonne de plaisir. Il m'entraîne vers un petit buffet où un majordome se tient debout attendant de servir les invités de Liam. Je prends une flûte de champagne et Liam m'accompagne. De loin, il me fait les présentations des quelques personnes présentes. Il m'indique que pour une première fois, il a invité un cercle proche. A ces dernières paroles, je me raidis, je ne pense pas être prête pour une autre fois. Je regarde la pièce et les gens qui s'y trouvent, je me sens protégée derrière mon masque. Il y a un jeune couple à notre droite, ils sont assis sur un canapé d'angle très cosy. La jeune femme est étendue nue et discute avec le jeune garçon qui surprend mon regard. Il me sourit et me fait un signe d'avancer. Je n'ose pas, je suis avec Liam. Ce dernier remarque mon hésitation et il nous dirige vers le couple. Il s'accroupit vers la fille et demande au garçon s'il peut l'embrasser. Celui-ci acquiesce et Liam se penche pour embrasser la jeune fille qui plonge ses mains dans les cheveux de Liam. Une bouffée de jalousie m'enserre le cœur, je finis ma flûte et la pose à même le sol. Le garçon ne perd pas une miette de ma contrariété, il me prend la main et je ne résiste pas. Un serveur passe à côté de nous, je saisie un verre et le vide d'une traite. Le jeune homme rigole se met debout et m'enlace, ses mains hésitantes se portent à mon visage et très lentement, il m'embrasse. Il a les lèvres douces et sensuelles, mais rien avoir avec Liam. Il s'écarte, un sourire aux lèvres et se rassoit. Liam me reprend la main et m'entraîne dans un endroit plus calme. Qu'est-ce que j'ai fait ? Qu'est-ce qu'il vient de se passer ? Je suis sonnée, je me sers à nouveau sur un plateau et vide ce troisième verre d'une traite. Je suis chamboulée, Liam le voit dans mes yeux.

- *Lola, tu es parfaite. Alors est-ce que tu veux partir maintenant ?*

- *Je viens juste d'arriver, je suis un peu stressée, mais ça va, tes amis ont l'air gentils.*

- *Surtout Gabriel visiblement, il te plaît ?*

- *Le jeune homme, là-bas,* dis-je en pointant dans sa direction, *oui, c'est vrai.*

- Je lui ai donné l'autorisation en embrassant sa compagne. Si tu veux coucher avec lui, tu peux, me répondit-il avec un clin d'œil.

- Non, non, ce n'est pas ce que je voulais dire Liam. Je n'oserais pas, non, non ... m'empourprais je.

- Lola, pas de soucis ma belle, tout va bien.

- Je veux juste regarder un peu et je partirais. Je commanderai un taxi.

- C'est ce qu'on verra ...

Liam m'embrassa sur la bouche, mes mains plongent profondément dans ses cheveux, il est à moi, j'en ai la certitude. Un feu de désir brûle en moi, je commence à retirer sa veste et il rit contre ma bouche, sa chemise suit sa veste au sol. Mes lèvres quittent les siennes et parcours sa barbe naissante, la courbure de sa mâchoire, son cou et je descends lentement sur son torse. J'en oublie presque que nous ne sommes pas seuls. Les verres d'alcools aident et Liam gémit doucement à chaque centimètre que je descends. Je détache son pantalon et je suis la ligne de poils qui descend sous son boxer. Il bande déjà, je prends délicatement son membre et l'observe pour la première fois. Liam à les mains écartées chacune sur un bout de mur de chaque côté. Sa tête est un peu en arrière, la bouche entre ouverte, il me supplie de continuer, il est tellement sexy. Je fais glisser doucement son sexe dans ma bouche et ma langue joue avec son gland. J'ai tout mon temps, je le prends entièrement et ses mains plongent dans mes cheveux pour m'immobiliser. Je l'entends retenir sa respiration et je ne bouge plus, il est au bord du précipice. Il me relâche un peu et je commence de lent va et viens. J'ose un regard vers Liam et je ne m'attends pas à croiser son regard de braise. C'est moi qui gémis enfin je crois, j'ai la tête qui tourne et plus rien n'existe que nous deux. Liam se retire et m'embrasse encore, encore et encore. Il me tient par les hanches et me guide à reculons, il ne veut pas faire ça ici. J'ouvre les yeux et m'écarte de lui.

- Tu ne veux pas faire ça ici ?

- Trop tôt, suis-moi, m'ordonne t'il en m'embrassant.

C'est quelques mots ont sur moi l'effet d'une allumette qu'on craque. Je n'en ai plus rien à faire, je le veux lui, là, maintenant devant tous ses amis ou pas. Nous sommes de retour dans le salon, tous ses invités sont déjà bien occupés, mais je n'y prête aucune attention. Il m'entraîne à l'étage, il me pousse dans une pièce, le seuil à peine franchi, il m'arrache plus qu'il ne me retire mon masque et nos lèvres se joignent. Nous basculons sur le lit et ma dernière pensée cohérente c'est que demain je ne pourrais plus du tout bouger.

3. UN DÉPART À DEUX ?

Je me réveille le sourire aux lèvres avec l'odeur de Liam, son bras me tient fermement, mais je ne compte pas partir. Je me blottis encore un peu plus contre lui et je le caresse paresseusement. Son deuxième bras est au-dessus de sa tête et il dort encore paisiblement. Sa respiration est calme et c'est apaisant. Je me sens bien avec lui, je soupire d'aise. Je n'ose pas trop bouger, je ne voudrais pas le réveiller, il est trop sexy quand il dort. Après de longues minutes, une envie d'aller aux toilettes me force à bouger. J'essaie de lui retirer le bras, mais il ne bouge pas, j'essaie de partir, mais il me retient. C'est là que je me rends compte qu'il ne dort pas, lui aussi m'observe.

- Monsieur Delmillo, je vais faire pipi dans votre lit si vous ne me laissez pas partir.

- Tu reviens ?

- Je ne sais pas, je verrai...

Il m'embrasse les cheveux et je me sauve dans la salle de bain. Il pourrait avoir changer d'avis et me séquestrer dans son lit. Je m'assois sur les toilettes et je me rends compte à quel point j'ai mal partout. Je ne suis que courbatures et ... bleues ? Qu'est-ce qu'on a fait cette nuit ? Je me relève, tire la chasse d'eau et je me regarde dans le miroir à pied après m'avoir lavé les mains. Un cri m'échappe et je porte les mains à ma bouche pour que Liam ne m'entende pas, mais trop tard.

- Lola, que se passe-t-il ? Je t'ai entendu crier, m'interroge-t-il inquiet.

- Ne rentre pas, je t'en supplie, laisse-moi un instant.

- Lola ?

Liam ouvre la porte et je n'ai pas le temps de me couvrir d'une serviette qu'il est déjà là. Il fait un pas vers moi, se fige puis se précipite.

- Ma belle, c'est moi qui t'ai fait ça, je hoche la tête et il m'examine en tournant autour de moi. *Pardonne-moi, j'y suis allé un peu fort on dirait.*

- Je crois, lui dis-je en baissant la tête.

- Et ma belle, je vais m'occuper de toi, ok ?

Je hoche une nouvelle fois la tête et fond en larmes. Il est tellement gentil avec moi et prévenant. L'alcool et la fatigue de la nuit me tombe dessus. Tout un coup, j'ai mal à la tête, une migraine pointe sous ma boite crânienne. Il m'enlace tendrement et me répète qu'il se charge de tout. Liam m'embrasse tout doucement du bout des lèvres et me fait asseoir. Il fouille dans les tiroirs et en sort un tube de médicaments. Il me montre l'étiquette « ibuprofène », j'acquiesce et il lance le cachet dans un verre d'eau. Liam se dirige vers l'énorme baignoire et j'ai tout le loisir de regarder ses magnifiques fesses moulées dans un boxer. Je vais déjà mieux, il est tellement craquant que je pourrai rester là à le regarder. J'entends l'eau couler et une odeur de vanille envahit la pièce, j'en crois pas mes yeux, il me prépare un bain. Je suis tellement chanceuse que je me remets à pleurer en silence. Il se retourne à ce moment-là, revient vers moi, m'embrasse de nouveau et me tend le verre d'eau avec le médicament. Je l'avale sans rien dire, il chasse de son pouce mes larmes, me prend dans ses bras, je passe mes bras autour de son cou et il me dépose dans la baignoire. Je me détends dans un bain moussant préparé par un homme irrésistible. Il disparaît de la salle de bain et quand je pense qu'il me laisse seule pensant que j'en ai besoin, il revient un tube à la main. Liam met un peu de produit dans le creux de sa main et commence à le faire chauffer. Il s'installe derrière moi, assis sur un tabouret, il passe ses mains sur ma nuque, mes épaules et le haut de mon dos. Je ferme les yeux et je le laisse me masser. Mes muscles se détendent et je me surprends à lui demander de me parler de lui. Liam reprend du produit et il me parle de lui, de son enfance, de sa vie ... Je l'écoute en silence, les yeux fermés... il me berce. Quand j'ouvre les yeux, il m'enroule dans une serviette et me porte dans la chambre. Il m'embrasse et m'allonge sur le lit où il commence à m'enduire de crème à base d'arnica. Je grimace quand il passe sur mes bleues, mais je ne dis rien. Ses mains sur ma peau me fait du bien. Un regard vers le réveil m'indique qu'il est seulement 6h du matin. Liam termine de m'enduire de crème de la tête aux pieds et revient se coucher à côté de moi. Il m'attire tout contre lui et m'enlace. Je plonge presque immédiatement dans un sommeil réparateur, avant de l'entendre me chuchoter quelque chose que je ne comprends pas.

J'entends des voix et cela me réveille, je cligne des yeux et je regarde vers la table de nuit 10h30, j'ai beaucoup trop dormi. J'essaie de m'asseoir, enfile un caleçon de Liam ce qui me sert de slip et attrape le premier tissu à ma portée. Il s'avère que c'est sa chemise, tellement cliché, mais je m'en fiche je la mets. Elle me recouvre presque entièrement en tombant juste au-dessus des genoux. Je relève les manches tout en me dirigeant vers les voix. Elles parlent doucement et je n'entends que des bribes de conversations : « elle dort », « tu exagères », « sexe », « mal finir » ... J'arrive dans la pièce de vie et je vois Liam avec une autre personne qui écarquille les yeux en me voyant arriver. Liam se retourne, me voit et un large sourire se dessine son visage. Je me sens tout de suite apaisée, une douce chaleur envahit mon cœur et ma tête. Je reste un moment sans bouger, je ne sais pas quoi faire. Liam me tend la main et je m'approche de lui en me serrant tout contre lui.

Salut, ma belle, tu as bien dormi ?

Pour toute réponse, je secoue la tête comme les petits chiens qu'on colle sur le tableau de bord des voitures. Mon regard n'ose pas regarder celui de son invité, car je le connais trop bien.

- Je te présente Thomas, mon meilleur ami depuis toujours. Il était juste passé boire un café, mais il allait partir.

- Salut, dis-je timidement

- Hum, je vais vous laissez. On s'appelle Li ?

- Pas de problème, mec. Je ne te raccompagne pas, tu connais le chemin.

Liam m'attire à lui et m'embrasse tout doucement, comme s'il avait peur de me briser.

- Et si je t'emmenais en viré ? J'ai envie de te faire rêver, dit-il tous contre mes lèvres.

- Ah oui, tu m'emmènes où ?

- Qu'est-ce que tu dirais d'un resto pour commencer et ensuite je te kidnappe pour le week-end. Choisis la destination, je réserve le temps que tu te prépares, hors de question que tu sortes dans cette tenue, même si elle est vraiment sexy.

Je réfléchis en me servant un verre d'eau. Il y a tant de possibilité et j'ai carte blanche. J'ai envie de choisir quelques choses de romantique, mais ce n'est peut-être pas une bonne idée. J'ai besoin de me reposer, mais je ne suis pas sûre que c'est ce qu'il souhaite faire. Liam me dévisage, le téléphone collé à l'oreille, il est tellement sexy, ce n'est pas normal d'être aussi beau. Il termine son coup de fil et il m'enserre la taille, m'embrasse sous l'oreille et remonte le long de ma mâchoire. S'il continue comme ça, il n'aurait pas besoin de réserver un resto, je le séquestre dans le lit. Rien que l'idée mon cœur bat fort et mes veines pulse à l'idée de remettre ça avec lui. Je me retourne et me colle à lui. Liam passe ses mains autour de ma taille et remonte lentement sa chemise. Ses mains se posent sur mon corps et il les passe dans mon dos avant de redescendre sur mes fesses. Il attrapa le bord de son vêtement et le fait passer par-dessus ma tête. Je me retrouve presque nue dans sa cuisine, en ayant que son boxer comme barrage. Je veux moi aussi le toucher, mais avant que je le puisse il m'attrape les poignets. Son regard est déterminé et il m'assène d'une voix sèche et autoritaire un « Va te préparer ! » qui raisonne à mes oreilles. Il me lâche et je file me préparer sans un mot.

Dans la voiture, qui nous emmène, il y règne un silence pesant. Liam pose sa main sur mes genoux et je sursaute. Il me regarde brièvement, mais ne retire pas sa main. Je couvre cette dernière avec la mienne, pour lui faire comprendre que tout va bien. Je n'en peux plus de ses sautes d'humeur, de souffler le chaud et le froid. Je ne sais jamais comment me comporter avec lui. Liam passe sa main sur le dessus de la mienne et commence à me caresser le pouce. C'est très agréable, je me cale contre l'appuie-tête et je ferme les yeux. La Prius avance sans bruit pour rejoindre la ville. J'aimerai lui parler, lui demander ce qui se passe, mais il reste concentré sur la route et son air sévère me bloque. Je le fixe, m'imaginant ce qui peut se passer dans cette belle tête, je regarde son profil parfaitement dessiné et sa main qui maintient le volant. Liam me jette un regarde, puis sourit, sa bonne humeur est de retour. Je pourrai lui parler, mais j'ai peur de casser l'ambiance.

- Pourquoi tu me regardes comme ça ? Tu as quelque chose à me dire ?

- Non, non, c'est juste que tu es vraiment trop sexy.

- Hum, est-ce que je dois parler de cette micro-robe que tu portes ? Me dit-il avec son air coquin.

- Tu m'as dit de choisir une tenue « chic », je n'avais que cette robe et en plus elle m'a coûté une fortune.

- L'argent est un problème pour toi ? Tu sais que si tu en as besoin je peux t'aider.

- Liam, soupirai-je en élucidant la question. *Pourquoi tu es si ... lunatique ?*

- Regarde, le restaurant est juste là.

Je crois que je ne suis pas la seule qui a « l'art de changer de conversation ». Le restaurant que mon cavalier a choisi est vraiment très huppé. Je me regarde et je me dis que j'ai bien fait de sortir le grand jeu. Un voiturier arrive et ouvre la porte côté conducteur, pendant qu'un autre ouvre la mienne et me tend la main. J'essaie de descendre de la manière la plus féminine possible, mais je ne suis pas du tout habituée à tout ça. Liam vient à mon secours et prend ma main qui est posée dans celle du voiturier. Nous entrons dans le restaurant et la femme de l'accueil reconnaît tout de suite Liam « Mr Delmillo ». Je rougis, sans savoir vraiment pourquoi et je me laisse entraîner dans une salle très chic et très éclairée. Nous arrivons à notre table et quelqu'un me tire ma chaise pour m'asseoir, alors je rougis encore de plus belle. Un jeune homme me tend un menu et un autre à Liam, je l'ouvre précautionneusement, je ne voudrais pas l'abîmer tellement qu'il est beau. Mon compagnon voit mon manège et me sourit, en me disant que ce n'est qu'un menu. Il lance un regard complice au serveur qui patiente auprès de Liam pour le choix du vin. Il lui indique un vin blanc dont le nom m'échappe totalement, mes yeux se portent une nouvelle fois à mon menu et je me rends compte qu'il n'y a pas de tarif. Je m'agite sur ma chaise, mes mains deviennent moites, mon cœur bat trop fort, les prix doivent être exorbitants. Liam me prend une main et me demande de le regarder. Péniblement, je lève les yeux vers lui et il me parle, me rassure, pour lui l'argent n'est pas un problème. Je peux choisir tout ce que je veux sans rougir, il veut juste me faire plaisir. J'ai du mal à comprendre pourquoi il fait tout ça. Il me parle encore quand le serveur arrive pour nous faire goûter le vin, il me lâche la main et le serveur me verse un peu de liquide dans mon verre. Je le porte à mon nez puis à ma bouche, mes yeux s'arrondissent devant la surprise. Qu'est-ce qu'il est bon ! Le meilleur vin que je n'ai jamais bu, j'en reste sans voix. Sans me quitter des yeux, Liam fait signe au serveur de nous servir, celui-ci s'exécute et repose la bouteille avant de s'éclipser. Je n'ai pas de mot pour décrire la douceur du breuvage et reprends une gorgée. Celle-ci m'aide à me détendre, je reprends le menu et Liam ne me lâche pas du regard, silencieusement il m'encourage à choisir ce que je veux. Mon cœur penche pour un « Turbot sauvage » avec sa brunoise de légumes. J'adore le poisson et je fais abstraction du coût de ce plat que je ne pourrais sans doute jamais me payer. Liam me regarde les yeux brillants de malice, il valide mon choix et se commande la même chose. Nous déjeunons en bavardant de tout et de rien en évitant les sujets sensibles. Le repas était vraiment délicieux et le vin me monte un peu à la tête. Le serveur revient pour nous desservir et nous tend la carte des desserts. Aucune hésitation cette fois-ci, ce sera un fondant au chocolat-caramel avec sa boule de glace à la vanille de Madagascar. Je m'en lèche les lèvres d'avance et Liam remarque mon geste et son regard étincelle de désir. Pour accompagner nos desserts, il commande une bouteille de champagne, comment va se terminer cette journée. Tout devient plus sensuel, sa cuillère qui coupe son gâteau et qui porte à sa bouche ou ses lèvres qui se posent sur sa coupe. J'ai chaud tout un coup, il faut que je sorte de cet endroit et que je prenne l'air. Liam me regarde les yeux enflammés. Je porte la coupe à mes lèvres et il suit mon geste. Je n'ose plus bouger ni rien dire. La tension est électrique entre nous et je vois qu'il s'amuse de mon trouble.

- Tu ne m'as pas dit où je t'emmenai, as-tu fais ton choix ?

- Je ne sais pas, j'arrive pas à me décider. Est-ce que tu ne pourrais pas choisir ?

Il prend une bouchée de son fondant, me regarde malicieusement avant de déclarer.

- D'accord, je choisis, mais je te veux nue dans mon lit tout l'après-midi.

Je suis si choquée qu'il puisse faire une telle proposition en public que je m'étouffe avec le champagne et je reprends mes esprits en regardant autour de nous. Personne ne fait attention à nous et chacun s'occupe de sa conversation. Je hoche la tête et il fait signe au serveur de nous apporter l'addition. Celui-ci arrive très vite avec un lecteur de carte bleue, Liam règle rapidement sans même regarder le prix. Il me prend par la main, m'entraîne vers le hall où nous récupérons nos manteaux que nous avons déposé à notre arrivée et on attend que le voiturier nous amène la voiture. Liam monte dans la Prius et le même jeune homme qu'à notre arrivée m'aide à monter. Mon bel amant n'attend pas que ma ceinture soit bouclée pour démarrer. Il sort du domaine et retourne en ville. Sa main se pose sur ma cuisse et remonte en dessous de ma robe. Je gémis malgré moi et je croise mon regard dans le rétroviseur et il est enflammé. Liam conduit vite et prudemment, je suis surprise qu'il ne nous ramène pas à la maison. Il se gare devant l'immeuble de l'appartement, m'aide à sortir et m'embrasse avec fougue sans se soucier des passants qui nous regardent. J'ai les joues rouges et j'ai du mal à me séparer de ses lèvres. Il m'attrape la main et nous nous dirigeons vers l'ascenseur, une fois que les portes se referment, un déchaînement nous empare. Liam appuie sur un bouton que je ne vois pas et on s'immobilise. Il tombe à genoux et soulève ma robe. Je le regarde un peu paniquée, il soulève ma jambe, ses yeux ne sont plus que deux brasiers, je pose ma tête contre la paroi et il glisse ses lèvres sur mon intimité. Liam est doué et il s'est ce qui plaît aux femmes. Après m'avoir fait jouir, il me remet debout et m'aide à me remettre présentable. Un grand sourire barre son visage, il est fier de lui, je lui rends son sourire et il appuie sur le fameux bouton. Je me colle à lui, ne sachant pas si je pourrai tenir debout sans lui. Il m'agrippe la taille pour me stabiliser, m'embrasse d'une façon tendre et la porte s'ouvre dans un ding. Nous sortons de l'ascenseur et devant la porte de Liam se tient Thomas. Mon sang ne fait qu'un tour et je fais un pas en arrière. Liam me serre un peu plus, pensant certainement que je perds l'équilibre. Qu'est-ce qu'il fait encore là celui-là ? Liam s'approche de lui, me lâche pour lui faire une accolade et me prend la main. J'ai envie de partir là maintenant, rentrer chez moi et ne plus voir ce mec, jamais. Liam nous fait rentrer et je m'assois sur un tabouret de la cuisine, loin de son meilleur ami.

- *Liam, je vais rentrer, tu peux m'appeler un taxi, s'il te plaît, je suis fatiguée.*

- *Viens par ici,* il s'approche et m'enlace avant de me chuchoter à l'oreille, *tu vis ici maintenant, encore pour 5 mois.*

- *Oui, mais là je le sens pas,* je jette un coup d'œil à Thomas qui s'installe sur le canapé.

- *Ma belle, c'est à cause de Thomas ? Je me charge de lui dans cinq minutes il sera parti. Va te faire couler un bain, je te rejoins.*

Je ne réponds rien et je file me cacher dans la salle de bain. Je remplis la baignoire et j'y ajoute quelque sel de bain pour me détendre. Je m'allonge dedans et j'essaie de me détendre. Un petit coup est donné à la porte et la tête de Liam apparaît. Je souris et ferme les yeux.

- *Je suis désolée ma belle, je vais devoir t'abandonner* me dit-il en s'approchant de moi.

- *Quoi ?* J'ouvre les yeux et me redresse. *Tu n'es pas sérieux ?*

- *Tu savais que j'avais un emploi qui ne me laisse pas beaucoup de temps.*

- *Ce n'est pas ton job, c'est Thomas,* Liam passe ses mains dans ses cheveux, *ok vas-y file et reviens vite.*

- *Je te promets ma belle,* il m'embrasse, *fais ta valise, on prend l'avion demain à 8h30.*

- *Mais...*

- *Pas de mais, ma belle, j'ai choisi la destination. Je pense être revenu dans deux heures, attends-moi dans mon lit.*

Je vois Liam partir et cela me sert le cœur. J'aurai aimé qu'on termine la journée ensemble et qu'on apprenne à mieux se connaître. Je me replonge dans mon bain moussant et je rêve de la vie que je pourrai avoir avec Liam. C'est tellement improbable ! Au bout d'une bonne demi-heure, je décide de sortir, car l'eau est froide. Je m'enroule dans une serviette chaude et je n'ai rien apporté avec moi, je me rends compte qu'il me reste encore 1h30 avant le retour de Liam. Je prends mon téléphone et j'envoie un message à Félicie. Je lui raconte brièvement la situation et la supplie de me rejoindre avec des vêtements et quelques petites choses de fille. Ma meilleure amie arrive 30 minutes plus tard un sac plein à craquer. Je lui fais visiter l'appartement et elle n'en croit pas ses yeux, elle n'arrête pas de s'extasier devant la grandeur des pièces. Nous passons les vingt minutes suivantes à discuter et je la mets presque à la porte. Liam va rentrer et je suis toujours en serviette, je n'ai pas pris le temps de m'habiller quand Félicie était là. J'enduis mon corps d'une crème hydratante qui sent la vanille, je me coiffe et enfile une tenue sexy. Direction la chambre pour faire ma valise avec les vêtements que Félicie m'a apporté. Deux petites valises se tient dans la chambre, j'ouvre la première, où se trouve les vêtements de Liam. La seconde contient des vêtements de femme, je suis choquée. Je recule, comme si on m'avait mis un uppercut, je n'en crois pas mes yeux. Je m'approche lentement, comme si la valise pouvait me frapper encore, et je retire un string rouge vif. Je le lâche comme s'il m'avait brûlé la peau. Je prends un autre morceau de tissus et cette fois-ci c'est une nuisette transparente du même coloris, elle rejoint le string. Je pleure, les larmes ne cessent de couler, je ne sais pas combien de temps je reste là à vider la valise, vêtement après vêtement. Chaque morceau de tissus qui tombe au sol, mon cœur se brise un peu plus. La porte d'entrée claque et je sursaute me faisant réaliser l'étendue des dégâts. J'entends Liam me dire qu'il arrive et que je lui ai manqué. Quel menteur ! Il arrive au seuil de la porte et il n'a pas l'air de comprendre ce qu'il se passe dans sa chambre. Son regard va de moi à la pile de chiffons au sol à la valise et de nouveau sur moi. En deux enjambés, il me rejoint et essaye de m'enlacer, mais je le repousse violemment. Je le frappe sur le torse et je lui dis toutes les insultes que je connais. Il ne dit rien, il laisse ma colère se déverser sur lui et je m'écroule à ses pieds toutes forces m'ayant quittées. Liam me porte sur le lit, je le déteste. Il me cale contre les gros oreillers et s'assoie pour me regarder droit dans les yeux.

- *Tu es calmée, c'est bon, on peut discuter, ma petite furie ?*

Je ne lui réponds pas, ne le regarde pas.

- *Qu'est-ce que tu penses, ma belle ? Que je t'ai entraîné ici pour que tu tombes sur la valise de …. de qui d'ailleurs ? Ma maîtresse ?*

Je sursaute sur le mot maîtresse, mais reste silencieuse.

- *Je ne sais pas à qui sont ses vêtements, je te le promets. Je n'ai jamais vu cette valise. Je vais demander à Victor de la descendre au gardien, il retrouvera sa propriétaire.*

Il attrape son téléphone et je l'entends expliquer la situation à son chauffeur. Quelques minutes après, Victor frappe à la porte et Liam lui confie la valise qui a retrouvé son contenu. Je suis rouge de honte, mais en même temps, je ne connais Liam depuis peu. Il pourrait avoir une femme, une petite amie et ce serait moi, la maîtresse. J'admire Liam et je me dis que ça ne colle pas vraiment avec ce tableau. Je me cache le visage dans ses draps quand Liam arrive.

- Attends ma belle, ça non plus, je ne connais pas. Fais-moi voir !

Liam retire les draps et commence à m'embrasser dans le cou et de descendre sur ma poitrine. Je l'arrête.

- Pardonne-moi, la valise était juste à côté de la tienne, j'ai cru que tu avais une femme ou quelqu'un d'autre dans ta vie.

- N'en parlons plus ? Dit-il en continuant de m'embrasser.

- Où partons-nous demain ?

- Dans un endroit magique comme tes yeux, il se redresse sur un coude et me regarde.

- Parle-moi de toi, ordonnais-je en voyant qu'il me dira rien sur notre destination.

Liam s'installe confortablement, nous sommes face à face, tout proche, je passe mes mains dans ses cheveux et il commence à me parler de lui. Il commence par son enfance, son adolescence, de sa vie étudiante, ses premiers jobs et là mon ventre fait des gargouillis cassant le moment. Liam me demande si j'ai faim, j'acquiesce. Il file dans la cuisine et revient quelques temps plus tard avec une desserte remplie de bonnes choses. Il s'installe de nouveau et nous continuons de discuter de lui et de moi tout en grignotant ce qu'il nous a préparé. Le moment est particulier et je me sens comme dans une bulle de bien être, j'en oublie ma crise de tout à l'heure et je me laisse aller. C'est si doux d'être avec lui, je me sens si bien que j'aimerai que mon passage ne soit pas éphémère. Vers 1h du matin, on décide de se coucher pour être à peu près frais pour l'avion qui nous attend demain. Je me demande bien où il va se poser, mais Liam ne veut absolument rien me dire.

Je me retrouve dans la limousine avec une nouvelle fois les yeux bandés, je vais finir par croire qu'il adore ça. Je suis stressée, mais cette fois-ci, il est avec moi, je ne risque rien, enfin j'essaie de m'en convaincre. Liam met un verre dans mes mains, je le prends et le porte, méfiante à mes lèvres, il ne contient que de l'eau. Il reprend le verre et m'embrasse sur la tempe. Tout va bien se passer, j'en suis certaine. La limousine s'arrête et Liam m'aide à descendre, j'entends Victor récupérer nos bagages dans le coffre. Liam m'aide à me diriger, je suis complètement aveugle et je ne comprends pas du tout pourquoi il agit comme ça. Je monte un escalier et mon partenaire m'aide à m'asseoir. Je ne sais pas du tout où je me trouve. Liam discute avec une personne de sexe féminin, je dirais en écoutant leur conversation. Cette dernière va nous apporter une boisson chaude et des viennoiseries. Nous sommes partis tellement rapidement, que nous n'avons pas eu le temps de prendre un petit déjeuner. J'entends Liam prendre place en face de moi et je sens son sourire se poser sur moi, bêtement je lui rends. Je lui demande si je peux retirer le bandeau et il me dit que non et il se lève. Je sens ses mains passer derrière ma tête et il retire le tissu délicatement. Je cligne des yeux et je suis un peu déstabilisée. Nous sommes que nous deux et Victor qui est un peu en retrait, nous sommes dans un petit avion. L'information met un certain temps à monter à mon cerveau avant de comprendre... Nous sommes dans un jet privé. Il est sérieux ? En croisant son regard, je constate qu'il est content de voir ce que provoque sa surprise. Je me permets de l'étudier un peu plus, mais qui est l'homme qui me fait face ? Il est assis, avec une jambe posée tranquillement sur l'autre, il porte un jeans bleu foncé et un polo noir avec une veste, il est à tomber. Une paire de lunette de soleil est accroché à son col et je ne comprends pas trop pourquoi, car il n'y a pas un rayon de soleil. Nous avons longuement parlé hier soir, mais je me rends compte qu'il y a tout un pan de sa vie que j'ignore totalement. Je vais pour lui demander si le jet est à lui, mais l'hôtesse de l'air nous apporte notre petit déjeuner.

Encore une fois, Liam n'a pas fait les choses à moitié : fraises, céréales, lait, jus de différents fruits, café, thé et bien entendu viennoiseries ... Cet homme est parfait, enfin presque. J'attrape un croissant que je croque avec gourmandise, il est délicieux. Je porte une tasse de thé à mes lèvres et je l'observe par-dessus, choisir une fraise. Il faut qu'on parle, je ne peux pas rester sans réponse.

- *mmh Liam ?*

- *Oui, ma belle.*

- *Il est à toi ce jet ?*

- *Mmm, mmm,* il me répond distraitement.

- *Tu gagnes bien ta vie, alors ?*

Il lève les yeux de sa coupe de fraises et me regarde attentivement avant de me répondre.

- *Je n'ai pas à me plaindre. Tu t'intéresses à ma fortune ?*

- *Non, juste à ton train de vie. Il me reste cinq mois à vivre avec toi et je voudrai savoir où je mets les pieds. Je ne suis pas sûre de pouvoir suivre le rythme financièrement.*

- *Ne t'inquiète pas, Lola, l'aspect financier n'est pas un problème. Le temps que tu seras avec moi, je prends tout en charge.*

- *D'accords,* dis-je timidement. *Je peux te parler d'un autre sujet ?*

- *Je sens que je ne vais pas aimer ce que tu vas me dire, mais vas-y, je t'écoute.*

Je jette un coup d'œil à Victor, mais ce dernier ne nous fait pas attention à nous.

- *Parfois tu réagis un peu violemment et j'aimerai savoir pourquoi. J'aimerai vraiment comprendre.*

- *Je pense que non, tu ne veux pas savoir,* répondit-il fermement.

- *Bien sûr que si,* m'affirmais-je

- *Lola, c'est compliqué... Mon père est décédé il y a presque deux ans, j'essaie de faire bonne figure, mais son absence me hante. Suite à cela, j'ai dû prendre des décisions qui n'ont pas été toujours simple. Je me suis beaucoup enfermé dans le boulot et en ce moment, j'ai beaucoup de pression et peu de repos. Je vais faire attention,* dit-il en se levant.

A peine sa phrase terminée que Liam se leva, emportant avec lui sa tasse de café. La conversation est bien terminée. Je regarde par le hublot, je n'ai plus faim, vivement qu'on arrive.

Le trajet se passe sans aucun souci, le vol a été agréable, malgré l'absence de Liam. A 5 min d'atterrir, il revient et me repasse le bandeau sur les yeux. Il veut garder la surprise de la destination jusqu'au bout. Mon compagnon a retrouvé sa bonne humeur et plus personne ne parle de notre accrochage. Nous descendons de l'avion et quelques temps après il me fait monter dans une voiture. Je ne vois rien et je me laisse encore une fois guider docilement. Liam indique à Victor de partir devant nous pour s'assurer que tous les détails sont réglés et lui donne congé pour le reste du séjour. Il ferme ma porte et fait le tour du véhicule et monte à côté de moi, il a dû prendre un taxi ou une voiture avec un chauffeur particulier. Nous roulons sur une route pas très agréable avec beaucoup de virages. Liam me décrit vaguement ce que nous croisons, mais ça ressemble à n'importe où. Nous arrivons enfin et je suis heureuse de descendre de voiture. Liam m'attire à lui et m'embrasse sans retenue, il me chuchote que je vais forcément aimer où nous sommes. Nous faisons quelques pas et il se positionne derrière moi pour retirer mon bandeau. Il est tout contre moi, je sens son souffle et ses doigts effleurés ma peau, je frisonne. Le morceau de tissus glisse tout doucement et je suis aveuglée par un soleil radieux. Je comprends à présent ses lunettes de soleil qu'il a pris avec lui. Mes yeux s'habituent tout doucement à la luminosité et quand je vois à nouveau, je reste sans voix. La vue est magnifique, je m'approche de la balustrade et j'en prends plein la vue. Liam m'attrape par la taille et me lance un « Benvenuti a Positano ! ».

4. POSITANO

Je n'en crois pas mes yeux, je suis en Italie, dans un petit village absolument merveilleux. Liam me fait visiter la villa et elle est vraiment magnifique. Les pièces sont immenses et il y a des baies vitrées qui nous offre une vue resplendissante. Partout où je pose mon regard ce n'est que couleur, je suis dans un rêve. Nous sommes installés sur la terrasse avec un verre de vin italien, je suis au paradis. En face de moi, je vois la mer à perte de vue, je me sens chanceuse. Si je me penche un peu je verrais les habitations colorées qui se sont implantées dans la roche. Liam a loué la villa, la plus en hauteur pour nous faire profiter d'une vue à couper le souffle. Il n'y a personne ici, même pas Victor, je ne sais même pas où il est passé. Nous ne parlons pas et ce n'est pas gênant, je regarde la vue un large sourire qui ne me quitte pas depuis mon arrivée. Liam aussi a l'air heureux, il a mis ses fameuses lunettes de soleil et il a l'air très détendue. C'est un bonheur ! Depuis notre arrivée, j'ai pris une douche et nous avons déjeuné dehors. Le repas était composé de produits locaux et je me suis régalée. Pour ce soir, il va falloir aller faire les courses le frigo est vide. Je n'ai pas du tout envie de bouger, je suis bien ici. Liam me propose d'aller visiter le village, il paraît que les boutiques sont nombreuses et que je devrai aimer flâner dans les ruelles. J'accepte avec plaisir, mais nous ne bougeons pas. Nos regards s'accrochent, une étincelle de désir jailli et j'ai soudain une idée.

- *Liam ?*

- *Oui, ma belle.*

- *Nous restons ici, combien de temps ?*

- *Tu te lasses déjà de ma compagnie ? Nous repartons lundi soir, soit 3 jours.*

- *Je ne sais pas si je vais pouvoir repartir, c'est tellement beau ici.*

Liam sourit mais ne me dit rien. Je devine qu'il ferme les yeux et qu'il ne pense à rien.

- Je peux te poser une question indiscrète ?

- Tout ce que tu veux, aucun secret entre nous.

- Combien de temps a duré ton abstinence ?

- Tu veux savoir combien de temps je suis resté sans faire l'amour, s'esclaffe-t-il ?

- Oui, répondit-je en rougissant.

- Pas très longtemps. Soit avec une partenaire ou avec …, il secoue sa main pour me faire comprendre. *Pourquoi tu me demandes ça ?*

- J'aimerais qu'on ne se touche pas durant le séjour. J'aimerais apprendre à te connaître, tisser des liens.

- C'est complètement idiot. L'un n'empêche en rien l'autre, je ne te promets rien, bougonne t'il. *Aller on va visiter ce petit coin de paradis.*

Il n'a pas dit non, c'est déjà ça. Je saute sur mes pieds et nous partons pour découvrir ce que le village nous cache. J'enfile quand même une veste légère et je prends mes lunettes de soleil, Liam me sert contre lui et m'embrasse chastement avant de sortir de la villa. Il a raison les rues sont magnifiques et j'en prends plein les yeux. Les boutiques de luxe cohabitent avec les petites échoppes, je suis plus attirée par celles-ci que par les premières. Je pousse la porte et j'entre dans un endroit charmant. La boutique sent bon, il y a des bougies de toutes les couleurs et de tous parfums. Je passe distraitement une main sur les étagères, je sens le regard de Liam qui me suit, mais lui ne bouge pas. Une vendeuse s'approche de moi, en se présentant comme étant la gérante, elle sourit, mais c'est Liam qu'elle regarde. Cela me gêne, on est pas officiellement ensemble, mais je n'aime pas comme elle le regarde. Je sens une bouffée de jalousie monter dans mon cœur, je me tourne vers Liam. Il s'approche en deux enjambés et m'embrasse en me disant qu'il m'attend dehors. Marie, la gérante au badge, ne peut pas se méprendre, je souris à pleine dents et je l'informe que je souhaiterai faire un cadeau à ma meilleure amie. C'est avec beaucoup de chance que la vendeuse me comprend, car elle est française. Elle me pose beaucoup de questions et je n'aurai jamais pensé qu'une bougie pouvait être aussi personnel. Marie m'informe également qu'elles sont faites à la main et en petite quantité. Ce sera un cadeau unique pour Félicie et j'en suis vraiment heureuse. Nous finissons de choisir les dernières bougies qui composera un coffret qui en contiendra 8. Je passe en caisse et manque de m'étouffer quand elle m'annonce le prix. 158€ les 8 bougies avec le coffret, je suis obligée de décliner. Je ne m'attendais pas du tout à ce genre de tarif. La vendeuse n'est plus du tout courtoise et me met presque dehors de sa boutique. Je ressors penaude et honteuse de ne pas avoir les moyens d'offrir à ma meilleure amie un cadeau qu'elle mériterait pourtant. Liam devine à mon attitude que la boutique n'était pas du tout ce qu'elle laisse paraître. Il m'entraîne à travers les rues, ils me changent les idées, me fait rire et m'embrasse beaucoup. La vie à ses côtés et si simple, j'en oublie les bougies et Félicie. En fin d'après-midi, il m'entraîne dans un salon de thé qui ne paye pas vraiment de mine vue de l'extérieur. Je me demande ce que Liam fait dans ce genre d'endroit, car ce n'est pas du tout un endroit huppé. Les gens sont installés à la terrasse dehors et ils sont souriants. J'ose jeter un regard sur les tables et cela me donne faim. Liam m'entraîne à l'intérieur et je m'arrête par surprise. Qu'est-ce que c'est cet endroit ? Tout n'est que luxure et dorure, mais le tout donne un effet chaleureux et accueillant, je me sens toute de suite à l'aise. En face de nous un comptoir en forme de L, m'attire terriblement. Il y a une très grande vitrine avec une foule de pâtisseries et de viennoiseries, il va m'être difficile de choisir quelque chose. Mes yeux se portent sur une petite affiche avec les prix et là, mon choix est vite fait, je n'ai plus faim. Un homme sort de l'arrière-boutique avec un tablier noué autour de lui et une plaque de gourmandises entre les mains. Il nous lance un large sourire quand il aperçoit Liam, dépose la plaque et fait signe à une autre employée avant de nous rejoindre.

- *Hé, tu as retrouvé le chemin de la maison ?*

- *Tu m'avais trop manqué,* rassure Liam en donnant une accolade à l'homme.

- *Est-ce que ce serait Mme Delmillo,* interroge le garçon en me serrant dans ses bras, *Maman va être heureuse de la rencontrer. Je suis Angelo, le frère préféré de Liam.*

- *Ne t'emballe pas frangin, elle ne m'accorde que six mois, ensuite je lui laisserai sa liberté, n'est-ce pas ma belle ?*

Je suis rouge de honte, je ne sais pas ce que pense le frère de Liam, alors je me sers contre Liam et je souris bêtement.

- *Je te reconnais bien là,* pouffe Angelo. *Qu'est-ce que je vous offre, c'est la maison qui régale.*

- *Comme d'habitude s'il te plaît. Tu prends un thé, Lola ?*

- *Je vais faire honneur au café Italien,* dis-je en souriant.

- *Elle me plaît ! Vous mangez à la maison ce soir, ce n'est pas une question.*

Liam rigole est m'entraîne à « sa table », celle que son frère lui réserve au cas où. J'ai chaud au cœur, il m'a emmené naturellement là où travaille son frère. Il me fait rentrer un peu dans sa vie et j'aime ça. Plus, j'apprends à le connaître et plus il me plaît, il me fait craquer c'est sûr et il fait battre mon cœur, mais est-ce que je suis amoureuse de lui ? Je crois un peu, en tout cas, je me sens bien avec lui. Nous nous installons à l'écart des autres clients, Liam retire le panneau « Réservé » et m'aide à retirer ma veste. Il me prend la main par-dessus la table et il plonge son regard dans le mien. Ce geste lui paraît si naturel que cela me touche, je ne sais pas ce qu'il ressent pour moi et une bouffée d'inquiétude me comprime le cœur. Angelo nous apporte un grand plateau avec deux cafés et une multitude de mini-pâtisseries qui pourraient nourrir un régiment. Je le regarde avec un sourire reconnaissant et le frère de Liam pose ses mains sur mes épaules. J'appréhende la réaction de Liam, je le regarde et il est évident que cela le contrarie. Son frère continue à lui parler et je suis certaine qu'il sait que cela le chagrine qu'il me touche, mais il ne retire pas ses mains. Un sourire s'élargit sur mes lèvres et je le cache en mangeant un petit chou surmonté d'un tourbillon de chantilly. Il est délicieux ! Je ferme les yeux pour savourer pleinement ma bouchée. Le silence se fait à notre table et j'ouvre les yeux pour voir ce qu'il se passe. Liam me sourit, les yeux pétillants et il m'observe. Je porte la main à ma bouche en pensant être barbouillée, mais il prend la main et je comprends tout de suite qu'il est heureux que j'aime le travail de son frère. C'est tellement bon, un vrai délice ! Je me retourne pour féliciter Angelo et il reprenne leur conversation en Italien. Je regarde mon téléphone et je vois que Félicie m'a envoyé plusieurs messages pour tout connaître de notre Week-end. Je prends une photo du plateau sous le regard amusé de Liam et je lui raconte brièvement. Je suis heureuse de voir Liam dans son élément, il s'agite en parlant avec son frère, il est plus rayonnant et détendu, j'aime le voir comme ça. Angelo est appelé par une cliente et nous décidons de partir continuer notre découverte du village. Liam est parfait, il me raconte sa vie, ici, et tous pleins d'anecdotes qui nous font rire. Une complicité nait de nos échanges et j'espère qu'elle durera. Le soleil commence à descendre dans le ciel et nous décidons de retourner à la villa.

Dans notre chambre, une housse est posée sur le lit et je demande à Liam si c'est à lui. Il rentre dans la pièce avec un sourire que je connais trop bien, il m'a réservé une surprise et cela lui plaît déjà. Il me demande de l'ouvrir, je m'exécute et pousse un petit cri quand je descends la fermeture éclair qui dévoile un magnifique tissus bleu nuit. Je découvre une robe courte au tissu très doux. Le vêtement est simple, mais il est vraiment très beau. Je n'ose le toucher, je l'effleure du bout des doigts. Je remercie Liam et je décline son cadeau, c'est beaucoup trop pour moi. Des larmes perles au bout de mes yeux, je suis tellement touchée par ce présent. Cette robe doit coûter une fortune, je ne veux même pas connaître le créateur, je risque de faire un malaise. Je refuse catégoriquement de la porter, je risque de l'abîmer ou bien de la tacher. Liam insiste et je file à la salle de bain. Je rentre dans la douche et j'entends Liam me rejoindre. Je ferme les yeux en sentant ses mains sur moi, mon idée de ne pas avoir de rapport sexuel avec lui du week-end va être difficile à tenir. Il prend l'éponge de bain, la mouille et met du gel douche avant de commencer à me laver. Je sens tout mon corps tressaillir, un silence lourd s'abat dans la salle de bain, je passe mes mains autour de son cou et me rapproche dangereusement de lui. Mes lèvres trouvent facilement les siennes, il repose l'éponge et m'enlace. Je gémis tout contre sa bouche et il s'écarte un sourire aux lèvres. Liam me rappelle ma bonne idée et m'écarte un peu de lui avant de reprendre de me laver. Je le laisse faire gentiment avant de lui rendre l'appareil, il m'est très difficile de rester sage, j'ai envie de le croquer. Il tend la main en dehors de la cabine pour saisir une serviette et j'éteins la douche. Il la passe autour de moi avant de s'enrouler dans une deuxième. Nous sortons propre, mais terriblement frustrés. La housse de la robe m'attend, mon refus n'a pas bien été pris. Liam me sèche et m'aide à l'enfiler sans sous vêtement, j'essaie de protester, mais son regard m'en dissuade. Les bretelles spaghettis sont tellement fines qu'on ne les remarque à peine. Elle me va parfaitement et elle met ma silhouette en valeur. Liam me tend un boléro blanc tout en dentelle, je l'enfile sans poser de question. Je me regarde dans le miroir à pied, je suis resplendissante, le boléro met en valeur la robe, il est magnifique. Je passe mes doigts dessus et je ressens quelque chose comme de la fierté. Je me retourne pour voir Liam un sourire sur son visage et il tient à hauteur de son visage une paire de chaussure à talon. Je le regarde et mon cœur s'affole, je ne sais pas marcher avec des talons. Je préfère de loin les chaussures plates et il va falloir le convaincre. Après une dure bataille verbale, il accepte que je porte la même version sans talon, le rendu est vraiment sublime. J'en oublie presque que ce soir, je rencontre la famille « Delmillo ». Rien qu'à l'idée, je panique. J'ai rencontré Angelo, mais c'est autre chose de rencontrer leur mère et leur sœur. Je ne fais pas partie de leur monde, je ne suis même pas sûre de ce que je suis pour lui. Liam me regarde et voilà la tempête qui me ravage et il prend tout de suite les choses en main.

- *Ma belle, regarde-moi, regarde ce corps,* dit-il hilare en retirant la serviette. *Je ne suis pas le plus beau spécimen que tu n'as jamais vu ?*

- *Arrête tes âneries, tu es ridicule.*

- *Dis-moi qu'est-ce qui se passe, ma belle ?*

- *Je panique...*

- Je le vois, mais pourquoi, m'interroge t'il en enfilant son boxer.

- Nous allons rencontrer ta famille. Cela me stress, je ne sais même pas ce que nous sommes toi et moi. Un couple ?

- En quelque sorte, balaye t'il en continuant de s'habiller. *Qu'est-ce que tu veux qu'on soit ?*

Je ne sais pas quoi répondre et le rouge me monte aux joues. Il s'arrête et attends ma réponse. Je l'observe et je lui réponds d'une petite voix en baissant les yeux.

- Tu me plais et ... je crois que ... je commence à ... être amoureuse.

- De moi ?

- Oui, fis-je timidement.

Pour toute réponse, il se précipite vers moi me prend dans ses bras et m'embrasse. Je ne peux plus respirer tellement qu'il me sert fort contre lui. Je ne sais pas s'il est content ou s'il veut me tuer. Je lui fais signe que j'étouffe et il me relâche doucement. Il m'embrasse une dernière fois plus délicatement. Je le regarde dans son pantalon de smoking et torse nu, il est vraiment sexy.

- Tu le penses vraiment, Lola ?

- Oui, mais je ne sais pas encore, mais tu me plais vraiment. Je suis bien avec toi.

- Moi aussi, je suis heureux avec toi. Est-ce que ça veut dire qu'on est en couple ?

- Je crois que oui, dis-je timidement.

Il m'attrape les mains et m'embrasse une nouvelle fois avant d'attraper son téléphone.

- Angelo, ma copine et moi arrivons dans 20 minutes.

...

- Oui, c'est MA copine.

...

- A tout à l'heure.

Il a les yeux brillants de fierté et d'amour et je me sens unique et tellement heureuse que je me mets sur la pointe des pieds pour l'embrasser du bout des lèvres. Il m'explique que c'est seulement un repas familial et que sa mère tient aux traditions de sa famille. Il m'informe qu'on dîne chez Angelo, mais que ce sera sans doute sa mère qui organise le repas et qui prendra la soirée en main. Mon estomac se sert, j'ai peur de rencontrer sa famille. C'est tellement précipité. Il me rassure le mieux qu'il peut et nous partons une fois qu'il a terminé de se vêtir.

Le dîner chez son frère a été un vrai plaisir. Sa mère est une vraie italienne et elle protège ses enfants. Ils sont tous adultes, mais attention si on leur brise le cœur, la maman veille. Cela m'a fait sourire, je ne suis pas très proche de ma mère et ça me fait chaud au cœur que Liam peut compter sur elle. Sa sœur est plus timide et nous nous ressemblons un peu, elle est mariée avec un homme charmant tout aussi timide qu'elle. Ils sont vraiment trop mignons. J'ai rencontré la femme d'Angelo qui est vraiment très gentille, elle a su me mettre à l'aise dès mon arrivée. Comme Liam me la dit, c'est sa mère, Alessia, qui a pris la soirée en main. J'ai pu faire connaissance avec le frère et la sœur de Liam très facilement, avant d'aider leur mère à débarrasser la table. Au début, elle a refusé, mais cela nous a permis de discuter un peu, enfin, rapidement, car Liam nous servait d'interprète. Concernant ce dernier, il s'est montré vraiment délicieux. Il n'a pas arrêté de dire que j'étais SA copine à qui voulait l'entendre et que j'étais à lui. Angelo paraissait s'amuser de son comportement, car ce n'était pas coutumier. Sa sœur, Laura, n'a pas beaucoup parlé, mais souriait à chaque fois. La soirée a été vraiment très animée, ils parlaient forts, chantaient tout aussi bruyamment et riait énormément. Je ne parle pas italien, alors je suis restée un peu téléspectatrice de leur bonne humeur. Liam me traduisait la plupart de leur échange et il gardait toujours sa main sur moi, que ce soit autour de mes épaules, sur ma cuisse ou en prenant la main. Il n'a jamais autant été tactile que durant cette soirée. J'ai énormément aimé ça et j'espère que ça ne va pas s'arrêter.

Nous sommes un peu saouls quand nous rentrons à la villa. Dans la voiture qui nous ramène, nos bouches ne se quittent plus, ses mains passent sous le peu de vêtements que j'ai et les miennes cherchent désespérément à se frayer un chemin. La température monte d'un coup quand nous passons la porte de la villa. Je retire sa veste, sa chemise et je l'embrasse partout. Je suis prise d'une telle frénésie de son corps que je ne peux pas m'arrêter de le dévorer. Il sent terriblement bon, c'est enivrant. Ses mains dans mes cheveux m'électrisent et m'empêchent de réfléchir, mais je m'en fiche, je le veux, maintenant. Je descends plus bas pour défaire sa ceinture, mais il m'arrête d'une main ferme. Je lève les yeux vers lui et j'y découvre un feu ardent, je frissonne. Je me lèche les lèvres en pensant à ce que je vais trouver sous son pantalon. Il m'attrape les poignets et me remet sur mes pieds. Je l'embrasse passionnément et il m'entraîne dans la chambre. Il prend l'ourlet de ma robe et la fait passer au-dessus de ma tête. Je tremble de désir. Il m'allonge dans le lit, je trouve ça étrange, mais bon je ne pose pas de question, j'ai hâte qu'il me rejoigne. Ses lèvres s'attardent sur mes lèvres et mon cou pour remonter à hauteur de mes lèvres.

- Bonne nuit, ma belle

Il s'écarte en ne me quittant pas du regard. Je mets un moment avant de comprendre ce qu'il vient de dire. Il est vraiment sérieux, il va me laisser me consumer de désir. Ce n'est pas possible, je pousse les draps d'un coup sec et me lève sur le lit. Liam fait un pas un arrière et se cache le corps derrière la porte, il y a juste sa tête qui dépasse, mais à quoi joue-t-il ?

- Rappelle-toi, pas de sexe durant le week-end, c'est ta règle.

Il referme la porte tout content de lui. Je jette l'oreiller qui atterrit sur la porte et je lui cris un « Connard » avant de me diriger vers la salle de bain pour une douche bien froide. C'est décidé je le hais.

Nous sommes dimanche et il n'y a rien à faire, je devrai être heureuse, mais je m'ennuie. Je n'arrête pas de regarder Liam, comme si c'était un sandwich, rien à faire il ne cédera pas. Qui a eu la belle idée de se priver de ce bel homme ? Je suis folle de lui un peu plus tous les jours, pourquoi je ne me laisse pas aller dans ses bras ? Je suis une idiote. Perdue dans mes pensées, je n'entends ni mon téléphone sonner ni Liam qui me parle. J'attrape mon téléphone, mais trop tard, Liam me regarde avec un grand sourire. C'est encore pire pour lui résister, je détourne les yeux et les posent sur la vue magnifique. Cet endroit va me manquer assurément, mais je reviendrai, j'en suis certaine. Nous sommes installés sur la terrasse, il fait bon, je profite du soleil pour bronzer et Liam pour revoir un dossier. Cela fait une heure que je n'ai rien fait et que je me repasse la fin de la soirée d'hier. Je soupire et Liam lève les yeux de ses documents pour me dire qu'il a besoin d'une pause. Il attrape son dossier et me demande de le suivre. Je me lève très rapidement de mon transat et je le suis muette. Liam m'ordonne de passer une robe et il m'entraîne dans une partie de la villa que je n'avais pas remarquée. Nous grimpons un escalier qui se trouve sur le côté de la maison et nous arrivons sur un palier sombre. Il m'attrape la main et nous descendons une volée de marche avant d'arriver dans une pièce circulaire. Elle est plutôt petite, éclairée par un puit de lumière et au centre de ce halo de soleil se trouve une ... table de massage. Je rêve, il y a une salle de massage dans ce village. Liam retire ma robe et m'installe sur la table. Je me laisse faire sans piper mot de peur qu'il change d'avis. Il se dirige vers un meuble et en sort quatre bougies et une huile. Il dispose les bougies autour de moi et allume un poste qui diffuse une musique apaisante. Liam verse un peu d'huile au creux de sa main pour la faire chauffer. Il passe ses mains sur mes mollets et remonte délicatement vers le genou puis la cuisse et il recommence avec l'autre jambe. Il est vraiment doué, ses mains sont douces et fermes. Je me détends tout doucement, je me concentre sur la sensation de ses mains et sur sa respiration. Son massage remonte sur mes fesses et le bas de mon dos, je frisonne, et Liam redescend ses mains sur l'intérieur de mes cuisses. Je pousse un gémissement quand il frôle ma partie intime. Je ne le vois pas, mais je suis sûre qu'il sourit. Liam remonte sur mon dos et il insiste sur les points stratégiques. Personne ne m'avait jamais massé comme lui le fait. La musique m'aide à me détendre totalement ainsi que l'odeur douce des bougies. Liam a décidé de jouer avec moi, il frôle ma poitrine à chaque fois qu'il passe sur les côtés. Je ne peux retenir un petit gémissement. Son manège continue encore pendant un long moment où ses mains passent sur mes zones sensibles mine de rien. Je suis trempée et je ne peux absolument rien y faire. Liam termine mon moment de détente par un baiser entre les deux omoplates. Je me redresse et je le regarde. Pour la première fois, je m'autorise à penser que c'est mon homme, il est à moi et je suis amoureuse de lui. Je souris bêtement pendant qu'il se lave les mains.

- *Arrête de sourire comme une collégienne,* me lance t'il pendant qu'il a le dos tourné

- *Je suis vraiment bien avec toi.*

- *Je suis bien aussi avec toi. Nous rentrons demain, qu'est-ce que tu as envie de faire ?*

- *Ce que tu veux* lui répondis-je au lieu de lui dire que j'ai envie de lui.

- *Allez ma belle, on va aller faire un tour.*

J'enfile ma robe et nous partons direction les rues de ce coin de paradis. Nous trouvons un petit café ouvert et nous nous installons en terrasse. Assis l'un contre l'autre, Liam à ma main dans les siennes et à cette pensée mon cœur se serre de joie. Il m'embrasse sur le bout du nez au moment que le serveur arrive pour prendre notre commande. Je prends mon incontournable thé et lui son café. Nous discutons de tout et de rien, c'est si facile entre nous depuis qu'on est ici. J'appréhende de rentrer demain, je n'en ai pas envie du tout. A cette réflexion, mon humeur s'assombrit, il a tout prévu, ce week-end était pour lui une façon de me séduire, de me faire oublier le quotidien. Comme pour me donner raison, une petite blonde, l'interpelle de loin et je vois qu'il est mal à l'aise. Elle a l'air tout à fait normal et elle s'approche de nous, Liam me lâche la main. Je le regarde, mais il ne fait pas attention à moi, lui il regarde cette fille. Cette dernière fait encore deux pas et s'assoie sur les genoux de Liam, il se fou de moi, il n'a aucune réaction, sauf de lâcher ma main. La fille l'embrasse à pleine bouche en le caressant, s'en est trop pour moi. Je me lève et je pars à la villa. Liam ne m'appelle pas, ne me court pas après, il est bien trop occupé avec sa copine. De nouvelles larmes coulent sur mes joues quand j'arrive à la location. J'attrape ma valise et la remplis de mes affaires. J'appelle Victor et je lui demande de me ramener en France. Il arrive à peine une heure après et je n'ai toujours pas de nouvelle de Liam. Je suis écœurée, Victor ne me pose aucune question, attrape ma valise et me conduit à la voiture. Je grimpe dedans pendant que mon chauffeur charge ma valise dans le coffre et je vois Liam arriver. Sa tenue est en désordre et sa chemise à des traces de rouge à lèvre, il me dégoûte et je tourne la tête. Je dis à Victor de partir que je n'ai plus rien à lui dire. La voiture se met en route et nous arrivons très rapidement à l'aéroport. Je prends un billet d'avion et j'attends pour embarquer. Je regarde mon téléphone aucune nouvelle de Liam, je soupire. J'embarque sans encombre et je monte à bord de l'avion. Je m'installe et je laisse mes pensées vagabonder. Le vol n'est pas long et nous atterrissons très vite. J'attends ma valise quand quelqu'un me tire en arrière.

- *Putain, ne t'avise plus jamais de partir comme ça.*

- *Mais, mais ….* Surprise je n'arrive pas à brancher mon cerveau.

- *Maintenant, tu me suis et on va avoir une discussion tous les deux.*

- *Liam, lâche-moi, tu me fais mal et je n'ai pas pris ma valise. Liam tout le monde nous regarde, laisse-moi,* m'agaçais-je

- Je m'en fou, la voiture nous attend et ta valise est dans le coffre, me dit-il furax en me prenant la main.

Liam fait quelques pas, me lâche la main, se pose devant moi, et elle part aussi vite sur sa joue. A son tour d'être surpris, il porte la sienne sur sa joue et sans attendre sa réaction, je sors rejoindre Victor. La limousine est de retour, je monte à l'intérieur et descends un verre de champagne, puis un autre. Liam monte à son tour et il n'a pas l'air d'avoir apprécié nos retrouvailles. Il ordonne à Victor d'aller à l'appartement et je m'installe un peu plus loin de Liam. Ce dernier ouvre la bouche pour me parler, mais je lui coupe la parole en lui disant que je ne veux rien entendre de lui. Le retour se fait dans un silence le plus totale. La limousine se gare et je descends sans attendre qu'on m'ouvre la porte. J'ouvre le coffre, sous le regard horrifié de Victor, j'en sors ma valise et je me dirige vers l'étage de Liam. Il me suit quelques pas en arrière, c'est la première fois que je le vois aussi fermé, cela ne présage rien de bon. Je dépose ma valise dans la chambre que je ferme d'un tour de clef et je me couche. Il est presque 20h et je suis épuisée. J'entends Liam frapper deux petits coups contre la porte, mais je ne lui réponds pas. Je regarde le plafond et je m'endors en pensant que ce mec a beau être un connard, je l'aime de plus en plus. Sale connard !

5. THOMAS, L'AMI/L'ENNEMI

Je n'ai pas beaucoup dormi et quand je me lève, il fait encore nuit. Chez Liam tout est toujours propre, alors je décide de me préparer un petit déjeuner au lieu de faire le ménage pour me calmer. Je fais des crêpes et je m'installe sur son canapé avec une tasse de thé et un jus d'orange. Je me demande qui a bien pu faire les courses pendant notre absence. Je suis éclairée uniquement par une petite lumière de la cuisine et ça me suffit. Je ne veux pas réveiller Liam s'il dort à l'appartement. La porte d'entrée claque et je sursaute. Je vois Thomas entrain d'embrasser une grande rousse et les deux sont en train de ... cela me dégoutte, mais je ne dis rien. Je continue d'étaler ma confiture dans la pénombre quand l'un deux se décide à ouvrir la lumière. La rousse pousse un cri en me voyant, tout en lui souriant, mon regard passe de l'un à l'autre avant de passer sur lui. Il pourrait me tuer du regard, je serai déjà refroidie, mais je m'en moque ici je suis chez moi, enfin chez Liam. D'ailleurs, je me demande où il a bien pu dormir pour ne pas entendre tout ce remue-ménage.

- *Salut Lola, où est Liam ?*

- *Certainement avec une petite blonde.*

- *Qu'est-ce que tu fous là ?*

- *Je suis chez Liam*, donc je suis là.

Je ne sais pas ce que j'ai dit de mal, la rousse colle une baffe magistrale à Thomas et elle claque la porte. Je souris, bien fait pour lui.

- *Ça t'amuse, boulotte ?*

- *Comment tu viens de m'appeler*, je me lève avec comme arme une petite cuillère pleine de confiture.

- *Boulotte, toujours en train de s'empiffrer n'est-ce pas,* me crache-t-il au visage.

Je fais un pas dans sa direction, nous sommes vraiment très proches quand j'entends quelqu'un se racler la gorge. Je ne bouge pas, je fixe Thomas et je ne compte pas baisser les yeux.

- *Qu'est-ce qui se passe ici ?*

- *Liam, tu es déjà rentré ? Je m'en vais, je voulais squatter l'appartement avec Ingrid, mais visiblement ce n'est pas possible, ta copine l'a fait fuir. Je me casse !*

Thomas part sans rien ajouter et Liam appuyé sur le chambranle de la porte me regarde sérieusement. Je sens que je ne pourrai pas manger ma crêpe tranquillement. Il s'approche et me pique ma crêpe que je viens de me préparer. Il l'engouffre en deux bouchés, je n'en reviens pas. Liam attrape le pot et prépare une nouvelle crêpe qu'il me tend sans rien dire. Je la saisie et il passe son bras derrière moi, je suis tendue, il me regarde manger ma crêpe. Je termine avec une gorgée de thé et il me tend une serviette en tissus. Je m'essuie les lèvres et il enchaîne directement.

- *Pourquoi tu ne m'as pas dit que tu le connaissais ?*

- *Parce que c'est un enfoiré ?*

- *Lola,* soupire-t-il, *qu'est-ce qu'il s'est passé entre vous ?*

- ...

- *Réponds-moi,* ordonne-t-il un peu sèchement.

- *Tu vois, tu recommences. Je vais prendre une douche.*

- *Lola,* grince-t-il, *reviens ici et réponds-moi.*

- *D'accord,* soupirais-je à mon tour. *Thomas est un enfoiré qui m'a harcelé de nombreuses années en primaire. Voilà tu es content, je peux y aller ?*

- *Impossible ! C'est mon meilleur pote.*

Je passe l'heure suivante à lui raconter comment son ami a été mon cauchemar à cause de mes rondeurs qu'il ne supportait pas. Les sobriquets qu'il m'affligeait et qui le faisait rire. Je vois Liam serrer et desserrer les poings, je n'aime pas ça. A la fin de mon monologue, il me promet de lui mettre son coup de poing dans la gueule et je souris pendant qu'il me prend dans ses bras. Je me rends compte de ce qui se passe et je me retire de son enlacement. Je n'ai pas oublié la blonde en Italie. Je m'éclaircis la voix avant de lui dire que je vais prendre une douche, je sais qu'il ne croit pas à mon excuse, mais il a la décence de ne pas insister. Je souffre de ne pas savoir ce qui s'est passé, mais je suis trop en colère pour pouvoir l'écouter. Je passe prendre des affaires dans la chambre et je m'enferme dans cette magnifique salle de bain. Je retiens les pensées qui m'assaillent, celles de nos bons moments ainsi que les moins bons. Son visage souriant me revient en mémoire et je pleure. Je n'ai jamais autant pleuré avec un homme. Il a volé mon cœur pour le piétiner, l'écraser et le mettre en miette. Je peine à respirer en prenant conscience que je l'aime pleinement, sans mesure, inconditionnellement. Je m'appuie contre la porte et je laisse toute ma détresse s'exprimer. Liam ne vient pas ou alors je ne l'entends pas, il est trop tôt encore pour lui faire face. Je me fais violence et je rentre dans la douche, après m'avoir déshabillée. Je laisse l'eau laver ma peine et ma détresse. Je prends tout mon temps pour me ressaisir. Je me lave, sors pour m'habiller et ensuite qu'est-ce que je fais ? Est-ce que je suis assez forte pour entendre qu'il y a une autre femme en Italie qui l'attend ? Non. Est-ce que je suis prête à le laisser partir sans me battre ? Toujours non. Je me regarde dans le miroir en pied et je n'aime pas mon reflet. Je porte un pull élargi par le temps et un jean basique, tu m'étonnes qu'il va voir si la pelouse est plus verte ailleurs. Je pouffe en pensant à cette expression qui a une connotation sexuelle à mon oreille. Je fais un effort sur le maquillage et je repasse par la chambre pour me changer. J'enfile des collants et je mets une robe-pull pour mettre en valeur mes formes. Je reste pieds nus, je ne compte pas sortir de là aujourd'hui, après tout je suis sensée être en Italie avec Liam.

Je rentre dans le salon, Liam a disparu ainsi que le petit déjeuner. Je m'installe sur le canapé en attendant son retour, je me sens un peu idiote d'être maquillée et habillée comme ça pour feuilleter un magazine. Je plie mes jambes sur le canapé et me mets à l'aise quand Liam fait enfin son entrée et il est magnifique. Mon homme, oui, c'est le mien, est habillé sobrement, mais cela lui va très bien. Les cheveux mouillés et en batailles me prouve qu'il sort de la douche. Naturellement, il vient prêt de moi et pose sa main sur ma cheville, j'écarte mon pied de lui et me rassoie normalement. Il soupire, mais ne dit rien. C'est à moi dans me lancer dans la bataille la première, je déteste ça, je n'aime pas le conflit. Je m'installe en tailleur et je lui fais face. Tout ce maquillage sur mon visage et ma tenue me semble si ridicule que j'en perds mes mots. Liam vient à mon secours et m'explique la situation et cela me perturbe. Il a été fiancé à cette fille, j'ai un haut le cœur en l'imaginant se marier. Il s'approche de moi et me tient dans ses bras, je me dégage, mais il résiste. Je fini par me détendre dans ses bras et il continue de me raconter son histoire avec cette fille. J'ai mal au ventre pour cette fameuse Hortense, Liam n'a jamais rompu avec elle officiellement. Cela fait plusieurs années qu'il est parti d'Italie et même s'il y retournait régulièrement, il n'avait jamais recroisé son ex-fiancée. Il pensait qu'elle avait refait sa vie et que leur histoire était terminée. La jeune femme avait eu beaucoup de mal à le croire quand il lui avait annoncé leur rupture et que désormais il était en couple avec moi. Une larme glisse sur ma joue en pensant à la douleur qu'Hortense a pu ressentir, je me blottie contre Liam pour me ressaisir. Je n'aurai pas voulu être à sa place. Mon homme tente un baiser sur le front, je ferme les yeux et je savoure ce contact. Liam m'attire à lui et je me retrouve sur lui, je sens que la suite de la conversation ne va pas me plaire. Je l'embrasse pour retarder le moment, mais rien y fait et je grimace.

- *Ma belle, il va falloir que tu me fasses confiance, sinon ça va devenir compliqué.*

- Il y a tellement de femmes autour de toi, soupirais-je.

- Il n'y a que toi, je peux te l'assurer.

- Je ne sais pas. Nous nous connaissons depuis si peu de temps. Tout va trop vite, dis-je en m'écartant de ses bras.

- Je saurai gagner ta confiance, ma belle.

Sa phrase reste sans réponse, qu'est-ce que je pourrai lui répondre ? Il est tout ce que je pouvais rêver, même plus encore. C'est tellement soudain et je n'ai absolument pas l'habitude de vivre ce genre d'expérience. Je le regarde une dernière fois et je me dirige vers la cuisine pour nous préparer un café.

La journée se passe plutôt calmement, nous décidons de rester à l'appartement et profiter l'un de l'autre. Nous sommes tranquillement installés sur le canapé en train de regarder une émission sans-queue-ni-tête quand la porte d'entrée claque pour la deuxième fois de la journée. Je trésaille. Il va falloir que je parle à Liam de ce fâcheux problème, je ne peux pas vivre ici, si Thomas rentre comme dans un moulin. Liam resserre sa prise autour de moi, quand son meilleur ami fait irruption dans le salon avec un carton. Dites-moi pas qui va venir s'installer ici, je vis un véritable cauchemar. Thomas s'approche de moi avec un sourire qui me rappelle toutes ces années de persécution. Il s'assoit pose son carton à côté de lui et en sort des albums photos. Je me colle un peu plus de Liam, j'ai peur de ce qu'il se trame, de ce qui se trouve dans ses albums... Tout heureux de sa manœuvre, Thomas sort un album où l'inscription me tape à l'œil. Non, non, non, il ne va pas oser. Je proteste, mais il ne me laisse pas réagir et ouvre la première page avec les clichés qui s'étalent sous mes yeux. Je suis morte de honte, je rougis et je commence à respirer vite. Liam regarde son ami sans rien comprendre. Ma descente aux enfers commence et je n'ai qu'une envie c'est de partir de la pièce, mais je suis coincée entre les deux hommes. Je sers les dents.

- Liam, j'avais envie de sortir les albums de notre jeunesse.

- Je connais déjà ces vieux albums poussiéreux, Thom. Laisses nous tranquille.

- Je suis sûre que Lola aimerait les voir. Regarde l'année de mes 6 ans, j'étais en classe avec une fille horriblement moche, regarde elle est juste là. Comment l'appelait-on déjà ? comment déjà, dit-il en me perçant du regard, *ah oui Boulotte.*

Je me sens mal, je me raidis et Liam me sert contre lui, j'ai envie de les gifler, tous les deux. Liam car il ne comprend pas que c'est moi sur les photos et Thomas de m'humilier. Plus les photos et les albums s'enchaînent et plus on me voit dans des positions où on voit mon ventre, mes fesses ou simplement manger. Les larmes coulent sans que je puisse les retenir et une phrase de Liam envenime les choses.

- C'est vrai qu'elle n'est pas jolie cette fille. Il sort d'où cet album, je ne l'avais jamais vu ?

Je me lève d'un coup, attrape ma veste et mon sac et je sors de l'appartement. Je ne fais pas attention ni à Liam qui m'appelle ni au rire de Thomas. Mes joues sont noyées de larmes quand je sors de l'immeuble, Victor est là, comme s'il m'attendait, Comment est-ce possible ? Je grimpe dans la limousine, sans me poser plus de questions, et lui indique de conduire n'importe où. Une vitre se lève entre lui et moi et je me laisse aller une nouvelle fois à mon chagrin. Qu'est-ce qui ne va pas dans cette relation, est-ce que c'est moi qui suis trop susceptible ? J'envoie un SMS à Félicie, mais celle-ci n'est pas disponible, elle ne prend même pas la peine de me répondre. Nous roulons durant plus d'une heure. Je décide de m'arrêter pour boire un verre dans un café. J'en fais la demande à Victor qui me conduit dans un bar assez huppé de la ville. Je lui dis que je préfère quelque chose de plus simple et que de toute manière je n'ai pas d'argent à dépenser dans ce genre d'endroit. Il me tend une carte bleu gold à mon nom, aucune banque n'est inscrite dessus, aucun chiffre, juste mon nom, prénom et une puce. Je lui demande le code, mais il me fait un clin d'œil avant de me faire descendre de la voiture.

Je rentre un peu timidement dans le bar sous le regard des clients. Je m'aperçois dans un miroir et je comprends leur insistance. Je suis mal coiffée, les yeux rougis et je ne parle pas de ma tenue. Je prends un tabouret au comptoir et un barman me demande ce que je veux boire. Un peu désorientée, je lui tends ma carte sans rien dire, d'un hochement de tête il va me préparer un verre. Il revient quelques minutes plus tard avec un cocktail arc en ciel, je souris, un verre pour fille. Je le remercie, en me dirigeant vers une table un peu à l'écart. Je goûte mon verre, c'est un peu sucré et je ne serai dire s'il y a de l'alcool tellement que c'est doux. Je bois tranquillement mon verre en regardant les autres clients. Les heures passent tranquillement et j'en oublie pourquoi je suis venue me réfugier ici. Je demande un autre cocktail au barman, il me répond d'un hochement de tête, mais quelques minutes plus tard, ce n'est pas lui qui m'apporte mon verre. Je regarde l'homme en face de moi, il est vraiment pas mal, même si Liam reste bien plus beau. Il me tend mon verre et me demande s'il peut s'asseoir en face de moi. Je ne vois aucune raison de refuser, alors j'accepte. L'invité s'appelle Étienne, il est cadre pour une société de « je ne sais quoi » et il est de passage. Il est natif d'ici, mais il travaille bien plus souvent à Londres. Il est marié et il a des jumeaux, une fille et un garçon qu'il aime beaucoup. On finit par sympathiser et nous enchaînons les verres arc-en-ciel. Nous devenons très bruyants, éclatons de rire, les autres clients nous regardent. Je pense qu'effectivement, il y a beaucoup d'alcool dans ces cocktails. Nous commençons à chanter à tue-tête, le Barman nous regarde en souriant et un peu moins quand je décide que de monter sur la table est une bonne idée. Je me trémousse, je beugle dans un micro imaginaire le tube de Lara Fabian « Je t'aime ». Tout le monde me regarde et je ne me sens pas gênée du tout, je suis révoltée. Certains clients commencent à m'entourer et chantent avec moi et d'autres froncent les sourcils et me regardent de travers. Je ne sais pas comment ça arrive vers deux heures du matin, je suis sur les genoux d'Étienne complètement ivre. D'ailleurs lui aussi, il ne remarque pas que je l'appelle Liam et que je lui crache au visage tout ce que j'ai sur le cœur. Il a ses mains sur mes genoux et m'embrasse pour me faire taire en me promettant mille et une promesses. Le barman me demande de descendre des genoux de mon compagnon d'un soir. Je refuse, il insiste, je me lève et je commande deux autres Arc-en-ciel pour trinquer au connard de l'année. Je parle fort, je titube et je retombe sur les genoux d'Étienne qui me rattrape in extremis. Les gens nous regardent, mais je m'en moque, je suis malheureuse et rien ne pourra me consoler. Liam me manque et il n'est pas là, j'ai le droit de me saouler et de flirter avec qui je veux. Le temps s'écoule et je ne vois toujours pas nos verres arriver, je crois que je me suis mise le barman à dos. Je ne sais pas si je suis capable de me lever pour aller les chercher, j'attends donc que Monsieur se décide. Quelque temps après barman m'apporte une bouteille d'eau et deux verres. Je le regarde choquée, je me lève attrape la bouteille l'ouvre et une main me retient avant que je lui lance au visage. Je regarde la main tout en beuglant contre son propriétaire, je relève le regard et deux yeux caramel me fusillent. Je pose la bouteille et je ne peux retirer mon regard du sien. Liam est là et il n'a pas l'air content du tout, son attitude me glace le sang, mais je ne compte pas du tout me laisser faire. L'alcool me donne du courage et je me lance sans réfléchir.

- *Salut Connard, tu as fini d'humilier ta « copine »,* lui crachais-je au visage en mimant les guillemets.

- *Lola, tu rentres tout de suite, on va discuter de tout ça à la maison,* ordonna t'il.

- *Non. Je te présente Étienne, mon copain. On s'entend bien lui et moi.*

- *A quoi tu joues, tu le connais à peine ce type.*

- *Ah oui, parce que je te connais toi peut-être. Tu me blesses, tu me fais pleurer, tu es nul comme petit copain,* m'énervais-je

- *Lola,* s'énervait-il, *tu viens avec moi tout de suite.*

- *Sinon, tu vas faire quoi ? Je ne t'appartiens pas.*

J'ai à peine fini ma phrase qu'il me porte sur son épaule jusqu'à la sortie sous les yeux hilares des derniers clients. Il me jette dans la limousine, je proteste, j'essaie de descendre, hurle qu'il n'a pas le droit de m'emprisonner, qu'on est dans un pays libre, mais la porte ne s'ouvre pas. Liam monte à côté de moi et la limousine se met en route. Je crache à Victor qu'il est un traite, que c'est lui qui m'a déposé là et que je le déteste et je finis par m'endormir, contre la vitre.

Je me réveille dans des draps que je connais bien maintenant et cela ne me plaît pas vraiment. Je me redresse, mais j'ai un mal de tête qui m'oblige à refermer les yeux. Avant que ceux-ci se referment, je vois que je suis couverte de photo et là j'ai envie de vomir. Je sors précipitamment du lit, puis de la chambre et je me jette sur la cuvette des toilettes. J'arrive in-extremis, suivie de près de Liam qui me tient les cheveux. Je lui cris de partir de me laisser, que j'ai honte qu'il me voit comme ça, mais rien y fait. Il me caresse le dos et me parle doucement. Je finis par m'asseoir sur le carrelage puis je me laisse tomber le visage brûlant sur le sol froid. Liam sort de la pièce et je lui suis enfin reconnaissante, mais il revient très vite avec une serviette humide, un verre d'eau et un cachet. Je le remercie et tente de me mettre debout. Incroyable, j'y arrive sans son aide, je bois l'eau et le comprimé, je lui rends le verre, passe la serviette sur mon cou, mon front et ma bouche, ça fait du bien. Je me dirige vers la chambre et je manque de vomir de nouveau, mon estomac se serre. Sur le lit, je vois au moins 1000 polaroids de moi embrassant un homme à pleine bouche, Étienne. J'ai honte de moi et je me sens mal. Qui aurait pu me balancer, Liam n'aurait pas pris le cliché, il m'aurait arraché à cet homme. Mes yeux se posent sur une veste qui n'appartient pas à Liam puis sur une paire de basket qu'il ne mettrait jamais. Liam vient s'encadrer dans la porte, l'épaule contre le chambranle, les bras croisés sur son torse et il attends en me dévisageant.

- *Quel connard ce mec, comment peux-tu être ami avec une telle ordure ?*

- *De qui tu parles ? Du mec de la photo ? Je ne le connais pas* dit-il posément.

- *L'ordure qui a pris la photo, Thomas bien sûr. Cela ne lui a pas suffi de m'humilier devant toi avec ses photos. Qu'est-ce qu'il veut à la fin ?*

- *C'était toi dans les albums ? Lola, ma belle, ...*

- *Lâches-moi, laisses-moi prendre une douche et je sors d'ici.*

71

- Hors de question que tu partes, tu restes ici, dit-il en m'attrapant le bras.

- Lâches-moi, je te jure lâches moi, tu me fais mal.

Il me lâche le bras pour me serrer contre lui, mais je le repousse vivement. Je file dans la salle de bain et à peine franchis le seuil je fonds en larmes. Je suis fatiguée et je me sens sale. Je retire le maillot de Liam qu'il a dû m'enfiler pour dormir, mon slip et je file sous la douche sans même faire chauffer l'eau. Le dos tournait à la porte, je laisse l'eau me rincer de tous ces verres bus, des mains de cet Étienne et surtout de ses lèvres sur les miennes. Je me dégoutte, je pleure, j'ai tout gâché avec Liam. Il est sans doute maladroit, mais il n'a jamais embrassé une autre fille. Je sens deux mains se poser sur moi, je sursaute. Liam rentre totalement sous la douche, m'enlace et m'embrasse dans le cou. Je me laisse aller contre son torse, les yeux fermés, je vis certainement mes derniers instants avec lui. Il me berce et il me dit qu'il est désolé pour ses paroles sur les photos et qu'en plus, je n'étais même pas moche et nous pouffons de rire tous les deux. Il me retourne et nous nous trouvons face à face, il s'excuse de ne pas m'avoir accompagné quand je suis partie, qu'il est un simple crétin. Il m'embrasse du bout des lèvres avant de poursuivre en s'excusant. Il s'en veut d'avoir marché dans la combine de Thomas, il ne pensait pas que j'étais ivre. Ensuite quand il est rentré dans le bar, il a fait signe au barman de m'apporter l'eau et il est intervenu à ce moment-là. La machine était déjà en route et il s'est senti pris au piège. Il n'a rien compris et il s'en veut. Il finit ses excuses avec un baiser plus long que le premier. Je me détache de lui et regarde mes pieds, je ne suis absolument pas fière de moi. Je lui demande pardon, d'avoir bu autant, d'avoir fait n'importe quoi avec ce type et de ne pas lui avoir parlé de tout ça plus tôt. Il m'enlace encore et je ne peux m'empêcher de lui rendre son câlin. Nos gestes se font de plus en plus assurés et tendres. Je me sens si bien contre lui, je ne peux pas croire que j'ai cette chance de respirer seulement le même air que lui. Ces lèvres effleurent mes lèvres avant de descendre dans mon cou, ses mains se promènent sur mon corps et je réagis aussitôt. Nos yeux s'enflamment et je gémis quand il prend l'un de mes seins dans sa bouche. Instinctivement, je passe mes mains dans ses cheveux et tout s'enchaîne très vite. Liam me soulève et j'enroule mes jambes autour de ses hanches, mon dos tape contre le carrelage froid. Je pousse un petit cri de surprise et Liam reprend possession de ma bouche. Notre ébat est sauvage, primitif, il n'y a plus aucune tendresse, mais un désir qui ravage tout. Je ne prends conscience de ce qui s'est passé quand il m'allonge sur le lit. Il est au-dessus de moi et me pénètre pour la seconde fois, plus doucement, mais j'ai les cuisses endolories. Liam me regarde avec autant de douceur qu'une larme perle à mes yeux, il l'essuie du bout du pouce. Il continue ses lents va et vient en ne me quittant pas des yeux. J'ai passé mes bras autour de lui et je me sens totalement bien. Nous faisons l'amour avec énormément de tendresse et d'amour. Le temps est comme suspendu et rien ne pourrait percer notre bulle de bien-être. Nous sommes repus de l'un de l'autre et nous nous endormons l'un contre l'autre.

Un bruit strident me réveille, la sonnette de la porte d'entrée. J'ouvre les yeux et Liam n'est plus à côté de moi, je regarde le réveil et il est déjà 13h. Je pousse les draps pour me lever, mais j'entends une dispute éclater dans le salon. Je remonte les draps sur moi et j'essaie de comprendre ce qui se passe. Je n'entends pas les réponses de Liam et je n'arrive pas à comprendre ce que la voix dit. Des pas approchent et j'entends Liam barrer le chemin et interdire à Thomas d'entrer dans la chambre. Mon cœur bat vite, trop vite qu'est-ce qu'il fait là ? J'entends un bruit de lutte et la porte s'ouvrir en grand. Je ne peux retenir un cri quand Thomas déboule dans la pièce.

> *- Pourquoi tu as fait ça ? Cela ne t'a pas suffi de ne pas me regarder, maintenant tu me prends mon meilleur pote ? Pourquoi,* hurle t'il en s'approchant du lit, *Pourquoi tu ne veux pas de moi ?*

> *- Sors de chez moi,* ordonne Liam en le chopant par le col. *Tu dégages, je crois que tu en as assez fait.*

Ils sortent tous les deux de la chambre, j'ai juste le temps de voir la joue et l'œil rougis de mon amoureux. Mon cœur se serre, en imaginant qu'il s'est battu pour moi avec son meilleur ami. J'enfile un caleçon à Liam et un de ces t-shirt et je me dirige dans la cuisine où Liam se trouve. Il est assis une poche de glace sur la joue, la tête baissée. Il ne dit rien et il ne me regarde pas et je sens un malaise s'installer entre nous, je vais pour ouvrir la bouche quand il me lance sa bombe.

> *- J'ai besoin d'une soirée au manoir.*

Je ne réponds rien et il ose enfin me regarder pour ajouter.

- *Et je veux que tu m'accompagnes.*

6. REVÉLATION

Voilà deux mois que nous vivons ensemble et un mois que nous sommes en couple. Je devrai être heureuse et ce n'est pas le cas. Liam passe énormément de temps à son bureau et bien souvent je suis seule à l'appartement. J'ai toujours la carte bleue magique qui m'ouvre toutes les portes les plus huppées, mais je ne m'en sers presque pas. J'ai revu Félicie, elle est heureuse avec son nouvel amoureux. Je l'ai rencontré une fois et il m'a l'air très bien, à cette occasion, je les avais invités dans un très bon restaurant et je m'étais servi de la carte de Liam. Aussitôt utilisée, aussitôt regrettée. Liam m'avait appelé, à peine sorti du restaurant, pour savoir avec qui j'étais. Effectivement, la note était sacrément salée et j'avais eu très honte de moi sur le moment. Mon homme m'avait rassuré qu'il n'y avait aucun problème et m'avait souhaité une bonne journée. Depuis, je n'avais jamais plus osé l'utiliser. Nous sommes vendredi et je tourne en rond dans l'appartement, il n'y a absolument rien à faire et je me sens prisonnière. Ce qui est idiot, car je peux aller là où je veux et faire ce que je veux. Liam rentrera tard ce soir, comme tous les soirs, généralement je m'endors sur le canapé en l'attendant. Il ne parle plus de la soirée qu'il souhaitait organiser et notre conversation tourne en boucle dans ma tête. Je lui ai dit que j'étais absolument contre avec tout ce qu'il se passait entre lui et moi, j'avais besoin de calme et de savoir où j'en étais. Il a juste secoué la tête et était parti sans un mot. Quand il était rentré, il sentait l'alcool, mais n'était pas ivre. Il avait pris une douche, s'était couché dans notre lit et il avait commencé à rentrer tard du travail. J'aurai pu penser qu'il l'avait fait sans moi et sans rien me dire, mais il m'a assuré que c'était avec moi qu'il voulait y aller. On ne s'échange plus que quelques mots de convenance, je sais bien qu'il a besoin de cette soirée pour aller mieux, mais je ne comprends pas et il est fermé. Ce soir, je ne m'endormirais pas, j'ai tout prévu et il va falloir qu'on parle et qu'on se dise les choses. J'ai utilisé la carte magique, comme je l'appelle, pour m'acheter une robe sublime, il ne va pas résister. Le champagne est au frais et j'ai commandé ses plats préférés chez son traiteur. Victor devrait l'appeler pour lui dire qu'il y a un souci à l'appartement pour l'obliger de rentrer. J'allume les bougies, sors les plats de leur barquette et les mets au four pour qu'il soit chaud quand Liam arrivera. Au même moment, j'entends le cliquetis de la porte d'entrée, je ne m'attendais pas à ce qu'il rentre sitôt, un dernier œil dans mon reflet et c'est parti. Il est magnifique dans son costume, mon cœur manque un battement quand je vois l'énorme bouquet de roses dans sa main.

- Tu croyais pouvoir me faire une surprise, me taquine t'il en

m'embrassant, *tu es splendide.*

- Merci, tu n'es pas mal aussi. Je te sers un verre ?

- Oui, mais dis-moi pourquoi tu sors le grand jeu, ce soir ?

- Nous ne nous voyons plus, Liam. J'avais envie de te retrouver, je lui tends son verre.

- Tu seras mon dessert ?

- Si tu es sage, lui répondis-je en l'embrassant.

Nous nous installons sur le canapé et pour la première fois, il me parle de sa journée, du contrat difficile qu'il est en train de négocier avec une très grosse entreprise. Liam retire sa cravate et ses chaussures et il se détend. J'aime le voir comme ça, plus naturel, plus accessible, je me sens en confiance et je ne peux pas attendre la fin du repas pour lui parler. Après un long silence, je me jette à l'eau un peu angoissé, je termine mon verre cul sec et il me regarde étonné.

- Liam, en fait, j'ai quelque chose à te demander.

- Vas-y, ma belle, il ferme les yeux et il ne voit pas que je suis très stressée.

- Avant, je veux que tu me promettes de ne pas t'énerver, ma voix est tremblante, Liam ouvre les yeux.

- Je te promets, dit-il en se tendant légèrement, son regard est vissé au mien.

- Pourquoi as-tu besoin de ces soirées au manoir ?

Il ne me répond rien, il me dévisage comme s'il ne m'avait jamais vu. Le courage me déserte, j'ai tout donné dans cette question épineuse. J'attrape la bouteille de son whisky qui est resté sur la table hier et je me sers une dose dans le verre à vin que j'avale sans attendre. Je passe ma langue sur mes lèvres et je vois ses yeux suivent mon mouvement. Le silence s'étire et je m'agite, je suis tellement stressée par sa réaction. Il se lève, regarde par les grandes fenêtres, la nuit est déjà tombée, il va en cuisine éteindre le four et revient. Il me regarde, se passe les mains dans les cheveux, retire sa veste, mes yeux ne loupent aucun de ses moments. Liam est tout aussi agité et mal à l'aise que moi avec la situation. Une sonnerie de téléphone nous fait sursauter, mais aucun de nous deux de ne réagit. La sonnerie s'arrête, immobile face à face, on se jauge, mais personne n'ose rompre le silence. La sonnerie reprend, Liam extirpe son téléphone de sa poche, sans regarder qui l'appel et sans lâcher mon regard, il répond d'un laconique oui. L'interlocuteur se lance dans un monologue, Liam est debout, une main dans la poche, tendue, une minute après il raccroche sans rien dire d'autre. Il est vraiment impressionnant. Je me sens comme une petite souris prise à son propre piège. Il soupire et il s'approche de moi doucement, comme s'il ne voulait pas me faire fuir. Il s'assoit à côté de moi et me prends une main et l'embrasse dans la paume. Je lâche tout l'air de mes poumons et je respire de nouveau. Ce simple geste me prouve qu'il tient à moi, enfin un petit peu. Son regard s'accroche au mien, le moment est intense, un craquement d'allumette et tout pourrait partir en fumée. Je suis stressée quand Liam décide de rompre ce long silence.

- C'était le bureau, rien d'alarmant, je reste avec toi, ok ?

- Ok, lui souris-je timidement.

- Nous avons besoin de parler. Cela ne va pas être simple et tu vas devoir m'aider à me confier. Repose-moi la question.

- Pourquoi as-tu besoin de ces soirées ?

- Lola, ce que je m'apprête à te raconter tu seras la seule à le savoir. Je... Je tiens beaucoup à toi et j'ai envie que ça fonctionne entre nous. Quand j'ai eu 15 ans, j'ai perdu les pédales et j'étais sur la mauvaise pente. Je buvais en cachette, je fumais et j'en suis pas fière, mais je jouais aussi beaucoup avec les filles. Cela a duré jusqu'à mes 17 ans où j'ai rencontré une jeune femme de 19 ans, Élise, une libertine. J'étais fou amoureux d'elle, j'aurai fait n'importe quoi pour elle, mais je n'étais pas assez bien, pas assez droit. Élise a bien voulu me donner ma chance, mais je devais reprendre mes études, arrêter de boire et de jouer avec les filles. En contrepartie elle m'a initié à son monde, au club et surtout au respect de l'autre. J'ai beaucoup appris à son contact. C'était dur de tout arrêter et j'étais très nerveux et stressé. Avec le temps, j'ai compris que le regard des autres avait sur moi en effet apaisant. J'avais honte de ça, tu comprends, j'avais 18 ans et ce n'étais pas du tout dans les mœurs de ma famille. Je l'ai caché et j'étais si heureux avec Elise que j'ai fini par accepter cette part de moi. Avec Elise, ça s'est terminé, mais j'ai organisé ma première soirée vers l'âge de 22 ans. Depuis, je n'ai jamais arrêté, cela me stabilise, me rends plus fort et je suis devenu bon pour organiser ce genre de soirée. Je m'y sens bien. Je ne sais pas ce qu'il se passerait si j'arrêtais et je ne veux pas le découvrir.

- Pourquoi ça s'est terminé avec elle ?

- Je ne l'aimais pas autant que toi, élude-t-il dans un sourire.

- Quoi ? Je crois que je ne comprends pas, rougis-je.

- Je t'aime, tu as très bien compris, me dit-il en m'embrassant.

Je ne réponds rien, je suis abasourdie. Liam m'aime, c'est tout ce que mon cerveau arrive à assimiler. Le reste n'a plus beaucoup d'importance. Je murmure que Liam m'aime et cela me fait sortir de ma torpeur, je lui saute au cou, le serre fort avant de l'embrasser avec passion. Ses mains se posent enfin sur moi et je me sens électrisé à son contact, il y a trop de tissus entre nous. Liam le comprend plus vite que moi et il s'acharne déjà sur la fermeture éclair de ma robe. Il arrive enfin à la retirer et elle se retrouve au sol. Bientôt sa chemise et son pantalon vont la rejoindre et mes mains et ma bouche parcourent son torse. Il a la peau si douce et soyeuse que je ne peux m'empêcher de l'embrasser et de la caresser. Je repasse en revue toutes les parcelles qui sont à ma portée. Liam me retient avant que j'arrive à son boxer. Il me regarde et je vois qu'il y a une larme qui perle dans son regard et je panique. Qu'est-ce que j'ai fait ? Il m'embrasse doucement avant que je ne puisse dire quoi que ce soit. Il m'allonge délicatement sur le canapé et ce qui suit me désarme totalement. Liam prend son temps et tout doucement il parcourt mon corps de baisers et de caresses. Je sens ses larmes se déverser sur mon corps et j'ai envie de le prendre dans mes bras, comprendre ce qu'il se passe. Liam m'immobilise, son regard croise le mien une fraction de seconde et mon cœur se serre. Il me coince les mains dans la sienne et de l'autre chasse les larmes qui restent sur ses joues. Mon amoureux reprend ses tendres bisous et quand il arrive à mon ventre lâche mes mains pour me caresser. Je frisonne, mes mains plongent instinctivement dans ses cheveux j'adore ça. Il retire le petit bout de tissus qui me sert de sous vêtement en grognant, j'en conclue qu'il apprécie. Je ferme les yeux, ne pouvant plus résister à sa lenteur je bouge le bassin, mais il me maintient fermement. Liam continue sa progression vers mon intimité avec le même rythme lent. Je soupire, je gémis, je ne suis que désir et lui prend tout son temps. Quand il m'accorde un baiser il est tellement doux que j'ai l'impression de l'avoir rêvé. Il ne m'a pas encore touché et je mouille déjà, je murmure son prénom, le supplie, mais Liam reste fidèle à lui. Il se décide enfin et je me retiens in extremis de ne pas jouir immédiatement. J'échappe un petit cri, le premier d'une longue série. Liam est doué et il le sait, c'est le meilleur partenaire que j'ai jamais eu. Après nos longs ébats, nous nous endormons à même le canapé, l'un contre l'autre, c'est une habitude. Je suis heureuse d'avoir retrouvé mon homme. Je suis soulagée qu'il m'est parlée, mais j'ai la sensation qu'il ne m'a pas tout dit. Je me réveille la première, je suis barrée par son bras et sa jambe, je ne bouge pas et j'apprécie le moment. Ma main trouve ses cheveux que je caresse familièrement. Perdue dans mes pensées, je me dis que cette conversation n'est pas close, et la suite ne sera pas de tout repos. Je relève la tête et je vois que la table est toujours dressée et que nous n'avons même pas honoré le repas du traiteur. A cette idée, mon ventre gargouille, j'essaie de me dégager de Liam, enfile sa chemise qui traîne au sol et la boutonne en allant me préparer mon thé. L'odeur de mon amoureux m'envahit et j'attrape le haut de sa chemise que je porte à mon nez et je respire profondément. C'est tellement réconfortant ! En mettant l'eau à bouillir, je revois les larmes de Liam couler, cela me fait mal et je ne sais pas ce qui a pu provoquer ça. Je prends deux toasts que je tartine de confiture et m'installe sur le plan de travail qui sépare la cuisine du salon. Est-ce sa confidence qui l'a bouleversé ou l'amour que nous nous portons ? Peut-être les deux, mais je ne pourrai jamais savoir. Je ne voudrai pas le faire pleurer en abordant le sujet, je l'aime tellement. Mon regard se porte sur la vue magnifique que j'ai en face de moi, les belles fesses de Liam. Je verse l'eau chaude dans ma tasse, prépare ma boule à thé que je plonge dans l'eau et j'y ajoute un sucre. Je cherche des yeux mon téléphone que je trouve à côté du four à micro-ondes. J'ai deux SMS de Félicie qui m'annonce qu'elle part en week-end avec son chéri et le second contient une photo d'eux deux. Ils sont tellement mignons. Je lui réponds brièvement avant de regarder sans vergogne le beau mec qui dort nu en face de moi. Je termine de prendre mon p'tit déj, quand Liam émerge. Je lui fais signe de ne pas bouger et je lui apporte son café. Il saisit la tasse et la porte à ses lèvres, je me lance.

- *Organise la soirée, je suis d'accord, je viendrai avec toi.*

Il en recracherait presque son café. Il m'attire à lui et m'embrasse en me remerciant. Je suis surprise de voir qu'il est déjà prêt pour remettre le couvert. Il pose sa tasse sur la table basse que je pousse et je le laisse prendre le contrôle de mon corps qu'il commence à connaître parfaitement. Ma peau, cette traîtresse, réagit dès les premières caresses et je me laisse complètement aller.

Quinze jours plus tard, nous voilà de retour au manoir, je suis à la fois angoissée et impatiente d'y être. Liam m'a prévenue qu'il y aura beaucoup plus de monde que la première fois, mais nous serions tous costumés. Cela me détend immédiatement. J'ai choisi moi-même ma tenue et cela a beaucoup fait rire Liam. Mes cheveux sont remontés en chignon simple, je porte un bustier vert sans bretelle et un tutu de la même couleur vient recouvrir le haut de mes cuisses. J'ai opté pour des ballerines et d'un loup dans les mêmes tons. J'ai rajouté une paire d'ailes très légères pour faire allusion, je me sens confiante. Liam est resté beaucoup plus sobre, il porte une simple toge blanche comme les romains. Je rougis à chaque fois que je le vois, car ça tenue est courte et transparente. Il n'y a rien à deviner, tout est à porter de vue. Cette fois-ci, nous accueillons les invités ensemble et c'est

80

beaucoup plus simple pour moi, cela me permet de rencontrer tout le monde en présence de Liam. A certains, il leur accorde de m'embrasser et pour d'autre c'est un refus catégorique. Ces derniers me lancent un regard plein de convoitise, mais mon compagnon leur rappel les règles. Quelques-uns des invités ne font tout simplement pas attention à moi, il pense peut-être que je ne suis qu'une passade dans la vie de leur hôte. Je reconnais le couple de la dernière fois et il nous embrasse tous les deux. Cela est vraiment étrange de devoir embrasser autant de monde, mais je m'y plis. Au moment de rentrer, une voiture arrive, Liam se tend et nous attendons que son conducteur en sorte. Mon cœur ratte un battement et je recule instinctivement, Thomas est là, mais qu'est-ce qu'il fait là ? Je regarde Liam effrayé en lui murmurant pourquoi il l'a invité après tout ce qu'il avait fait contre nous. Mon compagnon n'a pas le temps de répondre que Thomas est déjà là. Il porte un déguisement de pirate qui lui va très bien. Liam insiste sur les règles et lui interdit le moindre contact avec moi, comme les autres il me regarde, mais une lueur bizarre dans les yeux. Je ne suis pas rassurée, Liam me prend la main et nous suivons son meilleur ami à l'intérieur. Je n'ai jamais vu le salon autant plein. Il n'y a plus aucune place de libre et j'étouffe. Liam et moi restons sur le seuil ne pouvant aller plus loin. Un serveur s'arrête près de nous un plateau à la main. Liam prend deux flûtes et m'en tend une. Il prend une sorte de stylo métallique sans mine et le frappe délicatement contre son verre. Le silence se fait dans la pièce et tous les invités sont pendus aux lèvres de mon amoureux. Ce dernier repose le stylo sur le plateau, le serveur repart et Liam passe son bras autour de ma taille. Il affirme sa possession devant tous et ça me fait chaud au cœur. Il rappelle les règles et son regard est appuyé sur son meilleur ami durant son discours. Je sais ce que Thomas a fait et je pensais qu'ils allaient se réconcilier, mais Liam lui en veut encore, c'est certain. Il informe ses invités que le manoir est entièrement à leur disposition ainsi que son personnel. Il leur souhaite une bonne soirée et les groupes se forment. Je ne sais pas à quoi je m'attendais, mais certainement pas à ça. Tous les invités restent groupés dans la pièce, discutent en mangeant des petits fours où en buvant du champagne. Je trouve cela rassurant qu'ils ne se sautent pas tous dessus, cela aurait été gênant ! Liam m'entraîne vers le couple que je connais déjà et me confie à eux. Liam m'embrasse et disparaît dans la foule. Je vois dans les yeux de Gabriel toute la fierté qu'il ressent. Je lui fais confiance, je m'approche de lui et il passe son bras autour de moi, signe que je suis sous sa protection. Je discute avec sa compagne qui a presque le même âge que moi. Elle est vraiment très agréable et nous avons des points communs. Son prénom est Emy et nous échangeons nos numéros pour une future sortie entre filles. Cette dernière me rassure sur les soirées qu'organise Liam, m'informant qu'il n'a jamais eu de problème et les gens sont respectueux, car ils craignent leur hôte. Je vois Gabriel pâlir à vue d'œil et je regarde ce qu'il le met dans tous ses états. Son étreinte se fait plus ferme quand je m'aperçois que Thomas arrive à grand pas. Le meilleur ami de Liam à l'air déterminé, je cherche des yeux se dernier que je ne trouve pas. Il va falloir que je gère le problème moi-même et sans me faire remarquer. Thomas demande la permission à Gabriel de m'emprunter, mais celui-ci refuse catégoriquement. Je lui dis que c'est bon, que je vais le suivre que nous nous connaissons déjà. Il m'informe qu'il ne pourra pas me protéger si Thomas abuse et qu'il se fera punir par Liam. En m'informant de tout ça, Gabriel devient de plus en plus blanc. Il est livide. Je fais signe à un serveur et leur demande de servir un petit remontant à Gabriel et de trouver au plus vite Liam. Je lance un clin d'œil à mon protecteur et je suis Thomas à l'extérieur du manoir. Il commence par faire ses excuses que je balais de la main.

- Je... te remercie d'avoir accepté de ... me parler, hésita t'il.

- Je ne le fais pas pour toi, mais pour Liam, je ne veux pas gâcher sa soirée, cinglais-je.

- Je voudrai t'expliquer mon comportement. J'ai été très surpris de te revoir, tu n'as pas beaucoup changé depuis la dernière fois qu'on sait vu.

- Ferme-là Thomas, je l'attrapais par le bras pour l'emmener plus loin, *tu veux que Liam t'entende ?*

- Bien sûre que non, mais tu me manques. Tu sais que je t'aime, je te l'ai déjà dit, alors donnes-moi ma chance, supplia t'il.

- Il y a 5 ans, je te l'ai donné ta chance, tu étais mon ami, mais tu as tout gâché. Quelle femme acceptera que tu l'espionne, que tu la suives dans la rue, que tu faces peur à ses amis..., m'impatientais-je.

- Je peux me faire pardonner, il tombe à genoux et m'attrape les jambes.

- Tu es pathétique, lâche-moi, criais-je en voyant Liam sortir du manoir, *Thomas relève toi, Liam arrive.*

- Accorde-moi un rendez-vous, sinon je lui balance tout. Je lui dis qu'on était ami et que je suis fou de toi.

- Tu crois qu'il ne se doute pas de tout ça, vu ton cinéma la dernière fois. Relève-toi, dépêche-toi !

- Mardi, Liam ne sera pas là, je t'invite au restau. On discutera toi et moi, aller dis oui, bébé.

- C'est bon, c'est bon … Ce sera la dernière fois, je te préviens.

- Lola tout va bien, demande Liam quand il s'approche suffisamment de nous pour pouvoir parler sans crier.

Tout va bien, Thomas voulait me faire ses excuses pour m'avoir suivi jusqu'au bar et pour les photos.

Liam regarde Thomas, toujours au sol, peut convaincu, passe un bras autour de ma taille et m'embrasse. Je sens qu'il marque son territoire.

- Aller ma belle, nos invités nous attendent. Bonne soirée Thomas.

Liam m'entraîne dans le manoir et je me réfugie dans ses bras, en comprenant que je viens de me mettre dans un sacré pétrin. Quand, nous arrivons dans le salon, l'atmosphère s'est réchauffée, il y a une musique d'ambiance propice au rapprochement, le buffet a été vidé et il y a beaucoup moins de monde. Liam m'explique que certains couples préfèrent une intimité toute relative et se cache derrière un rideau ou dans un lit. Aucune porte n'est fermée et chacun peut regarder le couple qui lui plaît le plus ou les rejoindre s'ils en ont eu l'autorisation. Je me sens nerveuse et j'attrape une coupe de champagne que je vide presque entièrement. Liam se rapproche et nous savons tous les deux pourquoi nous sommes-là. Il encadre mon visage de ses mains et m'embrasse tendrement. Je ne sais pas quelle attitude adopter, alors je me laisse guider par mon instinct. Je l'attire plus près de moi en passant mes bras autour de lui. Il approfondit notre baiser et sans me lâcher il me pousse délicatement contre un mur. Je gémis en ouvrant la toge pour passer mes mains dessous. Cela ne me convient pas, j'arrête notre baiser pour lui retirer. Il se colle encore plus près de moi et passe une main sous mon tutu, il s'aperçoit que je suis trempée et il gémit contre ma bouche. Liam me retourne, le visage contre le mur et mes mains sont posées juste à côté. Je sens son érection contre mes fesses pendant qu'il détache mon bustier. Je me retrouve les seins à l'air contre le mur froid, je frissonne. Je n'ai aucune idée si quelqu'un nous voit ou si nous sommes seuls, mais Liam ne me laisse pas le temps de vérifier. Il me retourne contre lui et s'empare de ma bouche, mes mains glissent vers son boxer pour libérer son érection. Liam pousse un grognement de plaisir quand je commence un très lent va et viens avec mon poing. Je le masturbe encore un peu, il rejette la tête en arrière, avant de me supplier d'arrêter. C'est une première fois qu'il me le demande, surprise j'arrête mon geste immédiatement. Ses mains glissent sous mon tutu pour retirer le string mouillé et y glisser un doigt dans ma fente. C'est à mon tour de gémir, je pose ma tête contre lui et de son bras libre, il m'enlace. Sa bouche trouve mon oreille et il me chuchote des mots tendres et parfois cochons et je jouis une première fois. Liam retire sa main, m'embrasse et me soulève contre le mur pour me pénétrer. Je me laisse faire encore sous l'orgasme qu'il vient de me faire prendre. Je passe mes bras autour de son cou et mes jambes autour de lui, il me colle au mur et pose ses mains à plat de chaque côté de ma tête. Liam me pénètre tout doucement avant d'accélérer ses mouvements. Je sens que je vais une nouvelle fois prendre mon pied et Liam me soulève et me dépose sur un tapis très moelleux. Il me chuchote qu'il veut voir mes yeux quand je vais jouir. Je les ouvre et voit mon homme en sueur qui tente de retenir son propre plaisir pour le mien. Encore une ou deux poussées et j'y suis, nous jouissons ensemble. J'ai l'impression que la terre tremble sous l'impact de notre plaisir. Je suis ruisselante et haletante. Liam toujours au-dessus de moi, me regarde, souris et il me dit qu'il me trouve belle. Il me chuchote qu'il m'aime et pour réponse je l'embrasse. Je n'ose pas bouger de peur qu'on nous a vu et qu'on nous observe encore. Liam se retire et me couvre d'un plaid qui apparaît comme par magie. Mes yeux le quittent pour m'apercevoir que nous ne sommes pas seuls, je suis morte de honte. Je cache mon visage avec le plaid, ne laissant dépasser que mes yeux, les personnes présentes sont bienveillantes et

84

restent à distance. Elles ne sont pas nombreuses une dizaine tout au plus et certaines ne nous regardent pas, car elles sont elles-mêmes occupées. Je croise le regard de Gabriel qui tient sa chérie dans ses bras, les deux me regardent souriant et peut-être même fière de moi, je rougis. Liam de nouveau habillé, m'aide à me remettre sur pied et m'enfile un t-shirts à lui apparu comme par enchantement. Il m'enlace et il me rassure, personne ici nous jugera, me jugera. Je l'embrasse et je n'en reviens pas de ce que je viens de faire. J'ai fait l'amour et j'ai crié mon plaisir, comme si nous étions seuls, transporté par Liam j'étais enfermée dans une bulle de plaisir qui vient de s'éclater. Thomas entre dans la pièce et nos regards se croisent, il regarde mes cheveux en bataille, mes lèvres gonflées et ma tenue. Il tourne les talons en hurlant qu'il ne restera pas sans rien faire. Il est dangereux et je dois absolument parler à Liam. Mes yeux se tournent vers lui et je le vois rayonnant, jamais il n'a été aussi heureux en ma présence. Je décide donc de reporter cette conversation et lui rends son sourire. Liam m'attire contre lui m'embrasse et m'entraîne dans une aile fermée au public. Je souris, car il a vraiment pensé à garder son intimité sous ses airs hospitaliers. Nous passons devant le garde qui est fait respecter l'interdiction et nous arrivons dans sa chambre. Il m'invite à prendre une douche que nous prenons à deux bien évidement. Une robe de soirée m'attend, toujours aussi belle que les précédentes, mais je ne m'y fais pas, aucun son ne sors de ma bouche. Je regarde Liam, mes yeux pétilles et mon sourire doit être extravagant. Liam est en train de passer un costume simple qui lui sied à merveille. Je suis impressionnée par la coupe qui lui tombe parfaitement. Le pantalon met en valeur ses fesses et son polo prêt du corps me fait saliver. Comme d'habitude, il est habillé avant moi, car je ne me lasse pas de le voir s'habiller. Liam me regarde avec tendresse, sa douceur dans son regard me touche, j'ai énormément de chance de l'avoir prêt de moi. Je veux lui parler de Thomas, mais il me dit de me dépêcher de me vêtir, la soirée ne fait que commencer pour nous. J'enfile la robe et les collants, j'ai à peine fini, qu'une femme rentre dans la chambre avec tout un tas de matériel. Elle m'oblige de m'asseoir à la coiffeuse et elle commence à me préparer. Ses mains sont comme des abeilles qui travaillent autour de moi. Ses gestes sont rapides et ne marque aucune hésitation, en un tour de main, me voilà transformée. Durant tout ce temps, Liam me regarde d'un air sérieux, qu'est-ce qui mijote encore. Son téléphone sonne, il me lâche du regard et sort prendre l'appel dans le couloir. Je fixe la porte dans le miroir jusqu'à ce que je sois prête, mais Liam ne revient pas. Je remercie ma préparatrice, je fini ma tenue avec un nuage de parfum et des chaussures plates. Je me regarde dans un miroir à pied, je suis sublime. Au moment de sortir, je vois deux loups noirs et sobres qui attendent sur le lit, je les attrape et sort. Liam est nulle part et je ne sais pas quoi faire, alors je retourne dans le salon, mais quand j'arrive vers le garde, celui-ci m'arrête, j'ai interdiction de passer. Je lui demande pourquoi, mais celui-ci ne me répond pas. Je commence à m'agacer toute seule, il reste de marbre, je m'agace de plus belle et je vois Liam arriver sur ma droite le sourire aux lèvres. Il fait signe de me laisser passer et il rigole.

- *Tu voulais finir les festivités sans moi, ma belle.*

- *Je voulais te rejoindre, idiot.*

- *Je le savais, mais je voulais que tu m'attendes,* me dit-il en me prenant un loup des mains.

- *Tu es pénible,* lui répondis-je dans un sourire

- *N'oublie pas que tu es à moi maintenant,* m'informe t'il en terminant de faire le nœud de mon masque.

- *Toi aussi, tu m'appartiens ?* lui demandais-je en lui faisant signe de se tourner.

- *Bien sûr !*

Je lui mets son loup et je l'embrasse. Ces petits moments d'intimité me font toujours rosir de plaisir. Des moments simples qui me rappellent qu'entre lui et moi c'est possible, malgré tout ce qu'on traverse. Liam attrape ma main et nous nous dirigeons dans l'entrée où quelques invités nous attendent. Je vais pour m'excuser de les avoir fait patienter, mais Liam me retient. Nous nous postons au même endroit qu'à leur arrivé et chacun vient nous remercier et nous dire au revoir. Je suis étonnée que très rapidement deux files se fait face à nous. La première est en face de Liam est beaucoup plus grande que celle qui me fait face. Je ne sais comment réagir, quand la première personne, regarde Liam avant de me serrer la main et m'embrasser sur la joue pour me remercier. Je ne comprends pas pourquoi tous ces gens me remercient. Gabriel s'approche de moi, m'embrasse sur la bouche et me remercie et me félicite pour la soirée. Pour une première fois, il paraît que j'ai assuré et qu'en plus j'étais vraiment très belle dans les bras de Liam. Visiblement, nous avons été vu par des dizaines de personnes et qu'ils ont beaucoup aimé notre moment. Gabriel me confie à mi-mot en regardant mon amoureux du coin de l'œil, que Liam n'a jamais fait l'amour comme ça avec sa partenaire. Ces dernières sont souvent des filles sans importance qui passe de bras en bras pendant la soirée et qui ne prends pas la peine de raccompagner. Je me redresse, car je suis fière, je remercie mon nouvel ami et en lui serrant la main je jette un coup d'œil à mon compagnon, il me regarde souris et continue de discuter avec ses invités. Ce petit manège dure un certain temps et à la fin, je suis vraiment épuisée, mais je tiens bon. J'espère que Liam n'a rien prévu pour la fin de soirée, j'ai juste envie d'un bain et d'aller me coucher. Le dernier invité partie, je m'écroule sur le canapé en retirant mon loup et mes chaussures. Liam s'avachit à son tour à côté de moi, il me propose un verre que j'accepte. Un majordome arrive et il lui demande deux verres arc-en-ciel. Il me regarde pouffe de rire, qu'est-ce que c'est bon de le retrouver moins sérieux. Je rigole de bon cœur avec lui et je me pose lourdement sur lui. Mon homme m'informe que ce n'est que le début de la soirée, je regarde la pendule, il est déjà minuit. Où il va m'entraîner ? Nos verres arrivent et je prends tout mon temps pour le boire, je ne veux plus bouger de ses bras. Liam n'est visiblement pas de cet avis.

- *Lola, tu penses que tu t'es juste préparée pour saluer nos invités ?*

- *Oui,* soupirais-je, *j'ai envie d'aller me coucher.*

- *Et bien ce ne sera pas pour tout de suite. Aller vide ton verre, on y va, Victor nous attend déjà.*

- *Ok, mais tu m'emmènes où ?*

- *A l'after.*

- *Tu es sérieux ? Je ne veux voir plus personne faire l'amour, se tripoter ou je ne sais quoi, Liam, j'ai assez donné pour ce soir,* bougonnais-je.

- D'accord, tu ne verras pas de corps nu, mais je ne peux pas te promettre que tu ne verras personne se tripoter, rigole t'il.

Je me lève et suis mon amoureux dans la limousine qui effectivement nous attend déjà. Nous roulons, mais je n'y prête pas attention, je discute avec Liam. Nous échangeons sur la soirée, sur ma première participation et je rougis beaucoup. Je ne pense pas assumer ce qu'il vient de se passer, heureusement que personne ne me connaît sinon je serais mortifiée. La limousine s'arrête, Liam descend le premier et m'ouvre la portière lui-même. Je vais finir par m'y faire à ses belles manières. Je regarde autour de nous, il n'y a rien du tout à part … non, il veut m'achever, ce n'est pas possible. Je le regarde et un large sourire barre son visage, il est heureux de m'entraîner encore dans son univers. Je ne déteste pas, mais je n'y vois aucun intérêt, il me pousse en direction de la boite de nuit où la musique s'entend déjà du parking. C'est une horreur, qu'est-ce qu'on va faire là ? Liam me serre contre lui et m'embrasse au-dessus de la tête et nous entrons. Il y a énormément de monde, c'est bruyant, mais mon amoureux est heureux alors je le suis aussi. Plus rien n'a d'importance quand je suis avec lui. On s'approche du bar, il commande deux autres arcs-en-ciel en me faisant un clin d'œil et nous nous dirigeons vers une table le temps de boire nos verres. Liam m'entraîne sur la piste de danse durant des heures. Plus la soirée avance, plus il se colle à moi, nos danses deviennent de plus en suggestives. Dans la pénombre, plus rien d'autre existe à par nous deux, nous ne remarquons pas les regards qui pèsent sur nous, nous sommes seuls dans notre bulle. Le moment des slows arrive et je me laisse aller contre lui, je me sens bien. Il m'embrasse tendrement et ses mains passent régulièrement de mon bas de dos à mes fesses. Je suis aux anges, je passe une bonne soirée dans ses bras, il a eu raison de nous emmener là. Liam nous commande un énième verre et je pars danser sans lui quand il juge que je me suis assez trémoussée, il donne le signal du départ et nous sortons. Je suis à moitié ivre, heureuse et fatiguée. Je m'endors dans la limousine, ça devient une habitude, Liam me réveille et nous montons à l'appartement. Nous nous écroulons sur le lit, sans prendre la peine de nous déshabillés.

Une fois n'est pas coutume, je me réveille en début d'après-midi, le corps de Liam emmêlé au mien. Je le pousse sans ménagement et il ouvre les yeux, nous nous regardons et s'en se parler nous partons dans un fou rire.

Nous avons des têtes à faire peur, direction la douche et cette fois-ci chacun son tour. Il passe le premier pendant que je cherche de quoi me mettre. Nous sommes dimanche, je ne me prends pas trop la tête. Liam sort de la douche m'embrasse et file préparer le petit déjeuner. Il a le sourire et les yeux qui brillent, mon homme respire le bonheur. Je rentre à mon tour dans la douche et je me lave en prenant mon temps. Je sors et m'habille et je me dirige vers la bonne odeur de tartines grillées et de café fraîchement coulé. Liam est vraiment extraordinaire. Le plan de travail qui sépare la cuisine du salon déborde encore une fois de nourriture. Liam ne sait pas faire les choses à moitié, il doit tenir ça de sa mère. Il me tourne le dos et je le regarde ou plutôt je regarde ses fesses. Il chantonne, il est vraiment de bonne humeur et tellement sexy. Je m'installe et il se retourne une poêle à la main, il est vraiment trop sexy. Je salive et ce n'est pas pour les œufs qu'il a préparé. Il nous sert et s'assoie. Nous discutons de tout et de rien, surtout de banalité et du programme de la journée. Nous nous entendons vraiment bien, notre complicité grandit de jour en jour. Nous terminons de déjeuner et je l'aide à débarrasser le petit déjeuner. Nous nous asseyons et le téléphone de Liam sonne, il le prend, regarde et l'éteint. Ce n'est pas normal, il répond toujours au téléphone. Qu'est-ce qui se passe ? Il a toujours ce sourire sur son visage, il prend mes mains et mon cœur bat la chamade. Je ne sais pas ce qui se passe, mais je sais que quelque chose de grave va se passer. Le crash est imminent et je ne peux rien faire pour l'éviter. Je supplie du regard Liam de ne rien faire de faire marche arrière, mais il ne doit pas comprendre. Il me lâche, une main et fouille dans sa poche à la recherche de quelque chose. Il ressort deux objets : une clef et une boite carré en velours. J'arrête de respirer, mon cœur bat à mes temples et Liam se jette à l'eau.

- *Est-ce que tu veux m'appartenir pour de vrai ?*

Il ouvre la boite et à l'intérieur se trouve la plus belle bague du monde. Je le regarde puis la bague et je reste sans voix.

Nous sommes mardi matin et je suis seule depuis dimanche soir. Liam a pris un avion pour Londres plus tôt que prévu. J'ai refusé sa demande en mariage qui était trop tôt pour moi, cela fait quoi, deux mois et demi que nous nous connaissons. Je n'ai jamais vu un homme aussi dévasté, mais je ne pouvais assurément pas lui dire oui, j'en avais envie, mais c'est trop compliqué entre nous. Assise sur le lit, je l'ai regardé faire sa valise, silencieux, il a mis ses belles chemises les unes après les autres. Il ne sait pas quand il va revenir, j'ai le cœur en miettes de le voir retenir ses larmes. Je ne trouve pas les mots pour lui dire que je l'aime et que c'est juste repoussé, je tiens à lui. Liam a refermé sa valise sans un regard, il a pris son passeport dans la table de nuit et il est sorti de la chambre comme si je n'existais pas. Je le suis n'osant pas rompre son silence, ne me sentant pas digne de le prendre dans mes bras. Je le vois prendre sa veste, son portable sur le comptoir de la cuisine, il attrape la poignée de sa valise et sort de l'appartement. La porte à peine fermée, j'éclate en sanglots, debout dans la pièce à vivre, j'ai tout gâché !

Je me dirige la tête haute vers le restaurant choisit par Thomas, je suis sûre de moi, mais j'ai le ventre qui se serre. Je n'ai toujours rien dit à Liam et j'ai l'impression de le trahir. J'entre et je me dirige directement vers lui. Je ne retire pas ma veste, je ne prends pas le temps de le laisser parler. Je lui dis sèchement qu'il n'y aura jamais rien entre nous deux et que j'espère que c'est clair à présent. Je me lève et il attrape ma main, ses yeux se fixent sur la bague de Liam, il relâche ma main comme si elle l'avait brûlée.

- *Putain bébé c'est quoi ça ?*

- *Je ne suis pas ton bébé, ok ? C'est une bague,* l'informais-je, *tu n'en as jamais vu ?* raillais-je.

- *Je ne suis pas un imbécile,* s'emporte-t-il. *Qu'est-ce qu'elle fout à ton doigt ?*

- *C'est généralement là qu'on met une bague,* m'exaspérais-je.

- Je connais cette bague, c'est Liam qui te l'a offerte, rage-t-il.

- Oui, inutile de lui mentir vu qu'il sait.

- Vous allez vous marier ?

- Non.

- Bordel, bébé tu m'as fait peur.

- Je ... ne ... suis ... pas ... ton ... bébé, en incitant sur chaque syllabe que je prononce.

- Assis toi, s'il te plaît. Laisse-moi t'expliquer.

Tout le monde nous regarde et je suis vraiment mal à l'aise. Je fais signe au serveur de me servir une vodka sur glace et je m'assoie. Thomas me supplie de lui donner sa chance, qu'il n'est pas autant riche que Liam, mais qu'il m'aime plus, car il m'aime depuis plus longtemps. Je rigole, car s'il me connaissait vraiment, il saurait que je ne profite d'aucune manière de l'argent de mon amoureux. Le temps n'a rien avoir avec les sentiments. Je connais Liam depuis peu, mais je suis complètement sous son charme. Thomas devient de plus en plus pathétique. Il me dit qu'il ne peut plus vivre sans moi, qu'il s'en est rendu compte quand on s'est croisé chez Liam. Il m'informe que sa vie n'a plus aucun sens et n'a aucune saveur. Je me retiens de rire en buvant le reste de mon verre. Je me lève pour partir et il m'embrasse, ma main vole jusqu'à sa joue dans un réflexe non retenu. Le son de mon geste résonne et les tables à côté nous regardent. Thomas le sourire aux lèvres se tient la joue pendant que je prends mes affaires et que je sors de là. Sortie du restaurant, je cherche mon portable dans mon sac et j'appelle Liam. J'ai envie de me confier et de tout lui dire. Je compose son numéro de mémoire, j'entends les sonneries, mais il ne me répond pas. Je commence à marcher vers ma voiture, en le rappelant une seconde fois. Liam ne répond toujours pas et je sens les larmes monter à mes yeux. Il n'est parti que depuis deux jours et il me manque déjà plus que tout. C'est décidé, ce soir je dors à l'appartement que j'avais déserté depuis son départ. Je cherche les clefs dans mon sac et je me mets en route.

L'appartement est silencieux et ça me fait bizarre de le savoir vide. Je dépose mes affaires dans la chambre et je regarde ce nouveau chez moi, c'est la première fois que je me retrouve seule ici. Je vais pouvoir prendre mes marques. J'essaye encore d'appeler Liam, mais je tombe toujours sur le répondeur. Je lui laisse un message et maintenant qu'est-ce que je vais bien pouvoir faire. Je regarde l'horloge et je décide d'appeler Félicie. Elle répond dès la première sonnerie, ça fait du bien d'entendre sa voix. Je lui donne rendez-vous au centre commercial pour faire les boutiques entre filles. Elle accepte et je me prépare aussitôt. Une demi-heure plus tard, je rejoins ma meilleure amie, cela fait si longtemps qu'on ne s'était pas retrouvée toutes les deux. Félicie remarque tout de suite mon gros saphir à mon doigt. Elle s'emballe, en criant et sautant partout, folle de joie pour moi. Je lui explique que j'ai refusé sa demande, mais qu'elle symbolise son amour et son engagement pour moi. Je me sens rougir à l'idée que Liam m'appartient. Mon amie me regarde et j'ai envie de tout lui dire, je l'invite à prendre un café et je lui déballe tout d'une traite sans respirer. Félicie me regarde sans toucher sa tasse, m'écoutant et n'en croyant pas ses oreilles. Elle me traite de sombre idiote de ne pas en parler à Liam et je me sens encore plus dépitée. Je sors une nouvelle fois mon portable pour essayer de le joindre, mais il est toujours sur messagerie. Je commence à m'inquiéter. Nous buvons nos cafés avant de partir dans les boutiques. Cela me fait du bien de rire et de discuter avec Félicie, c'est tellement facile et familier. Les heures passent et je l'invite à dîner, mais elle refuse, car son homme l'attend. Je suis heureuse pour elle, je souris en regardant le chauffeur de taxi avec tous mes sacs. Il les pose tous dans le coffre et direction l'appartement.

La voiture se gare devant où un voiturier et un bagagiste viennent au-devant de moi. C'est bien la première fois que je les vois. Le jeune homme vide le coffre très rapidement, le temps que je regarde si Liam m'a répondu. Je monte dans l'ascenseur avec le bagagiste et le chariot de sac de course. C'est vraiment excessif et je ne comprends pas pourquoi ils agissent comme ça. Quand je dis au monsieur que j'aurais pu les monter moi-même il m'informe que pour madame Delmillo c'est tout à fait normal. Je suis choquée, il me prend pour la femme de Liam, j'essaie de rétablir la vérité mais le monsieur n'en démord pas. Nous arrivons à l'étage de Liam, le bagagiste passe devant moi et dépose les sacs dans le salon. Je le remercie et lui tends un billet qu'il refuse. Je prends les sacs et c'est là que je vois la veste de Liam posée sur le canapé. Il est de retour, ce n'est pas possible.

- Liam, criais-je tout excitée, *Liam ?*

Je me dirige dans la salle de bain, personne, je vais dans la chambre et mon homme est assis sur le lit, tête baissée entre ses jambes et il regarde son téléphone.

- Liam ?

- Tu peux m'expliquer pourquoi quand je rentre, je reçois une photo de toi embrassant Thomas ?

Son ton est glacial, je fais un pas en arrière comme s'il m'avait giflée. Mon cœur se serre quand son regard croise le mien, il n'y a plus aucune chaleur et elle est remplacée par une tristesse et une déception sans fond. Je m'approche de lui quand il rajoute.

- Ne me dit rien, je ne veux rien savoir et il m'en a assez dit. Il est évident que tu ne m'aimes pas autant que moi. Je préfère que tu partes, me dit-il sans en regard.

- Mais, ...

Liam se lève et passe à côté de moi sans un regard. Je l'entends claquer la porte de l'appartement et j'éclate en sanglots encore une fois. Cette fois-ci c'est bel et bien terminé, je suis dévastée. Je m'allonge sur le lit qu'il n'est plus le mien et je me roule en boule et je laisse mon chagrin me dévaster. Les heures passent et Liam ne revient toujours pas. J'aperçois ma valise qui est déjà faite, c'est un ultime coût au cœur. Je pleure en la regardant, j'essuie mes larmes et je me lève. Ma valise parait peser des tonnes, je la traîne jusqu'à l'extérieur et avant de refermer la porte je lance un regard circulaire à la pièce et dépose les clefs et la bague dans le vide poche de l'entrée. J'ai le ventre qui se sert et je sors de l'appartement. Je me retrouve devant l'immeuble, mais personne ne m'attend, la pluie commence à tomber et personne ne me tend de parapluie. Pour la première fois depuis longtemps, j'appelle un taxi qui ne tarde pas à venir et me conduit directement chez moi. Je suis inconsolable, mes larmes coulent sans cesse et j'attire le regard empreint de pitié du chauffeur.

      Mon appartement est bruyant, à peine j'ai franchi les portes de l'ascenseur j'entends la musique qui est vraiment forte. J'insère la clef dans la serrure, je tourne la clef et je rentre. Je reste pétrifiée devant le chaos que je découvre. Félicie a invité un nombre incalculable de personnes, j'ai beaucoup de mal de me frayer un chemin avec ma valise. Je rentre dans ma chambre et je suis outrée de voir qu'un couple est bien occupé sur mon lit. Je ne me gêne pas pour les mettre dehors en même temps que les draps. Je ne prends pas la peine de chercher ma colocataire et je m'effondre sur mon lit, ou plutôt mon matelas. Quelques minutes plus tard, je vois débouler ma meilleure amie dans une micro robe, les cheveux en bataille et le maquillage qui a coulé. Le couple a été se plaindre qu'une folle les a jetés dehors de la chambre. Je regarde mon amie et je lui laisse lire toute la détresse qui s'écoule de moi. Sans un mot, elle comprend tout et elle sort de la chambre. Les secondes s'égrènent et la musique se coupe et j'entends Félicie mettre tout le monde dehors. Je n'ai même pas envie de sourire, je pleure de plus belle pendant que notre appartement se vide de ses fêtards alcoolisés. Je croise mon regard dans un miroir et je me fais peur. Les traits tirés, les yeux rouges et bouffis, les cheveux en bataille et j'ai l'impression de porter tout le malheur du monde sur mes épaules. Je prends mon téléphone et je le jette dans mon reflet qui vole en mille morceaux. Mon amie revient avec un pot de Ben&Jerry, on refait mon lit et elle ramasse les morceaux de verre. Je pleure sans interruption et mes mains tremblent quand Félicie me tend la cuillère pour manger la glace. On s'installe sur mon lit et je lui raconte absolument tout. Je finis sans doute par m'endormir, car quand la sonnerie de mon téléphone me réveille, il fait déjà jour et Félicie a disparu avec la glace. Je cherche mon téléphone, étonnée qu'il fonctionne toujours. Je le trouve sous mon lit, je l'attrape et je réponds sans regarder qui appel. Je reconnais la voix de Victor et mon cœur loupe un battement. Je m'assoie dans mon lit et j'écoute ce que le chauffeur de Liam à me dire. Je déchante très vite, celui-ci m'indique qu'il vient de laisser mes dernières affaires à l'accueil de mon immeuble. Je le remercie avec des trémolos dans la voix et je raccroche. Mes yeux se posent sur le réveil qui m'annonce qu'il est 10h30 et que dans deux jours c'est mon anniversaire. Je suis totalement déprimée. Je décide de me lever, de prendre une douche et de rejoindre Félicie qui range notre pièce de vie. J'attrape une tasse et je verse du café noir, sans sucre, j'ai besoin de faire le point avec moi-même. Ma meilleure amie me regarde éberluée que je ne me sers pas mon éternel thé. Je bois une gorgée et je grimace, ça va me réveiller.

- Lola, tu vas bien ?

- Muumh, maugréais-je

- Je me disais que vu que ton anniversaire est vendredi, on pourrait partir en week-end prolongé pour se changer les idées. T'en pense quoi ?

Je regarde ma meilleure amie, c'est la première fois que je la vois prendre des pincettes avec moi. Je dois vraiment faire peur à voir. Je ne peux pas lui répondre d'aller se faire voir, car la porte d'entrée sonne. Je pose mon café et je vais ouvrir c'est le gardien qui me remonte mes affaires. Je le remercie et je file me cacher dans ma chambre embarquant avec moi les deux sacs. Je soupire et je me décide de les ranger dans mes placards. J'ouvre ma valise et je ne trouve que mes affaires, Liam a repris tous ses cadeaux. Les larmes montent mais je me refuse de les verser pour si peu. Les deux autres sacs sont uniquement mes achats que j'ai fait hier. Liam a pris la liberté de les vérifier et tout rassembler. De quel droit, il se permet de fouiller dans mes affaires ? Je suis en colère, je jette un sac à travers la pièce et un petit rectangle plastifié en tombe. Je le ramasse et le retourne, c'est la carte bleue qu'il m'avait confiée. Qu'est-ce qu'elle fait là ? Je reprends le sac et le vide sur mon lit, je trouve un message sur une carte bristol. L'écriture est masculine, droite et nette, ce n'est pas celle de Liam. Je lis et relis le message et je remercie intérieurement Victor d'avoir été toujours là pour moi. Je ne me sens pas encore capable d'appeler Liam pour lui rendre. Je pose la carte bleue et le mot sur ma table de nuit et je termine de ranger mes affaires, le cœur lourd.

Les jours passent et mon anniversaire arrive, je n'ai toujours pas pris contact avec Liam pour lui rendre la carte de crédit. A chaque fois que je lui ai écrit un message, je l'ai effacé, car je ne trouvais aucune formulation qui pourrait correspondre. Ce soir, Félicie m'emmène dans un bar qui fête son ouverture. C'est pas tous les jours qu'on a 27 ans, parait-il. Ma meilleure amie joue à la poupée avec moi, elle m'a choisi une robe bien trop courte, Liam ne l'accepterai pas. Ma pensée à peine formulée que je secoue la tête pour oublier. Cette robe est parfaite ! Elle me coiffe et me maquille, puis nous partons rejoindre nos amis dans ce nouveau bar à cocktail. Félicie m'a bien camouflée, personne ne remarque mes cernes causés par les nuits sans sommeil à me torturer. Mon cercle d'amis me félicite sur ma tenue et me dise que j'ai bonne mine, mais tout mon corps cri la souffrance. La soirée se passe plutôt bien, je ne pense pas à mon ex, c'est reposant, et je reçois de nombreux et merveilleux cadeaux. Félicie m'a offert deux billets pour New-York, j'en reste le souffle coupé. Elle m'assure que je peux y aller avec n'importe qui et pas forcément elle. Je l'embrasse sur les deux joues et je la serre contre moi. J'ai de la chance d'avoir une amie comme elle. J'espère qu'elle est heureuse avec son homme. J'ai été une piètre amie ces dernières semaines, mais je vais me ressaisir. Il est 2h du matin, quand je décide d'être assez ivre pour rentrer chez moi. Je remercie toutes les personnes présentent qui restent à boire à ma santé. J'attrape mes sacs de cadeaux, je me dirige vers la sortie en cherchant mon téléphone dans mon sac. Je percute quelqu'un et je m'excuse en levant les yeux. Je lâche mes sacs par surprise et tous mes cadeaux se renversent sur le sol. Je suis rouge de honte, je m'excuse encore et j'essaie de rassembler le plus rapidement possible mes affaires. Liam me tend les deux billets pour New-York, nos regards s'accrochent et je balbutie un remerciement. Il ne me répond pas et se dirige vers le bar, il regarde la table de mes amis qui sont vraiment bruyants. Je ne sais pas ce qu'il pense et il ne me regarde pas, je suis une étrangère à ses yeux et ça me fait terriblement mal. Je lance un regard paniqué à Félicie, mais elle est en pleine conversation et ne me prête pas attention. Je sors du bar, les larmes me montent aux yeux, mais j'ai déjà assez pleuré. Je les essuie d'un revers de manche et je file chez moi, là où je serai à l'abri. Je prends une douche et j'enfile mon pyjama en pilou, il est vraiment réconfortant. Je suis en train de lire un livre sans intérêt, quand Félicie rentre. Elle se dirige directement dans ma chambre et s'assoie sur mon lit.

- *Il est vraiment sympa,* dit-elle sans préambule.

- *Qui ça ?*

- *Liam,* m'annonce-t-elle sans me lâcher du regard. Elle sait l'effet que ça va me faire.

- *Tu … tu…. tu as parlé à Liam ?* Bégayais-je en lâchant mon livre.

- *Oui,* dit-elle, *il était au bar lui aussi, il a des parts dans la société et il venait voir si tout se passait bien. Il va mal, Lola, tu devrais lui parler.*

- *Il va mal,* m'emportais-je. *Et moi ? Je vais bien, il m'a quitté sans me laisser m'expliquer. Nous nous sommes croisés et il ne m'a même parlé.*

- *Il souffre,* plaide-t-elle pour lui.

- …, je ne trouve rien à lui répondre.

- *Lola, arrête de faire ta tête de mule et appelle-le,* me dit-elle avant de partir.

Mes yeux se posent sur la carte de crédit, j'ai le prétexte pour l'appeler. Je saisi mon téléphone, compose son numéro, mais je ne peux me résoudre à appuyer sur le téléphone vert. J'éteins la lumière et me couche. Je m'endors rapidement et mon sommeil est sans rêve.

Je suis en train de déjeuner avec Félicie quand on frappe à la porte. Ma meilleure amie se lève pour aller répondre. Elle revient avec un large sourire et me fait signe que c'est pour moi. Je m'essuie les mains et la bouche sur une serviette et je me lève pour voir qui est mon visiteur. Je suis très surprise de voir Liam sur le pas de ma porte. Il me regarde vraiment cette fois-ci et il n'a pas l'air très à l'aise, se balançant d'un pied à l'autre. Je profite du moment et l'examine. Mon ex amoureux porte un jean, un polo et une veste. Il est toujours aussi classe, je rougis légèrement. Je remarque, cependant, qu'il a les traits tirés, il n'a pas dû dormir depuis plusieurs jours et son sourire est crispé. Mon cœur se serre et j'ose lui demander ce qu'il fait là. Il me tend une boite, la même qu'il y a presque une semaine, je l'ouvre et je trouve ma bague, enfin celle qu'il m'a offerte. Je le regarde et je ne comprends pas pourquoi il me la rend, elle ne m'appartient pas. Il me dit qu'il veut qu'on discute et que cette bague m'appartient. Je le regarde abasourdie, je voulais parler de cela il y a quelques jours, je referme la boite. Je lui redonne et lui demande de patienter en le laissant dehors. Je vais jusqu'à ma chambre et je récupère la carte bleue. Je vois Félicie qui fronce les sourcils, mécontente de mon comportement, mais je la dépasse et ouvre la porte. Liam m'attend les mains dans les poches. Je lui tends la carte bleue, en lui indiquant qu'elle était restée dans l'un de mes sacs de shopping. Il la reprend et la met dans sa poche. Nous restons de longues secondes à nous regarder sans rien dire et il finit par me souhaiter un joyeux anniversaire. Je le remercie et il se sauve. Je le regarde un moment descendre les escaliers et je referme la porte. J'ai peut-être laissé la seule chance de pouvoir m'expliquer avec lui, mais j'ai trouvé ça un peu facile, moi aussi je souffre. Je sors mon téléphone et compose un numéro que je connais malheureusement par cœur. Au bout de la seconde sonnerie, on me répond et je donne rendez-vous à mon interlocuteur dans un café. Celui en bas de chez moi, pour être sûre d'être en sécurité, d'avoir une sortie de secours. Je mets Félicie au courant et cette dernière n'est pas du tout d'accord. Elle me fait la leçon, comme quand on était encore étudiante et cela me fait rire. Ma meilleure amie ne comprend pas, mais je sais que je dois clore ce chapitre pour essayer de reconstruire quelque chose avec Liam. Enfin, s'il n'est pas trop tard...

        J'arrive un peu en avance, mais cela me permet de choisir la table et de commander un cappuccino à Camille, le serveur. Ce dernier me l'apporte quand Thomas arrive et s'installe à ma table. L'ambiance est tendue et je le préviens tout de suite que Liam a rompu, donc il est inutile de me faire encore un coup foireux. Il acquiesce et commande un café allongé, Camille lui apporte et nous restons silencieux durant un temps qui me semble interminable. Je suis mal à l'aise et j'ai envie d'en finir. Je prends les choses en main et sans prendre aucune précaution, je lui dis ce que j'ai sur le cœur et je lui répète qu'il ne se passera jamais rien entre lui et moi. Il secoue la tête, me prends les mains, me supplie qu'il m'aime et qu'il veut que je fasse partie de sa vie. Thomas s'excuse et il dit qu'il est vraiment désolé d'avoir agis comme un crétin. Mon téléphone sonne à ce moment, Félicie me prévient qu'un colis vient d'être livré pour moi. Je rassemble mon courage et je lui lance ma bombe. Je lui demande le plus calmement possible de faire une croix à ses espoirs entre nous et surtout qu'il aille dire à Liam que jamais je l'ai embrassé et que c'est lui qui m'a tendu un piège. Thomas se tend, il ne veut pas perdre son amitié avec Liam qui est déjà mise à mal par ma faute. Je crois qu'il se moque de moi, il faut qu'il assume lui aussi ses actes. Je joue sur la corde sensible en lui expliquant qu'il me fait du mal en se taisant. Au bout d'une bonne heure, j'arrive à le convaincre d'y réfléchir, les cartes sont dans ses mains. Je me lève et il me prend dans ses bras, me répète qu'il m'aimera toujours et nous nous quittons sans incident. Je sors du bar la première et je me mets à respirer profondément, je ne m'étais pas rendue compte à quel point cette conversation m'a épuisée.

Je rentre chez moi et je trouve un carton avec aucune étiquette dessus. J'interroge ma colocataire qui me dit que c'est un coursier qui l'a déposé et qu'il l'a seulement informé que c'était pour moi. Je vais chercher un cutter et j'ouvre le colis. Je sors un mot avec pour simple inscription :

« Au manoir, ce soir 20h

Merci

Liam »

Je reste un moment interdite, puis la colère prend le dessus. Voilà ce qui explique son étrange visite et pourquoi il voulait que je reprenne sa bague. Je mets la carte de côté et je retire le papier de soie qui me cache la tenue qu'il a choisi pour moi. Il n'y a qu'un ensemble de sous-vêtements vraiment très sexy, il n'y a presque pas de tissus. Il a choisi un ensemble noir tout en dentelle et pour compléter l'ensemble il y a des porte-jarretelles. Je retire le tout du carton sous les sifflements de Félicie. Une autre carte se cache en dessous, Liam me dit que je peux m'habiller comme je le souhaite, mais qu'il serait heureux de savoir que je porte son cadeau. Ce n'est pas une soirée déguisée, cela doit être plus formelle. Je ne sais pas si je dois y aller, malgré mon affection pour lui, nous ne sommes plus ensemble. Félicie est plus contente que moi et me tire par la main pour choisir ma tenue, elle a en tête de me rendre resplendissante. Mon portable bipe pour m'avertir d'un SMS. Je le retire de la poche de mon jeans pour découvrir que c'est Liam. Il me demande si j'ai reçu son cadeau et si Victor doit passer me prendre. Je lui réponds simplement que j'ai bien reçu son paquet. Félicie n'en revient pas que je n'ai pas accepté son invitation. Elle me pique mon téléphone et elle court dans sa chambre, je la poursuis. Elle est debout sur son lit, mon portable à bout de bras, je grimpe vers mon amie et j'essaie de lui piquer mon portable. On rigole, on s'agite et on finit toutes les deux par tomber sur le lit. Félicie a un large sourire en me montrant le message.

« Liam, Lola viendra avec plaisir. C'est gentil de proposer Victor, elle sera prête à 19h30 »

Je remercie mon amie, la serre dans mes bras et mes yeux se portent sur son réveil, il est déjà 19h. Je ne serais jamais prête. Félicie me dépêche d'aller à la douche et pendant ce temps-là elle prépare ma tenue. Je reviens de la douche et elle me tend une robe minuscule bleue nuit, magnifique et une paire de ballerine de la même couleur. Je me dépêche de l'enfiler, il ne me reste plus que 15 minutes avant l'arrivée de Victor. Je m'installe à la coiffeuse de Félicie, elle possède beaucoup plus de choses que moi. Il y en a tellement qu'on ne voit plus le meuble en dessous. Mon amie s'affaire autour de moi et je me vois me métamorphoser à chaque coup de pinceau ou de brosse. Je me trouve sublime. Je m'observe pendant que Félicie me coiffe et nous entendons toutes les deux la sonnette retentir. Nous regardons l'heure et ma meilleure amie court ouvrir la porte. Je reste figée sur ma chaise, pendant que Félicie me hurle depuis l'entrer que c'est Liam. Très surprise, j'attrape un flacon de parfum que j'adore et j'en met un nuage. Mon amie rentre en me faisant un clin d'œil et termine ma coiffure. Liam patiente dans notre salon et cela me rend nerveuse. Il n'est jamais venu me chercher en personne et cela me touche. Un dernier coup d'œil au miroir, je prends le sac assorti à la robe que Félicie me donne et je sors rejoindre Liam. Je souris quand je le vois, il est tellement beau, impossible de ne pas craquer. Il est vêtu d'un pantalon de costume noir, une chemise blanche et un gilet assorti à son pantalon. Liam porte sa veste sur l'épaule et il me regarde avec un très large sourire. Il s'approche de moi et m'embrasse sur le front en me remerciant d'avoir accepté d'être présente. Un autre bisou et il me complimente sur ma tenue et je lui réponds que lui aussi il est magnifique. Félicie m'apporte un masque bleu nuit en dentelle et je suis assez surprise qu'elle a ce genre d'accessoire. Je demande à Liam si j'en aurais besoin, mais il hausse des épaules. J'attrape le masque et je le mets dans mon sac au cas-où. Nous sortons de mon appartement, il me tient la main et je ne la retire pas, on descend les escaliers et nous arrivons dehors où il fait assez frais. Je suis surprise de voir la Prius garée le long du trottoir d'en face. La tension monte, Liam m'ouvre la porte et m'aide à monter dans sa voiture avant de faire le tour et de s'installer au volant. J'accroche ma ceinture, mais Liam ne démarre pas. Il a les mains sur le volant et il attend comme perdu dans ses pensées. Les minutes s'écoulent et nous sommes en retard, je me tourne vers lui et je m'aperçois qu'il rassemble son courage. Je lui touche le bras et il sursaute.

- Lola, il faut que je t'avoue quelque chose avant qu'on arrive à la soirée.

- Dis-moi, tu me rends nerveuse.

- Ils savent que tu es à moi, que tu es ma partenaire et quelqu'un leur a dit pour la bague. Pour eux, on est un peu plus qu'un couple, je n'ai pas eu le courage de démentir. J'étais obligé de te faire venir, j'en avais envie bien sûr, mais je ne voulais pas te l'imposer après tout ce qu'on a subi, ce que tu as subi.

- Tu me demande de jouer la comédie, lui demandais-je choquée, *tu veux qu'on fasse semblant d'être ensemble ? C'est toi qui m'as quitté* dis-je en attrapant la poignée de la porte.

- Non, non, juste de porter la bague. Tu pourras m'ignorer si tu veux, je t'en voudrais pas.

Je reste un moment silencieuse et tourne la situation dans ma tête, j'hésite. Je finis par accepter et de lâcher la poignée, Liam me passe la bague au doigt pour la seconde fois, il soupire soulagé. Il a l'air heureux de le faire, il me fait penser à un gamin le matin de Noël, il est touchant. Je me demande si cela ne l'arrange pas que quelqu'un vende la mèche. Il me remercie et il démarre la voiture. Le trajet se passe dans un silence tendu, j'ai hâte de sortir de là.

Le manoir ne m'a jamais paru aussi imposant et j'ai le trac. Il y a énormément de voitures et j'ai l'impression que je vais sauter dans le grand bain. Liam m'explique qu'ils sont tous venus voir madame Delmillo, ça fait tellement longtemps qu'il n'avait pas eu une relation sérieuse que personne n'y croit vraiment. Liam me regarde, j'ai le cœur qui bat trop vite et trop fort, je ne veux plus y aller. Mon compagnon sort de la voiture et fait le tour pour m'ouvrir la porte, mais je refuse de sortir. Liam se met à ma hauteur et me parle doucement, m'encourage et me réconforte. Après quelques minutes, le calme revient et je descends de la Prius. Je tends mon masque à Liam qui me l'accroche avec douceur. Nous montons les marches et comme la dernière fois tous les invités sont rassemblés dans le salon. Ils sont tellement nombreux que beaucoup de monde reste dans le hall. A notre arrivée, tous les yeux se braquent sur moi et je me sens mal à l'aise. Je recherche un regard familier dans cette foule, mais je ne reconnais personne, j'ai chaud.

Liam joue parfaitement la comédie, il a un bras protecteur autour de mes hanches et me sert contre lui pendant son discours de bienvenue. Il termine par me présenter officiellement comme étant sa fiancée et sa partenaire, son éloge me fait rougir. Il informe tout le monde que ce soir, je resterais un électron libre et que c'est à moi de décider ce que je veux ou non faire. Il me donne ma liberté qui est a accueilli par des petits bruits de surprise et de chuchotement. Personne ne comprend et moi non plus, je le regarde pour qui m'explique, mais il me lâche sans m'embrasser et se mélange à la foule. Je reste planter là et je laisse les autres me contourner pour rejoindre le buffet. Je suis sonnée. A quoi rime cette comédie ? Il me laisse seule avec tous ses hommes et ses femmes assoiffés de sexe. Personne pour me protéger, je fini par me réfugier vers les vestiaires. Gabriel me rejoint et je me sens tout de suite mieux. Ce garçon est vraiment gentil et je me demande ce qu'il vient faire ici. Il reste un moment avec moi et me réconforte. Gabriel m'explique que c'est un très beau geste d'amour que vient de faire Liam. Cela signifie qu'il me fait confiance et que je ne ferais rien « d'interdit », mais qu'est-ce qui est interdit ? Je soupire. Je décide de faire connaissance avec tous ces gens pour en apprendre plus. Je croise un serveur et je lui prends une coupe pour me donner un peu de contenance. Je bois une gorgée et je me mélange à la foule. Je ne parle à personne et personne s'intéresse à moi. Je m'approche du buffet, sans rien prendre, je me perds dans mes pensées. Un raclement de gorge me fait revenir sur terre et je tourne la tête vers la personne. Mes yeux tombent dans ceux de Thomas et je soupire, résignée. Ici, il ne peut pas faire de vague et il ne peut rien me faire, il y a trop de monde. Finalement notre entrevue est très rapide et se passe relativement bien. Il cherchait Liam, car il y avait un souci avec un nouveau couple, enfin je n'ai pas tout compris. Je regarde l'heure sur mon portable et je constate que je ne suis là que depuis une petite heure. Je m'ennuie et je me demande ce que je fais là. Je pars à la recherche de Liam, je souhaite partir, mais je ne voudrais froisser personne. Je ne le vois nulle part dans le salon, je monte dans les étages, mais je ne vois que des couples ou plus qui sont en train de s'amuser. Je rougis et me sentant honteuse de les surprendre. Je ne pense pas que quelqu'un s'est aperçu de ma présence. Je continue ma recherche, je fini mon verre et le dépose sur un plateau. Je décide de redescendre dans le salon, un regard circulaire m'indique que Liam n'est toujours pas là. Je prends la direction de la zone interdite aux invités. Il n'y a pas de garde du corps, je passe sans problème. J'arrive à l'étage et j'entends des bruits sans vraiment comprendre ce qu'il se passe. Je pense qu'un couple a dû s'introduire pour s'amuser un peu à l'écart. Je vois Thomas sortir d'une pièce et celui-ci est surpris de me trouver là. Il me prend le bras et m'entraîne vers la sortie, mais je refuse. Il a beau insister, je lui cris de me lâcher et lui met un coup de pied dans le tibia. Le silence se fait et je me rends compte de mon geste et lui demande pardon. J'entends une porte s'ouvrir et Liam apparaître avec pour seul vêtement un boxer. Mon cœur manque un battement et j'ai la tête qui tourne quand une belle créature blonde sort de la même pièce, très peu vêtue et lui tient le bras. Je reste un moment interdite, Liam avance vers moi, mais je fais demi-tour et je cours pour descendre les escaliers. J'arrive dans le hall désert, je récupère mon manteau et je sors de ce manoir de malheur.

Je prends le chemin pour retrouver la route, en espérant pouvoir rentrer en stop. La route ne m'a jamais paru aussi sombre et longue. Je ne pleure pas, il ne mérite pas mes larmes, il ne me mérite pas tout court et je suis en colère. Mes ballerines s'enfoncent dans la terre, elles seront fichues quand je sortirai de là. Une voiture s'approche et je m'écarte sur le bas-côté, elle me dépasse sans faire attention à moi. Je soupire en voyant mes pieds prendre l'eau et je continue ma route, mon masque me gêné et je le retire rageusement. Je savais que je n'aurais jamais dû venir à cette horrible soirée de dépravés. Une puis deux voitures me dépassent, je regarde l'heure et il est encore tôt pour que les invités partent de leur plein gré. Je m'en fiche, cela ne me concerne plus, elles me dépassent toutes et aucune ne s'arrête. Je trouve ça étrange, mais je ne m'en soucis pas pour le moment. J'ai froid, je fatigue et je ne vois toujours pas le bout de ce chemin, j'en ai marre. Je maudis Liam et ses soirées, je maudis Félicie qui m'a forcée à venir et je me maudis d'être autant accroc à lui. Les larmes commencent à couler, quand une voiture que je n'ai pas entendu arriver s'arrête à ma hauteur et son conducteur en sort.

- *Monte dans la voiture,* m'ordonne Liam

- *Laisse-moi, ton invitée doit t'attendre,* pleurnichais-je

- *Lola … monte dans la voiture, tu vas prendre froid, je vais t'expliquer,* m'implore t'il.

Je le foudroie du regard, comment ose-t-il ? Je suis blessée et je continue à avancer. Liam ne me laisse pas le temps d'avancer plus, il m'attrape le poignet et me serre.

Tu vas monter dans cette voiture et je vais te raccompagner, grogne

103

t'il.

Non, ma réponse est ferme et je ne le quitte pas des yeux.

Il m'embrasse et je n'ai pas le temps de réagir. Je lui assène une claque et de surprise il me lâche. A en croire par son regard, il ne s'attendait pas à ce que je me défende. Je le laisse planter là et je continue d'avancer Liam me dépasse en voiture, plein phare et s'arrête un peu plus loin en me barrant le chemin avec la Prius. Il descend en se frottant la joue en s'approchant de moi.

- *Tu m'as giflé !* grogne-t-il, *ça ne va pas non ? Je veux juste t'aider.*

- *Tu veux m'aider ? Barre toi !!* hurlais-je

- *Je ne peux pas, tu comprends ça, je ne peux pas. Je suis amoureux de toi, bordel.*

- *Tu m'aimais aussi quand tu couchais avec cette fille dans TA chambre ? Tu avais dit que tu n'avais emmené personne à par moi, car j'étais spéciale,* j'essuie une larme d'un revers de manche, *je te déteste !*

Il en reste sans voix, il me regarde, mais ne dit rien. Je n'arrive pas à décrypter son regard, mes yeux se posent sur sa joue qui commence à rosir. J'ai dû taper fort, mais je m'en moque, je veux rentrer chez moi au chaud. Il ouvre la bouche pour protester encore, mais une voiture arrive à notre hauteur et elle est obligée de s'arrêter, car la voiture de Liam barre toujours la route. La vitre s'abaisse et nous découvrons Thomas au volant.

- *Ça va vous deux ?* demande t'il.

- *Ouais, c'est bon,* réponds Liam

- *Lola, tu veux que je te ramène ? C'est sûr ma route, ça ne me dérange pas.*

- *Ok,* lâchais-je laconiquement.

Je monte dans le 4X4 de Thomas et je laisse derrière moi Liam sans lui accorder le moindre regard. Mon chauffeur augmente le chauffage et il me raccompagne chez moi sans qu'aucunes paroles viennent perturber le silence bienfaiteur qui règne dans l'habitacle de sa voiture. Il coupe le contact en bas de mon immeuble, et ni l'un ni l'autre ne faisons le moindre geste. Je me sens trahis et j'ai l'impression qu'on m'a utilisée, instrumentalisée et mes larmes coulent de plus belle. Thomas me regarde, je sens qu'il n'ose ni parler ni faire un geste. A travers mes yeux brouillés, je le fixe et je ne le trouve pas si mal que ça. Ses lèvres s'étirent légèrement et courageusement il passe son pouce sur une larme qui dégringole sur ma joue. Il porte son doigt à ses lèvres et je trouve ce geste vraiment excitant. Je prends sa main et suce son doigt. Nos regards s'accrochent et l'air devient électrique. Thomas s'approche de mes lèvres et attend mon autorisation. J'hésite un instant avant de coller mes lèvres aux siennes. Il me repousse doucement, avant de me demander si je suis certaine de moi et pour toute réponse, je passe sur lui et l'embrasse avec plus de fougue. Je ne sais pas ce qu'il me prend, une rage de vengeance me prend aux tripes et tant pis si c'est Thomas qui en paie les frais. Ce dernier me stabilise et me demande de monter chez moi. Je me calme instantanément, impossible de le faire monter dans ma chambre, dans mon lit, je lui fais signe que non. Il me pose, tant bien que de mal, sur le siège passager et il remet le contact. Sans un mot, il conduit vite et n'hésite pas rouler au-dessus des limites de vitesse autorisées. Je ne tremble pas et je ne dis rien, je me laisse porter par le moment présent, je ne veux plus réfléchir. Nous arrivons devant une petite maison, un peu à l'écart des autres, je regarde les alentours, je ne connais pas ce quartier. Thomas descend, m'ouvre la porte et une fois que je suis descendue du véhicule, il m'embrasse du bout des lèvres. Il guette mes réactions, il prend ma main et m'entraîne chez lui. Thomas me propose un verre que j'accepte et il me tend un shot d'un liquide transparent. C'est fort, mais je lui demande un autre que je bois cul-sec et un troisième pour me donner du courage. Je le vide aussi vite que les deux premiers et je me jette sur Thomas. Ma bouche trouve très rapidement les siennes. Thomas ne se fait pas prier et il retire ma robe en deux secondes, aucune douceur, dans l'urgence. Il ne prend pas le temps avec les préliminaires, il sort un préservatif et la pénétration est assez brutale. Cela me fait revenir sur terre, l'alcool se dissipe d'un coup et il me fait mal. Je me dégoûte, l'alcool remonte de mon estomac. Thomas passe ses mains sur moi, mais je ne ressens rien, je frisonne, je veux que ça s'arrête, ça me gêne et je ne suis pas du tout à l'aise. Il ne s'aperçoit de rien, il a l'air d'apprécier. Je ne dis rien et ne jouis pas. Il se lève retire le préservatif et je me cache dans mes mains et je pleure. Thomas à l'air de ne pas comprendre ce qu'il se passe. Il m'embrasse, me sert dans ses bras et me tend ma robe. C'est terminé !

Je fais tout mon possible pour oublier ce fameux week-end, cela fait quatre mois que Liam est rentré dans ma vie et c'est un vrai désastre. Je n'ai plus de nouvelle ni de lui ni de Thomas depuis un mois. J'essaie d'oublier cette triste période. Je ne me reconnais plus dans les miroirs que je croise et je les évite autant que possible. J'ai démissionné de mon travail, de toute manière je n'y allais presque plus, cela me donne tout le temps de me morfonde dans mon lit. Liam me manque terriblement, je l'appelle régulièrement sans lui parler, juste pour entendre sa voix, je me fais l'effet d'une psychopathe. Je pense qu'il sait que c'est moi, car il me parle parfois, mais je ne réponds jamais. Il souffre lui aussi, enfin je crois, il me dit qu'il va bien. J'ai retiré sa bague et je l'ai cachée dans une boite en dessous d'une pile de vêtements. Je ne veux plus la voir et je ne peux pas lui rendre. Félicie rentre dans ma chambre sans frapper et me jette les deux billets pour New-York que j'ai reçu pour mon anniversaire. Je les prends et les range dans mon tiroir sans les regarder. Elle n'a pas l'air contente du tout, elle pose ses mains sur ses hanches et elle fronce les sourcils. Je m'enfonce un peu plus sous ma couette, ne laissant dépasser uniquement mes yeux. En d'autres circonstances nous auriont ri, mais ni l'une ni l'autre n'avons envie de s'amuser. Cela fait plus d'un mois qu'elle navigue entre fermeté et souplesse, mais cette fois-ci elle est vraiment en colère. Elle reste droite, solide sur ses jambes et elle me demande de vérifier les billets. Je sors un bras de ma cachette pour les récupérer et je regarde la validité. Je me redresse aussitôt dans mon lit, ils ne sont encore valables que 15 jours, comment j'ai pu les oublier. Félicie me fusille du regard et me tend sa tablette. J'en crois pas mes yeux, elle vient de réserver le vol de demain et c'est à mon tour d'être furax. Elle se radoucit et m'explique un peu comme à une enfant que ça me ferait du bien et qu'elle m'accompagne pour que je ne fasse pas de bêtise. Elle m'arrache un sourire et elle me le rend au centuple. Je l'aime cette folle qui est la seule à être toujours là pour moi. Je me lève péniblement et la serre contre moi.

- *Pouahh Lola va prendre une douche, c'est plus possible.*

- *Je crois que tu as raison,* lui répondis-je en sentant mes fringues

- *N'oublie pas de faire ta valise, la mienne est déjà faite. Nous partons demain matin à 5h et direction New York* me dit-elle enjouée.

- Je n'ai rien à me mettre et je n'ai pas envie de partir. Laisse-moi noyer mon chagrin dans le chocolat.

- Bouge-toi, me cri-t- elle.

Je saute du lit et direction la douche, cela fait du bien. J'ai un peu honte quand je pense à ma dernière douche qui date de quelques jours. Mes cheveux sont gras et je prends le temps de prendre soin d'eux. Cela me revigore et me renforce. Je fais ma valise et je décide de me nourrir, enfin de faire un vrai repas composé d'autre chose que des sucreries. Félicie a devancé mes besoins et c'est un vrai banquet qui m'attend. Le cœur me serre en pensant que Liam me préparait des petits déjeunés aussi copieux et complets. Je prends place autour de la table et ma colocataire ne semble pas se préoccuper de mon trouble et commence à me raconter notre séjour. Elle a absolument tout pensé et je n'ai plus qu'à me laisser porter. Je la remercie et la prends une nouvelle fois dans mes bras.

Nous arrivons à l'aéroport et je suis très étonnée que Félicie n'a emporté qu'un petit sac de voyage. Elle me dit qu'elle n'a pas besoin de beaucoup de choses et qu'elle compte faire les boutiques. C'est vrai qu'avec son nouveau job, elle gagne bien sa vie, donc elle va pouvoir se faire plaisir, je suis vraiment heureuse pour elle. Nous faisons la queue pour enregistrer nos bagages et il ne reste plus qu'une personne devant nous quand mon amie m'informe qu'elle doit aller aux toilettes. Je bougonne, car elle va devoir refaire toute la queue. Nous nous donnons rendez-vous à l'embarcation, alors je l'attends. L'hôtesse m'indique que je suis la dernière et que si je veux partir, je dois monter dans l'avion. Je regarde mon téléphone, je n'ai toujours pas de réponse de Félicie à mes nombreux messages. Je prends le couloir et j'embarque le cœur gros. Je cherche ma place et je vois qu'il ne reste plus que deux sièges vides, l'avion est complet. Je dépose mon petit sac dans le casier au-dessus de mon siège et j'entends un bip dans ma poche. Je saisie mon téléphone et je vois que c'est un message de Félicie :

« Fais un bon voyage et surtout ne m'en veux pas.

Je t'adore

Félicie »

Je lui réponds que c'est une lâcheuse en plus d'une pétocharde. Je m'installe dans mon siège côté hublot et éteins mon portable. J'attrape mon livre et je me plonge dedans avant même le décollage. Je vais avoir du temps à tuer autant que je termine ce gros pavé. Une voix me fait sursauter et je n'ai pas besoin de regarder pour savoir qui se tient dans le couloir, tout mon corps me le hurle.

- *La place est disponible ?*

- *Je crois que tu connais déjà la réponse,* lui répondis-je sans lever les yeux de mon livre.

- *Merci.*

Liam dépose ses affaires et s'installe à côté de moi. Je suis en colère, mais qu'est-ce qu'il fait là ? Le sms de Félicie me revient en mémoire, elle avait donc tout prévu. Je jette un coup d'œil de son côté, mais je n'aurais pas dû. J'avais oublié à quel point il était beau. Il porte un sweat à capuche, un jeans et des baskets, c'est la première fois que je le vois dans une tenue aussi décontractée. Liam porte une main à ses cheveux et j'ai du mal à me contenir.

- *Félicie m'a donné son billet. J'espère que ça ne te dérange pas ?*

- *Je crois qu'il est un peu trop tard pour me le demander. De toute façon, arriver à New York, c'est chacun pour soi. J'ai seulement un peu plus de 8h à te supporter.*

- Mmhh, non. C'est moi qui ai pris les réservations sur place.

- C'est une blague, je veux descendre, lui dis-je en passant devant lui et en retirant mon sac dans le casier.

Une hôtesse passe et m'informe que nous allons décoller que je dois m'asseoir. Je lui dis que ce n'est pas possible, que je dois descendre, je lui cris presque dessus. Liam me demande de me calmer que ça ne sert à rien de s'affoler. Je panique totalement passer une semaine en tête à tête avec Liam est juste impossible, pas après tout ce que l'on s'est fait. Mon compagnon de vol me regarde et je peux lire un mélange de compréhension et de tristesse. Je m'installe de nouveau sur mon siège, attache ma ceinture, prends mon livre et me colle contre le hublot. Je ne suis pas obligée de lui parler pendant le vol. Nous devrions arrivée vers 16h, j'aurais peut-être le temps d'appeler Félicie pour lui dire ce que je pense de son plan foireux et trouver un autre hôtel. Je finis par m'endormir pendant le vol et quand Liam me réveille pour manger, je m'aperçois que je me suis installée contre lui. Je me redresse en m'excusant. Le plateau n'est pas particulièrement alléchant, même si nous sommes en première classe. Je ne parle pas plus que nécessaire avec Liam et finalement le vol se passe plutôt bien. Nous arrivons à destination, j'allume mon téléphone et je recherche le numéro des hôtels à proximité. Je les appelle tous, un par un et aucun n'a de chambre à cause des festivités qui se passe en ce moment. Je fusille du regard Liam avant de composer rageusement le numéro de ma meilleure amie. Bien entendu cette dernière ne répond pas et je tombe sur sa messagerie. Je m'affale sur un banc, désespérée, je suis coincée ici avec Liam. Celui-ci s'approche doucement de moi et me propose de venir avec lui à l'hôtel. Il m'explique qu'il a loué une voiture et que ce serait plus simple que de prendre un taxi. Je ne lui réponds rien, mais je le suis sans un regard. Coller contre la portière, je regarde le paysage, c'est la première fois que je vois New-York et j'en prends plein les yeux. Mon anglais est très approximatif, mais je sens que je vais me plaire ici. Liam a choisi un hôtel pas très loin de l'aéroport et le trajet n'est vraiment pas long. Nous arrivons et un bagagiste s'occupe de nos affaires. Mon compagnon de voyage me propose de prendre un thé au bar de l'hôtel avant de monter dans notre chambre. Je sursaute, il a bien dit notre chambre, j'ose enfin croiser son regard gêné. Évidemment, j'ai bien entendu et nous devons partager la même chambre, je soupire résignée.

Le temps passe lentement, je regarde les gens venir et partir en soufflant sur mon thé. Je me détends, en oubliant presque Liam installé en face de moi qui a les yeux rivés sur son téléphone. Je bois une gorgée avant de poser ma tasse sur la table et croquer dans une pâtisserie qui ressemble un peu à nos croissants. Liam lâche enfin son téléphone et me lance :

- Vas-tu enfin me parler ?

- Tu es sur ton téléphone et je n'en ai pas spécialement envie.

- Lola, nous ne pouvons pas rester fâchés, tu sais bien que ...

- Tu as couché dans TON lit avec une autre femme, le coupais-je. *C'est une règle tacite, enfin je le pensais, je pensais que j'avais de l'importance pour toi.*

- Tu es importante pour moi, me dit Liam dans un sourire.

- Va te faire voir avec tes mensonges.

J'attrape mon sac et la clef magnétique de l'hôtel et je me lève en le plantant là sans une parole de plus. J'appuie sur le bouton de l'ascenseur et me faufile dedans. Les portes se referment, mais une main vient se glisser entre elles pour qu'elles s'ouvrent. Mon cœur bat fort et un visage que je ne connais pas apparaît. L'homme me sourit et me remercie avant de monter à l'intérieur. Je vois Liam qui se fige dans le hall en me regardant les sourcils froncés. Je sais qu'il n'apprécie pas que je lui fausse compagnie et surtout que je sois enfermée avec un autre homme lui déplaît plus que tout. Je lui souris, malgré ma colère et les portent se ferment de nouveau. Le jeune homme reste le nez collé sur son téléphone et sort au deuxième étage en me saluant poliment. L'ascenseur reprend son ascension jusqu'au dernier étage. Liam ne pouvait pas se contenter d'une simple chambre, il lui fallait la suite et bien sûr la plus grande. Qu'est-ce qu'il peut être arrogant !

Je décide de prendre un bain pour me détendre, mais avant je décide d'appeler ma meilleure amie. J'attrape mon téléphone et je me rappelle que nous avons 8 heures de décalage horaire. En France, il doit être autour de 2h du matin, je soupire. La salle de bain est juste indécente, elle fait la taille de ma cuisine, je reste un moment sur le seuil n'osant pas y pénétrer. Je regarde autour de moi et tout est luxure et simplicité. Je pénètre lentement et j'aperçois des serviettes qui ont l'air d'être vraiment douces, une multitude de fioles qui doit renfermer gel douche, shampooing, crème pour le corps et tout un tas de choses que je n'oserai jamais me servir. A son centre, une baignoire gigantesque me fait de l'œil. On pourrait y tenir à deux voire trois, je suis impressionnée. Je fais couler l'eau et un flacon m'attire, il est d'une belle couleur bleue, je regarde l'étiquette et je souris. Je verse un peu de son contenu dans l'eau et la pièce est immédiatement envahie d'une odeur fruitée que j'adore, la fraise. Je me déshabille et comme mon bain n'est pas prêt, je décide de mettre ma playlist en route. Je prends mon téléphone et je recherche les musiques spécial BAIN – DÉTENTE, je la trouve rapidement et la première mélodie résonne. Je pose mon téléphone et coupe l'eau, je grimpe et m'allonge dans une mousse onctueuse. Je ferme les yeux et remercie Liam pour son arrogance. Je me laisse porter par la musique et je n'ai plus aucune notion du temps. Je me sens bien, je ne suis plus en colère et j'ai la tête vide, aucune pensée vient perturber ce moment de bien-être. La porte de la chambre claque, je sursaute et je me rends compte que la porte de la salle de bain n'est pas fermée. Je vois Liam passer dans le couloir pour aller dans la chambre, mais il ne m'a pas vu. Je n'ose plus bouger, l'espace d'un instant, j'avais oublié qu'on partageait la même chambre. Je le vois revenir sur ses pas et entrer dans la salle de bain en caleçon. Je me sens rougir et je m'enfonce un peu plus dans la mousse. Il me fixe, comme s'il allait me sauter dessus, je suis prise au piège par mon étourderie. Il reste planter là, devant la baignoire sans faire un geste, sans rien dire et son visage est complètement fermé. Le silence s'éternise et je commence à être mal à l'aise, alors je gesticule sous ma mousse. Liam ne perd aucune miette de mon état et ses lèvres s'étire dans un sourire vainqueur. Je me surprends à aimer son sourire et son regard qu'il pose sur moi. Je prends le temps de l'observer autant qu'il le fait. Je rougis quand mes yeux se porte sur l'élastique de son caleçon.

- Tu aimes la vue, ma belle ?

Je ne prends pas la peine de lui répondre et je l'asperge d'eau savonneuse. Il est surpris, mais ce ressaisit aussitôt, il s'approche de la baignoire et commence à me jeter de l'eau. Nous éclatons de rire comme des enfants et une gigantesque bataille d'eau éclate. Je sors de la baignoire pour m'approcher de la douche. Je décroche la paume de douche et j'ouvre l'eau sur eau froide. Liam s'approche et il est déjà bien trempé quand il me force à rentrer dans la cabine. Je cris, je ris et sans que je m'en rende compte je l'embrasse. Choquée par mon geste, je recule, mais lui me rattrape par les hanches me sert contre lui, le visage grave. Son regard est tellement sérieux, je ne l'ai jamais vu comme ça. Nos yeux ne se détachent plus, le silence envahit tout l'espace et je sens que quelque chose se brise en moi. Liam choisi ce moment pour m'embrasser lentement puis plus passionnément. Je grelotte, il éteint l'eau et nous sortons. Je m'enroule dans une serviette moelleuse que j'avais repéré à mon entrer dans la salle de bain et je me dirige dans la chambre où m'attend ma valise avec mes vêtements. Liam me suit de près, trop près, je sais que je lui donne de l'espoir, mais je ne suis pas prête à me mettre de nouveau avec lui. Je suis blessée et je lui en veux beaucoup. J'ouvre ma valise et en sort une tenue confortable. Liam m'attrape par les hanches et je sens son érection contre mes fesses. Mon dieu, c'est impressionnant ! Je me racle doucement la gorge pour m'insuffler un peu de courage et je me retourne pour lui faire face.

- *Liam, je regrette, je n'aurais pas dû t'embrasser.*

- *Je ne regrette pas et j'ai envie de recommencer,* me dit-il en se penchant vers moi.

- Arrête, m'exclamai-je en m'écartant ! *Ce n'est pas un jeu, tu m'as blessé et je t'en veux.*

- *Excuse-moi pour cette fille. J'ai été maladroit et je ne pensais pas que la chambre du manoir te tenait autant à cœur, nous n'y allons jamais. Tu es la seule dans mon cœur et à l'appartement, ce n'est pas suffisant ?*

Je lui tourne le dos, confuse, j'enfile mon slip et mon pantalon avant de mettre un maillot. Liam m'attrapa le bras avec douceur et m'obligea à lui faire face de nouveau.

- Je n'ai pas été clair avec toi et je m'en excuse, je suis un crétin. J'aimerais me faire pardonner ma belle, laisse-moi au moins essayer.

- Je le regrette à chaque fois, soupirais-je.

- Pas cette fois-ci, je te le promets.

Je hausse les épaules et sans me lâcher du regard, il attrape le téléphone de la chambre. Je l'entends informer la réceptionniste qu'on a eu un dégât des eaux et qu'il réserve une table au restaurant de l'hôtel. Il raccroche et m'embrasse délicatement sur la bouche. Les yeux fermés je me laisse envahir par cette bulle de bonheur qui m'envahie, je souris et ouvre les yeux. Liam a l'air d'être heureux, même très heureux, il m'embrasse une nouvelle fois avant de s'habiller pour sortir.

Le repas était un vrai bonheur, les plats étaient très bons et fins. Liam a été d'une compagnie vraiment agréable et divertissante. Il m'emmène prendre les desserts chez un glacier et je dois avouer que je m'étais régalée. Ensuite, on est rentré à l'hôtel et tout a dérapé. Liam a fait monter une bouteille de champagne avec des fraises. Cela me rappelait des souvenirs et je me sentais vraiment d'humeur joueuse. Nous avons commencé à jouer avec les fraises et le champagne et puis c'est arrivé, je ne sais comment. Ma bouche avait trouvé ses lèvres avant de parcourir tout son corps. Liam a commandé une autre tournée de fraise et de chantilly, en précisant beaucoup de chantilly et les fraises à part. Quand sa dernière demande est arrivée, il m'allonge sur le lit, s'amusant à faire des cercles de crème fouettée sur mon corps. Quand j'en suis presque complètement couverte, il entreprend de me lécher délicatement. Le contact me fait frissonner de plaisir et de désir, mais Liam ne s'arrête pas, au contraire, il continue son parcours encore plus doucement, plus lentement et un gémissement s'échappe de mes lèvres. Cela a pour effet de lui faire lever les yeux vers moi et je le supplie du regard de continuer. Je me sens brûlante et je voudrai déjà le sentir en moi. Je ne réfléchis plus, je veux ses mains, ses lèvres sur moi, alors je le supplie encore et encore de laisser son désir s'exprimer. Liam n'en fait qu'à sa tête, il arrive trop lentement à mon point sensible et j'halète déjà. Sa langue passe encore et encore autour de mon bouton rose et l'orgasme arrive très vite. Transpirante et à bout de souffle, je l'attire à moi pour l'embrasser. Je passe ma main entre nous et dirige son membre déjà prêt vers mon intimité. En une poussée Liam est en moi et j'échappe un cri de plaisir. Les yeux voilés, Liam se pose sur un coude et me regarde, tout en faisant des lents vas et vient. C'est magique, il m'embrasse tout en accélérant ses mouvements et bientôt un nouvel orgasme me dévaste. Peu de temps après Liam me rejoint dans un cri rauque que je n'avais jamais entendu. Quand la lumière du jour perce les rideaux de la chambre d'hôtel, nous décidons de prendre une douche et de rester au lit pour nous reposer. Nous libérons la chambre pour la journée autour des 10 heures et main dans la main nous partons à la découverte de New-York.

New-York est une ville formidable ! Je suis tombée sous son charme dès que l'avion s'est posé, mais depuis que nous la visitons, c'est comme un rêve. Liam nous a programmé un séjour inoubliable. Nous avons visité les catacombes de la basilique à la bougie, un moment historique insolite qui m'a beaucoup plus, puis il m'a entraîné dans un « speakeasy » où nous avons été très bien accueillis, visiblement le propriétaire est un ami de Liam. Nous avons fini à Central Park, mon nouvel endroit favori sur cette planète. Le poumon de la grosse pomme, un endroit magique entre verdure et réservoir d'eau. J'y retournerai pour visiter le zoo, voir les cascades, faire du vélo et les endroits où ont été tourné des films. Central Park, un endroit à visiter absolument ! J'ai pris une tonne de photos et j'en ai envoyé quelques-unes à Félicie qui ne m'a pas répondu. Liam est surprenant jour après jour, il me réserve des surprises étonnantes. Il m'entraîne dans les musées, les moins fréquentés et je suis toujours surprise par la beauté des œuvres que je découvre. Liam évite les endroits touristiques pour me dénicher toujours l'endroit qui fait chavirer mon cœur. La semaine s'écoule trop rapidement, le soir je rentre dans notre chambre épuisée et le matin Liam me lève à l'aurore. Nos nuits sont plus torrides les unes que les autres et il réussit à apaiser ma colère envers lui.

Nous partons demain, mais Liam a encore une surprise pour moi, je refuse qu'il me bande les yeux et chacun reste sur ses positions. Je lui fais face les bras croisées sur la poitrine et je n'en démords pas, il est hors de question qu'il m'entraîne encore sans mon consentement. Le ton est calme et sec quand je refuse pour la centième fois. Liam est assis dans un fauteuil crapaud, les jambes croisées et le sourire aux lèvres. Il est totalement détendu et s'amuse de mon refus. Dans sa main, il tient un large bandeau de coton, je ne sais pas où il tient cette manie de m'aveugler, mais c'est pénible.

Il porte l'accessoire à son nez, sans me lâcher du regard et mon imagination s'affole. Je m'imagine lui grimper dessus et lui attacher les mains avec ce fichu bandeau. A cette idée, je souris et mes joues rosisses de plaisir. Liam me regarde étonné par ce changement imperceptible dans l'air. Il me demande si c'est le bandeau qui me donne des idées et je m'approche de lui. Comme dans mon fantasme, je monte à califourchon sur ses genoux et je lui prends le tissu des mains. J'effleure ses lèvres des miennes et je lui attache les mains derrière la tête. Je suis consciente que la position n'a pas l'air d'être confortable, mais je reprends ma revanche. Liam ne me cache pas son étonnement de me voir prendre des initiatives et ses yeux me prouvent que j'ai raison. Impossible pour lui de bouger, alors je descends de sur lui et je m'éloigne pour l'admirer. Il est encore plus sexy comme ça. Je passe ma langue sur mes lèvres et je recule encore un peu, je vois qu'il panique et qu'il imagine un scénario qui ne lui plaît pas. Cela me fait rire, j'attrape la télécommande sur la table de nuit et j'allume la stéréo. Une musique sensuelle envahie la pièce et je commence à me trémousser tout en me déshabillant. Le regard de Liam s'enflamme et tout un coup, j'ai chaud, je me rapproche de lui, nos regards sont vissés l'un à l'autre. J'arrive à sa hauteur en sous-vêtement, malgré les encouragements silencieux de Liam, je me sens idiote tout d'un coup, qu'est-ce que je vais pouvoir bien faire ? Je pause mes mains sur ses épaules, je balance mes hanches de droite à gauche et je recommence. Je commence à avoir mon slip mouillé, alors je m'agenouille et je détache la ceinture de Liam, la retire et déboutonne son pantalon. Il lève les fesses pour que je puisse le retirer ainsi que son caleçon. Son membre me fait face et il est énorme, il m'intimiderait presque. Je le fais glisser entre mes lèvres et Liam se raidit, il ne dit rien, mais son visage parle pour lui. Ma langue passe plusieurs fois sur son gland, que j'aime l'entendre gémir. Je suis concentrée sur le plaisir que je lui donne et je ne le regarde pas. Mes mains passent sous ses testicules, il frisonne, j'accélère mes vas et vient avec ma bouche. Liam tire sur le tissu qui craque et il passe ses mains dans mes cheveux. Encore un ou deux mouvements et il se retire de ma bouche. Liam est tendu à l'extrême et il souffle fort. Il me remet sur mes pieds et me colle contre un mur. Mes seins sont comprimés sur la surface râpeuse et un cri de surprise s'échappe de mes lèvres. Liam passe une main sur mon ventre et une autre sur mes hanches, je sens son érection contre moi, je gémis. Sa main descend vers mon intimité et je suis déjà trempée. Liam me retourne, je lui fais face et il me soulève contre le mur. Nos lèvres se joignent dans un grognement et nous perdons les pédales. Tout va très vite, trop vite ! Il me pénètre sans ménagement, je cris, il se retire et recommence encore et encore. A chaque coup de butoir, j'ai le souffle coupé, je transpire et je n'arrive pas à être cohérente. Liam est pris de frénésie et ses mouvements se font plus précipitamment. Un orgasme grossi au creux de mes reins d'un coup et il me terrasse. Liam me serre fort contre lui et je pose ma tête sur son épaule et je cris son prénom. J'ai des points noirs devant les yeux, la tête me tourne légèrement et j'entends à peine mon partenaire jouir à son tour. Nous sommes tous les deux transpirants, le souffle court, mais Liam ne me repose pas au sol. Il me garde contre lui et m'embrasse la bouche, les joues, le cou en m'entraînant vers le lit. Il m'allonge délicatement et me pénètre une deuxième fois. Cette fois-ci très doucement et très lentement, cela durera longtemps et on finit par s'endormir l'un contre l'autre.

Je suis assise dans un taxi, Liam à mes côtés, j'ai les yeux bandés et je ne sais pas où nous allons. On roule durant un temps qu'il me paraît assez long, mais je ne suis pas sûre. Nous arrivons enfin et j'entends un bruit que je connais, mais que je n'arrive pas à définir. Liam me prend la main et m'entraîne vers le bruit. Il me porte, me pose en hauteur et il vient s'asseoir à côté de moi. Je sens qu'on décolle et je parie que nous sommes dans un hélicoptère. Au bout de cinq minutes, Liam retire mon bandeau et je m'aperçois que j'ai raison. Je regarde par le « hublot » et je laisse échapper un cri de surprise, nous survolons Central Park. C'est magnifique ! Je regarde Liam les yeux pleins d'étoiles et il me dit que c'est son cadeau pour se faire pardonner de ses maladresses. J'avais oublié sa trahison, il vient de faire exploser ma bulle de bonheur, mon sourire s'efface et je me tourne vers la fenêtre. La magie de New-York est terminée !

Le reste du vol se passe dans une ambiance lourde et je peine à apprécier la beauté du paysage. Liam ne comprend visiblement pas mon changement d'humeur et ne cesse d'essayer de faire de l'humour. Il prend mes mains dans les siennes, mais je les retire presque immédiatement, il me regarde surprit et peut-être même blessé. Il a essayé à plusieurs fois de m'embrasser, mais mon estomac se serre alors je tourne la tête d'un air distraite. Ni lui, ni moi sommes aveugles à ce qui se passe, mais aucun des deux ne fait le premier pas. Liam comprend que je l'évite, mais il ne sait pas pourquoi. Il explose une fois arrivé dans la chambre d'hôtel.

- Mais bordel tu peux m'expliquer ton changement d'attitude ?

- J'avais oublié que tu étais un connard et tu me l'as juste fait rappeler, dis-je calmement

- Mais de quoi tu parles ?

- De la nuit où tu as baisé cette fille dans ton lit.

- Lola, j'ai passé la semaine à te prouver qu'il n'y avait que toi. Je n'ai pas pris une seule fois mon portable, je t'ai consacré tout mon temps. Je te réserve une surprise qui j'espérais te fasse plaisir et tu n'as pas arrêté de me rejeter. Tu es injuste, s'écria t'il.

- Je suis perdue, avouais-je. *Tu me fais tourner la tête, je ne suis pas lucide quand je suis avec toi.*

- Tu m'avais laissé une chance, ne me la reprend pas, me supplie t'il. *J'ai besoin de toi.*

Je le regarde, les larmes aux bords des yeux, mes bras autour de moi et je ne sais pas quoi lui répondre. Il remit une mèche de mes cheveux à sa place et les larmes coulèrent sur mon visage. Je n'arrive pas à lui pardonner et pourtant il a raison, il a été parfait durant cette semaine. Liam a été prévenant, attentionné, gentil, disponible et moi je lui crache cette histoire de coucherie. Il m'attire contre lui et ma tristesse mouille son polo. J'aurai aimé rester là contre lui et ne plus penser à rien, je voulais oublier tous nos problèmes et profiter de lui. Liam me caresse les cheveux et me chuchote des mots apaisants et rassurants. Au bout d'un moment, mes larmes se tarissent et mes sanglots s'apaisent peu à peu. Liam me proposa de manger un morceau, je refuse et je me détache de lui pour me coucher. Il me retient et m'embrasse au-dessus du crâne, nos regards s'accrochent et un sourire timide barre son visage.

Il est 5h du matin quand je sens Liam sortir du lit, le téléphone sonne et il répond. C'est la réception qui appelait pour notre avion. La parenthèse enchantée est terminée, il est temps pour nous de revenir à nos vies. J'ouvre les yeux et Liam me sourit comme un matin de Noël. De toute évidence, il est content de rentrer. Je m'assoie dans le lit, relève les draps sur moi et soupire. Liam vient s'asseoir près de moi et m'embrasse sur le front. Nos regards s'accrochent et j'ai le pressentiment qu'il me cache quelque chose.

118

- Qu'est-ce que tu mijote, Monsieur Delmillo ?

- Tu es vraiment splendide quand tu ne te poses pas mille questions à la minute, Mademoiselle Louvier.

- Merci, répondis-je platement.

- Tu t'habilles, notre avion va décoller sans nous si on traîne.

- J'ai l'impression que tu ne me dis pas tout, qu'est-ce que tu me caches ?

Il me fait un clin d'œil et disparaît dans la salle de bain. J'ai l'estomac noué quand je me lève du lit, mais décide de me faire violence et de me préparer. Liam est sorti de la salle de bain aussi beau qu'un dieu. Il porte un polo manche courte bleu marine qui lui va parfaitement bien, sur un jean bleu délavé. Je suis surprise qu'il porte ce genre de pantalon, mais ça lui va vraiment très bien.

Nous sommes à l'aéroport et je fusille Liam des yeux, je viens de découvrir ce qu'il le rendait de si bonne humeur ce matin. Ce petit malin a échangé nos billets d'avion derrière mon dos et nous ne rentrons pas en France, mais qu'elle idée Félicie a eu de lui laisser sa place. Je devrai être heureuse de voir sa famille, mais je suis tellement stressée de les voir. Qu'est-ce qu'on va bien pouvoir leur dire, nous ne sommes plus vraiment ensemble. Notre relation est bien trop compliquée pour l'expliquer à son entourage. Il m'attrape, me colle contre lui et son parfum m'enivre ; Il me dit que tout va bien se passer et qu'il m'aime toujours autant, je frissonne. J'ai un peu de mal à croire que tout va bien se passer, mais je ne peux que lui faire confiance. Une voix résonne et nous décollons pour « Positano » en Italie.

9. POSITANO

Le temps de notre escale surprise, nous sommes hébergés chez le frère de Liam. Je reste quasi muette, et angoissée. Visiblement personne ne nous attendait, même s'ils sont tous heureux de nous revoir, ils ne semblent rien savoir de ce qui se passe. Cependant son frère, Angelo, n'est pas dupe, et me regarde avec suspicion...Il n'a pas l'air de croire à notre histoire et j'évite de me retrouver seule avec lui. Nous sommes installés dans leur salon autour d'une tasse de café, Liam a passé son bras autour de moi et je me tiens très droite et raide. Je ne suis pas du tout à l'aise, malgré l'ambiance est plutôt détendue, je n'ai rien à faire ici... La mère de Liam commence à débarrasser et je me porte volontaire pour l'aider. J'ai besoin de m'éloigner et de me ressaisir. Angelo pose sa main sur le bras de sa mère pour l'inciter à s'asseoir et m'aide à desservir. Je le regarde surprise et il me donne un sourire bienveillant et complice qui me prend de court. J'attrape ma tasse et celle de Liam et je me dirige vers la cuisine à la suite d'Angelo.

- *Alors Mme Delmillo, qu'est-ce qui vous amène par ici,* me lance t'il sans préambule.

- *Ne m'appelle pas comme ça,* répondit-je sur la défensive.

- *Oh, mais c'est qu'elle montre les griffes ! Je comprends pourquoi mon frère t'aime autant. Vas-y qu'est-ce que cet idiot a encore fait ?*

- *Nous sommes plus vraiment ensemble.*

Un grand fracas d'assiettes tombant au soleil, nous interpelle, et comme un seul homme, nous nous retournons. Leur mère se trouve dans l'encadrement de la porte, elle est très pale. Angelo se précipite auprès d'elle et lui parle très vite en italien. Il appelle Liam qui arrive aussitôt et à eux deux, ils entraînent dans le salon ou elle s'assoie dans un fauteuil. Je ne comprends rien à ce qui se passe et je reste en retrait. Angelo et Liam se disputent en italien et ce dernier tire son téléphone de sa poche et compose un numéro en me fusillant du regard. Je ne sais pas ce que j'ai encore fait, mais il n'a pas l'air content.

Angelo jette un dernier coup d'œil à sa mère avant de m'attirer une seconde fois dans la cuisine. Je suis tremblante, il me fait asseoir et me tend un shot. Je ne cherche pas à savoir ce qu'il y a dedans et je l'avale cul sec, ça brûle.

- Écoute, il y a Laura qui va arriver, car visiblement notre mère n'a pas bien réagi quand elle a su que tu n'étais plus « vraiment » avec Liam. Tu comprends, elle nous parle de votre mariage depuis que vous êtes venus la dernière fois.

- Je suis vraiment désolée pour votre mère. Liam est vraiment un connard, je ne devrais même pas être ici, excuses-moi, je vais partir.

- Non ! me dit-il en me retenant par le bras, *je ne crois pas que tu devrais partir, raconte-moi ce que mon nigaud de frère à fait.*

Je lui raconte tout depuis le début, notre rencontre, son marché, son ex, les soirées libertines, la blonde dans son lit, Thomas, New-York... Absolument tout ! Quand je termine mon récit, il avale un shot et s'assoie à son tour. Il me regarde intensément avant de me demander si j'aime Liam, ne pouvant répondre, j'acquiesce bêtement. Il me sourit franchement et ses yeux brillent de malice. Nous discutons de Liam, de notre pseudo couple, jusqu'à l'arrivée de leur sœur. Je comprends pas mal de choses, je commence à pardonner à Liam et cela me dérange que ce soit si facile. Son frère m'enlace avant de partir rejoindre son frère et sa sœur. Je reste plantée dans la cuisine et me ressers un shot. Je savais que ce n'était pas une bonne idée de revenir ici, on aurait dû prendre le temps de régler tout ça. Je culpabilise pour leur mère et je décide de prendre mes responsabilités. Je rentre dans le salon et le spectacle que je vois me touche. La fratrie Delmillo entoure leur mère et ils discutent à voix basse, je n'ose pas les interrompre. Les yeux d'Alessia se plongent dans les miens et elle me fait signe de m'approcher, ce que je fais et Laura, dans un sourire, me laisse sa place, Alessia me prend les mains et me parle vite en italien. Elle termine dans un sourire et m'embrasse sur le front. Je ne sais pas ce qu'elle m'a dit et je ne sais pas comment réagir. Liam baisse la tête et n'a pas l'air très à l'aise non plus. Angelo sourit ainsi que leur sœur, je ne sais pas ce qu'il se passe. Tout le monde me regarde et la seule chose intelligente que je trouve à dire c'est que je ne parle pas Italien. Alessia se met à rire, je la soupçonne de plus ne plus de comprendre le français et même le parler. Cette dernière se lève, parle sèchement à Liam et me fait un clin d'œil avant de quitter la pièce. Laura prend la place de sa mère et tapote la tête de Liam, en se moquant de lui. Il ne bronche pas, ce n'est pas dans son habitude. Je demande si quelqu'un peut me traduire ce que leur mère leur a dit et tous les regards se posent sur Liam. Ce dernier ne réagit pas, puis me prend la main et les yeux pleins de larmes me tend un bracelet. Je ne comprends rien, je regarde Liam, Angelo puis Laura, les deux derniers me font signe de la tête avec un large sourire. Mes yeux se posent une nouvelle fois sur Liam et il commence par m'expliquer.

- Ma belle, tu as refusé de m'épouser et j'ai été très maladroit avec toi, mais je sais que c'est toi la femme de ma vie. Je te donne tout, mon cœur, ma vie et... mon corps, il s'arrête, car Laura pouffe, il la fusille du regard et reprend. *Je sais que ce ne sera jamais assez alors je t'offre ce bracelet, symbole de mon appartenance à toi, de mon amour et si tu l'acceptes de faire partie de la famille Delmillo avec tous ses avantages.*

Je ne comprends rien du tout à ce qu'il se passe. Qu'est-ce qui se passe, enfin ? Laura ne tient plus en place et lâche tout d'un coup tout, excité :

- Est-ce que tu veux bien te fiancer à Liam et à sa famille ?

Je reste sans voix. Cette famille est complètement folle ! J'ai déjà refusé de l'épouser une fois, je ne peux pas lui dire une deuxième fois non devant sa famille. Totalement paniquée, je me lève et je sors de la pièce en bousculant la femme d'Angelo. Je m'excuse rapidement et je reprends ma course, juste avant j'entends cette dernière les questionner s'ils m'ont demandé de faire partie du clan. Je sors de la maison et je me réfugie dans les jardins. Mon cœur bat vite, trop fort, je suis prise au piège, j'étouffe et je veux rentrer chez moi. Les larmes coulent sur mes joues et je ne sais pas combien de temps je reste assisse là, mais je vois le soleil décliner. J'essuie mes larmes et me décide de rentrer et de faire ma valise.

Il n'y a plus personne quand je rentre, je suis dans la chambre qu'on m'a attribuée et je range mes vêtements. On frappe à la porte et je m'attends à découvrir Liam derrière la porte, mais c'est la femme d'Angelo. Elle me sourit et me demande si elle peut entrer. J'ouvre la porte un peu plus largement et elle s'assoie sur le lit. Elle voit ma valise, mais ne dit rien, je continue à ranger mes affaires.

- *Tu sais, j'ai réagi comme toi, quand Angelo m'a fait sa demande. J'ai eu une réaction plus violente que toi, je lui mis une baffe* rigole-t-elle. *Il m'était impossible de l'épouser et encore moins sa famille.*

- *D'accord.*

- *Angelo m'a expliqué,* me dit-elle en me montrant son bracelet similaire à celui de Liam, *ce n'est pas vraiment ce que tu penses. C'est un engagement « Delmillo », il n'y a aucune valeur légale. Tu as tous les avantages du mariage, sans les inconvénients. Comment t'expliquer ?*

- *Je teste Liam comme si on était marié jusqu'à ce qu'on décide de se marier pour de vrai ?*

- *Oui, voilà tu as tout compris. Liam t'aime beaucoup et il ne veut pas te perdre, mais vous avez du mal à communiquer. Tu restes méfiante et tu ne lui fais pas confiance. C'est peut-être le moment de vous laisser une vraie chance.*

- *Ce n'est pas aussi simple. Il y a toutes ses filles…*

- *Il n'y a aucune fille, il n'y a que toi. Tu sais les autres, des soirées libertines, tu pourras décider aussi, tu seras sa femme,* me dit-elle dans un clin d'œil avant de disparaître hors de ma chambre.

Je repousse ma valise et je m'allonge sur le lit, les yeux au plafond, mon cerveau tourne à cent à l'heure. Je me repasse les bons moments passés avec Liam, il y en a tellement… Une scène me touche plus que les autres et elle s'invite à moi avec facilité. Nous sommes tous les deux au restaurant, assis face à face et à ce moment, je le trouve absolument magnifique. Son regard caramel brillait et un sourire barrait son visage, il était heureux. Il portait une chemise blanche sur un jean noir et il m'avait offert une robe blanche aux manches courtes. Tout se passait bien, nous nous amusons et le repas était ponctué de rire. Il n'y avait que nous dans notre bulle, je ne me rappelle plus ce que nous avions mangé, j'avais passé tout le repas dans ses yeux. Un moment simple et délicat, mais tellement rare. Un coup à la porte, me fait sursauter, je me relève et va ouvrir à mon visiteur. Cette fois-ci c'est Liam qui n'ose pas vraiment me regarder, je ne l'ai jamais vu dans ses petits souliers, mais j'avoue qu'à ce moment précis, la situation m'arrache un sourire. Il me demande s'il peut rentrer et je le laisse passer. Il reste debout, les mains dans les poches, je ne le sens pas à l'aise et je décide de l'aider un peu. Je m'excuse de m'être enfuie et lui me traduit ce que sa mère lui a dit et je rigole. Alessia est vraiment une femme charmante avec plein d'humour. Liam me regarde me marrer, mais il reste sérieux, le visage fermé. Je lui explique que même sous la menace de sa mère, je ne peux pas accepter pour le moment leur proposition. Il soupire et me serre contre lui. Je me sens tellement bien dans ces bas que je ne voudrais jamais les quitter. Au bout d'un moment, je me détache et je l'interroge.

- *Elle compte pour toi, cette fille ?*

- *Bien sûre que non !*

- *Alors pourquoi tu l'as entraînée dans ta chambre ?*

- *Lola, soupire-t-il, elle s'appelle Chloé et c'était sa première fois. Elle est fidèle à Antoine et malgré ses plusieurs soirées libertines, elle n'arrive pas à se lâcher. Antoine m'a demandé de l'aider, il pensait que de coucher ensemble dans « l'intimité » pouvait l'aider. Il devait nous rejoindre un peu plus tard, mais tout a été annulé. La suite tu la connaît.*

Je ne réponds rien, je me sens honteuse de ne pas lui avoir fait confiance encore une fois. Je le regarde et je l'embrasse. Qu'est-ce que j'aime cet homme ! Il s'accroche à moi et ne me tourne jamais le dos alors que je n'arrête pas de le rejeter ou de mettre sa parole en doute. Je ne mérite vraiment pas cet homme. Liam me sourit et sans me demander mon avis, il passe le bracelet autour de mon poignet. Il est magnifique ! Il sort de sa poche la réplique du bijou et me le tend, je le sors de son écrin délicatement et le lui passe. L'air autour de nous se charge d'émotions et je me mets à pleurer silencieusement. Liam me relève le menton et m'embrasse tendrement. Il m'enlace et me sert fort contre lui. A présent, je suis liée à cet homme, c'est le mien et je compte bien le garder proche de moi.

Nous descendons tous les deux dans le petit salon, main dans la main et nous retrouvons le reste de la famille Delmillo. A peine, nous traversons la porte qu'Angelo se lève pour prendre son frère dans ses bras et il me fait un clin d'œil par-dessus son épaule. Je pouffe de rire ! Mes deux belles sœurs viennent me faire un câlin et la mère de Liam essuie une larme avec un mouchoir en tissu. Ils ont tous remarqué que nous portions les bracelets et que nous étions de nouveau ensemble. Les félicitations sont de rigueur et le champagne coule dans les flûtes. Je fais déjà parti de la famille, même nous ne sommes pas officiellement mariés, cela me touche beaucoup. Un large sourire ne quitte plus mon visage et je reste collée à mon fiancé. Cela me fait tout drôle de le considérer comme ça, ce matin encore j'étais fâchée contre lui et je ne savais plus trop bien où j'en étais. Je le regarde parler avec Angelo, je le détaille, ses cheveux bruns, ses yeux caramel et son attitude naturel m'attirent. Je suis hypnotisée par ses paroles en italien et je rougis en me faisant tout un film. Je l'imagine poser ses mains sur mon corps nu et me chuchoter des mots coquins dans sa langue maternelle. Je rougis de plus belle et Liam se rend compte de mon état et me demande si tout va bien. J'acquiesce et trempe mes lèvres dans ma coupe.

Alissa demande le silence à l'assemblée, nous sommes tous réunis dans la salle à manger et nous prenons un repas. Il y a tout le monde, les enfants d'Angelo et le mari de Laura que je n'avais jamais rencontré, un homme charmant. Un peu autoritaire avec sa femme, mais les deux frères veillent à ce qu'il se comporte correctement. La tablée se tait et tous les regards vont vers Alissa, celle-ci est radieuse que son fils est trouvé chaussure à son pied. Je ne sais pas si je suis sa chaussure, mais sa mère le pense, alors ne la contredisons pas. Elle s'éclaircit la voix et son annonce ne laisse personne indifférent. Tous la regardent étonnée, mais personne n'ose la contredire. Laura échappe ses couverts et Liam manque de s'étouffer. Je lui tapote le dos en lui tendant son verre d'eau. Le silence se fait et j'attends que quelqu'un me traduise ce qui les choquent tous. Liam reprend ses esprits et m'annonce que sa mère veut faire une réception dans le domaine familiale.

Mon cœur loupe un battement, car Liam m'avait dit que sa mère ne voulait plus y aller depuis la mort de leur père. Alissa continue de parler à ses enfants, certains lui répondent et j'entends mon prénom plusieurs fois dans la conversation. Je regarde mon fiancé en le suppliant de me traduire ce qu'il se passe. Je serre sa main, pour attirer son attention, mais il ne me répond pas et fronce les sourcils. Angelo fini par être d'accord avec sa mère, car un grand sourire éclaire son visage et il continue de manger. Laura n'a même pas pris la peine de contredire sa mère et elle garde les yeux dans son assiette. Il ne reste que Liam qui fixe sa mère d'un air contrarié. Cela ne me plaît pas du tout, mais j'attends toujours qu'il m'explique. Alissa se lève et s'approche de nous. Elle déloge Liam de sa place et me prend les mains, elle y fait glisser une bague un peu vieillotte, mais très jolie à mon annulaire gauche. Je ne comprends pas ce qui se passe, Liam est debout à côté de moi, mais évite mon regard. Sa mère prend la parole dans un français parfait, mais avec un accent à trancher au couteau.

- Lola, ma jolie, je t'offre la bague de fiançailles offert par mon époux. Elle te revient à présent.

- Mais, je pensais que vous ne parliez pas français, dis-je étonnée de voir la bague que Liam m'avait déjà donné il y'a quelques temps.

- Je préfère l'Italien qui est bien plus chantant, rigole-t-elle. *Je veux célébrer tes fiançailles avec mon fils, organiser une grande fête.*

- D'accord, oui.

- Lola, tu devrais là laisser finir, m'avertit Liam pendant qu'Angelo rigole.

- Ce sera pour ce week-end et il y aura toute la famille. Environs 200 personnes.

126

- *Quoi* ? m'exclamais-je, *mais il est bien trop tôt.*

- *Absolument pas, je veux que tout le monde sache que mon fils n'est plus à prendre.*

Ma future belle-mère se relève et retourne à sa place, sans ajouter un mot. Je regarde Liam totalement paniquée en espérant qu'il y a une sortie. Tout cela va bien trop vite pour moi. Je me lève en m'excusant et je sors de cet endroit qui m'oppresse. Liam me suit et nous nous arrêtons sur un banc en pierre dans le jardin. Il me prend dans ses bras et je cale ma respiration sur la sienne, les larmes coulent sur mes joues. Je me sens prise au piège et je ne sais pas comment je vais me sortir de là. Toute l'Italie va savoir que Liam Delmillo n'est plus un cœur un prendre, cela devrait me réjouir, mais cela m'effraie. Cela rend notre couple plus concret et plus sérieux. Liam essaie de me rassurer, il me dit que cela ne veut rien dire, que je pourrais partir au bout des six mois comme convenue. Il me dit qu'il m'aimera toujours avec ou sans fiançailles. Il veut fuir prendre son jet et rentrer en France, mais je secoue la tête. J'essaie de me raisonner de peser le pour et le contre, d'analyser la situation sereinement. Je prends le temps de me calmer et de retrouver les idées claires. Je l'aime et je veux que tout le monde le sache, mais les fiançailles, c'est vraiment sérieux et on se connaît depuis si peu de temps. J'ai l'impression de perdre pied et de me laisser engloutir par la situation. Ma respiration s'accélère de nouveau, je plonge mon regard dans celui de Liam, celui-ci me caresse le dos et me chuchote des mots rassurants. Qu'est-ce qui me fait paniquer comme ça ? La peur de le perdre, d'être rejeter ou pire qu'il ne m'aime plus. J'ai peur qu'il se lasse de mes hésitations, de mes doutes, de mon manque de confiance. Qu'est-ce que je lui reproche finalement ? Ses soirées libertines, même pas, qu'il couche avec d'autres filles, oh oui. Il faut qu'on en parle, qu'on établisse des règles, qu'il me rassure … Et puis, je me fiance avec lui, il sera à moi, toutes ses filles et tout le monde le sera et tant pis si je dois en passer par là. Je le regarde déterminée et sûre de moi et je lui annonce qu'on va se fiancer et pas seulement pour le clan « DelMillo », mais parce qu'on s'aime et que je le veux rien que pour moi. Il m'embrasse et me sert dans ses bras un peu trop fort, mais ce n'est pas grave, j'ai besoin de le sentir contre moi. Il se détache un peu et il me propose de m'offrir une bague qui sera uniquement à moi. Je lui souris et je me dis que j'ai vraiment une chance exceptionnelle d'avoir rencontré Liam.

Ma bague est magnifique, simple, en or et orné d'un petit diamant blanc. Je n'ai pas voulu savoir le prix, car dans tous les cas il est indécent. Il y a du monde, j'ai l'impression que tout l'Italie s'est donné rendez-vous pour me rencontrer, c'est à la fois effrayant et renversant. Liam ne me lâche pas, son bras est passé autour de mes hanches et un large sourire barre son visage. Il est heureux et détendu, j'aime le voir comme ça. Pour l'occasion, il porte un smoking noir, ce n'est pas une couleur que je le vois souvent porter. Moi, j'ai fait l'acquisition d'une petite robe vert d'eau qui m'arrive au-dessus du genou, les manches sont courtes et le col carré. Une petite merveille ! Beaucoup de monde viennent me saluer, regarder ma bague et faire connaissance et autant son déçu que je ne parle pas Italien. Je garde le sourire et Liam fait mon interprète, il est à l'aise, il est chez lui. Certaines personnes parlent quelques mots français et nous pouvons échanger plus facilement, elles me disent que je suis charmante et que Liam a bien fait de me mettre la main dessus. Je pouffe de rire, car c'est moi qui ai beaucoup de chance de l'avoir, mais ça personne ne le sait. La soirée se déroule sans anicroche et je suis la plus heureuse des fiancées. Nous passons à table, je m'installe à droite de Liam et à sa gauche, sa mère. A ma droite, je n'ai personne, la chaise est vide, elle est réservée à mon père, mais celui-ci ne viendra pas. Il ne sait même pas que je me suis fiancée, on fera quelque chose à notre retour en France. J'ai tout de même un pincement au cœur, en regardant la chaise vide. Ma mère serait tellement heureuse et fière, je suis sûre qu'elle va tomber sous le charme de Liam. Nous dégustons des plats, les plus merveilleux que j'ai mangé, il faut dire qu'Alessia a mis les petits plats dans les grands. Les nappes sont blanches et en tissus, c'est incroyable vu le nombre d'invités présents. Tout le monde souris et nous félicite, je ne pensais pas être aussi bien accueillie dans ma belle-famille. Ils sont tous prévenants et très gentils, j'espère que nos relations resteront aussi soudées. Le dessert arrive et là aussi, rien est laissé au hasard, Alessia a choisi une pièce montée de gâteaux déstructurés. Je n'avais rien vu de tel ! Les invités s'avancent et je vois que la plupart ont des cadeaux dans les mains. Que se passe-t-il ? Liam me prend la main et me sourit, me voyant que je ne comprends pas ce qu'il se passe. Il m'explique que les invités doivent déposer « leur cadeau » de fiançailles avant de pouvoir se servir du dessert. Chacun peut y déposer ce qu'il veut, le principe est de participer. Mon ventre se serre et je me sens tout un coup gênée que ces gens soient obligés de nous offrir quelque chose pour finir leur repas. Quand je fais part de ma remarque à Liam, il rigole et m'informe que personne n'est obligé, c'est juste une tradition familiale. Au même moment, une petite brune s'approche de nous et échange quelques mots en italien avec Liam, puis me tend un tout petit paquet. Mon fiancé me fait signe de le prendre et je la remercie. La petite brune nous salue et j'ouvre le paquet sous l'œil amusé de mon amoureux. Je devine qu'il sait ce qu'il se cache à l'intérieur, mais me laisse le découvrir par moi-même. Je lâche un « oh » de surprise en découvrant deux rubans de satin, l'un rose et l'autre bleu, relié par une tétine de bébé. Qu'est-ce que ça veut dire ? Je lève les yeux vers Liam :

- Qu'est-ce que ça veut dire ?

- Elle nous souhaite d'avoir beaucoup d'enfants. Un garçon pour le nom « Delmillo » et une fille pour les beaux yeux de sa maman.

- Oh ! Il n'est pas encore tôt pour penser à ça ?

- Qui sait, rigole-t-il ?

Je cherche la petite brune du regard et la remercie de nouveau, son cadeau me touche. Cette femme que je ne connais pas crois en notre relation et ça me fait chaud au cœur. Je ne sais pas qui elle est pour Liam, mais je la porte déjà   dans   mon   cœur.
Tous les invités se sont servis, nous sommes les derniers comme veut la coutume de la famille. Liam remercie tout le monde pour les cadeaux et coupe une part de gâteau qu'il me sert. Il commence à découper une autre part quand un invité se lève et interpelle mon fiancé. Les deux hommes échangent quelques paroles, les autres invités rient, je ne quitte pas des yeux Liam. Ce dernier m'enserre la taille et il reprend la parole en français. Je suis choquée, qu'il s'adresse à toutes ces personnes dans ma langue natale, mais je comprends très vite pourquoi il fait ce choix. Le monsieur lui a demandé la date du mariage, mais Liam l'informe que ce n'est pas prévu pour le moment. J'ouvre de grands yeux quand je vois sa mère se lever, je pressens qu'elle va encore nous surprendre. Elle informe que nous nous marierons certainement au printemps prochain. J'ai mes jambes qui me lâchent, je vois des points noirs devant mes yeux, je cligne des yeux et c'est le trou noir.

Je soulève mes paupières lourdes et je suis allongée dans un lit, je ne comprends pas du tout ce que je fais là. Je cligne des yeux et mes souvenirs me reviennent. J'essaie de me redresser et Liam sorti de nulle part s'approche de moi et redresse un oreiller.

- Salut, ma belle. Comment te sens-tu ?

- *Ta mère veut nous marier au printemps prochain ?*

- *J'ai déjà réglé ce problème. Elle s'est excusée devant tous les invités de s'être un peu emballée.*

- *Et mince, les invités ! Vite, il faut qu'on y retourne, on ne peut pas les laisser seuls.*

- *Ma belle, chuut, tu as fait un malaise vagal suite à tout le stress de ces derniers jours. Tu dois te reposer. Je me charge de tout. Toi, tu prends ça et tu te re-po-se,* m'ordonne t'il en me donnant ma part de gâteau.

- *Je vais mieux, je t'assure,* le rassurais-je en enfournant une bouchée de gâteau. *Il est délicieux ce gâteau, il faudra remercier ta mère.*

Mes yeux se posent à l'opposé de la chambre et j'ai un moment d'hésitation.

- *Liam ?* fis-je en avalant

- *Oui, ma belle.*

- *Qu'est-ce que c'est que tout ça ?* lui dis-je en pointant du doigt la pile de paquets.

- *Oh, ce sont nos cadeaux, tu veux en ouvrir quelques-uns ?*

Je hoche la tête, en finissant mon gâteau et Liam se lève pour récupérer quelques paquets. Il les dépose sur le lit et je pose mon assiette sur la table de nuit. Je m'essuie la bouche avec une serviette et Liam dépose un baiser sur mes lèvres. Le premier cadeau est tout petit et tout léger, je retire le gros ruban qui l'entoure et défait le papier autour. A l'intérieur je découvre une montre et une enveloppe, sur cette dernière est inscrite en français : « Pour perdre le temps ». J'ouvre l'enveloppe est dedans il y a un pass pour deux dans un spa italien en France. Je tends l'enveloppe à Liam qui sourit, c'est un très beau cadeau. Mon amoureux a découvert un cadeau un peu plus étonnant, car il s'agit d'une collection de CD d'un ténor italien bien sûr. Nous continuons à ouvrir les cadeaux, les uns après les autres durant en long moment et nous éclatons de rire pour certain. Il n'y a jamais de nom et on ne sait pas qui a offert les cadeaux, mais pour un, je suis presque certaine qu'il vient d'Angelo. Le paquet était énorme et il y avait juste une petite carte à l'intention de Madame Delmillo. Nous avons découvert tout un tas de jouets pour adulte, ainsi que de la lingerie. Je ne pense pas m'en servir, mais cela nous a bien fait rire.

Notre séjour auprès de la famille de Liam se termine et nous allons devoir rentrer chez nous. J'emménage officiellement à l'appartement et j'ai vraiment hâte de commencer notre vie à deux. La décision a été très vite prise et aucun des deux n'a trouvé quelque chose à redire. J'enlace ma future belle famille et je leur promets de revenir très vite. Cela me fait un pincement au cœur de les laisser, mais on s'est promis de se téléphoner souvent. Liam m'arrache presque de leurs bras, un grand sourire aux lèvres. Alessia s'est confondue en excuses tout le reste du séjour et n'a pas cesser de prendre soin de moi, cela m'a beaucoup touché. Liam m'attire dans le taxi qui nous éloigne de sa famille pour rejoindre son jet. Il avait besoin qu'on se retrouve seul avant de retrouver notre vie et surtout son travail qui lui prend beaucoup de temps. Victor nous attend au pieds du petit avion et cela me fait plaisir de le voir. Le vieil homme nous accueille chaleureusement et nous félicite pour nos récentes fiançailles. Nous montons à bord, nous nous installons et je me colle contre Liam qui m'enlace très étroitement. Il va falloir que nous parlions de tous ce qui va suivre, mais pour le moment, je n'ai pas envie de gâcher le moment. Direction l'appartement et les nouvelles aventures qui nous attendent. Liam me serre un verre de jus de fruit et mon téléphone vibre dans mon sac. Je le cherche et je vois que ma meilleure amie, Félicie, vient de m'envoyer un sms. Depuis le temps, que je n'avais plus de nouvelles, je me dépêche de l'ouvrir. Je lis son message et de surprise je lâche mon téléphone. Liam le ramasse étonné et lit le message :

« Ne te fâche pas ! Je sors avec Thomas.

Je suis raide dingue de lui et il a emménagé chez nous.

Je sais que tu rentres aujourd'hui, je voulais pas que tu sois surprise en le trouvant là »

Je comprends mieux pourquoi cette traîtresse faisait la morte. Je suis choquée, déçue et en colère, qu'est-ce qu'il est devenu son ex si gentil ? Cela fait seulement 15 jours que je suis partie et il a déjà emménagé chez nous, quel malotru ! Quand ce sont-ils rencontrés et rapprochés ? Je me tourne vers Liam qui a l'air tout autant surpris, heureusement lui aussi n'était pas au courant. Vivement que je rentre, que j'ai une explication avec mon ex-colocataire et meilleure amie.

Nous voilà de retour à l'appartement et rien a changé depuis la dernière fois que je suis venue. Cela me procure quelque chose de rassurant. Je me sens bien ici, c'est ma maison, même s'il n'y a pas encore mes affaires, mais ça ne devrait plus tarder. Je dépose ma valise dans notre chambre, il n'y a pas encore de place pour mes affaires, alors je les laisse. Liam arrive avec sa valise et me promet de m'en faire très rapidement. Il m'enlace et m'embrasse, je n'en reviens pas qu'il est vraiment à moi. Je suis vraiment très fatiguée entre le décalage horaire de New York et la semaine de folie en Italie. Je lui propose une douche et qu'on se couche, il accepte et nous voilà nus dans sa salle de bain, enfin la nôtre maintenant. Liam est vraiment un mec canon, malgré ses imperfections et c'est ça qui le rend craquant. Nous nous lavons tous les deux rapidement et j'admire son corps où ruisselle d'eau, c'est un régal. Impossible de résister et je pose mes mains sur sa peau, aucune parcelle ne me résiste, il frisonne sous mes caresses. Mes mains se font plus entreprenantes et il gémit, j'adore le voir gémir ainsi, la tête un peu en arrière et la bouche ouverte, il est tellement sexy. Je ne suis même pas certaine qu'il se rend compte de l'effet qu'il produit. L'eau coule sur nos deux corps et je me mets à genoux. Ces mains passent de mes hanches à mes cheveux et je prends son membre dans ma bouche. Je m'arrête un instant, je le laisse s'habituer à la sensation et je commence à faire des vas et vient. J'adore ses petits gémissements sous mes coups de langues, je le prends plus profondément et ses mains se crispent dans ma chevelure. Il me supplie d'arrêter et je m'exécute avant de lui donner un dernier coup de langue. Je me relève et passe ma langue sur mes lèvres pour lui faire comprendre que j'ai apprécié. Liam m'embrasse avec fougue, il y a urgence dans son baiser, mes mains le caressent, je ne peux pas m'en empêcher. Je m'écarte de lui, éteins l'eau et mon fiancé m'enroule dans une serviette. Il prend le temps de m'essuyer en passant ses mains sur tout mon corps, je frisonne de plaisir. Liam m'indique que ce soir, il me fera l'amour comme jamais, comme un homme fait l'amour à sa fiancée. J'ai hâte de voir ça ! Il m'entraîne dans la chambre et mon amoureux se fait plus tendre. Il retire tout doucement ma serviette et m'embrasse avec autant de délicatesse. Il m'allonge sur le lit et vient se mettre au-dessus de moi pour s'emparer de mes lèvres. Il descend dans mon cou, sur mes seins et s'attarde sur mes tétons déjà dressés. Je gémis ! Ses mains ne restent pas sans rien faire, elles me caressent de toute part. C'est irrésistible ! Liam remonte tout en me piquant de bisous jusqu'à mon oreille. Je sens son érection contre ma peau, je la veux. Il m'embrasse encore une fois avant de me chuchoter des cochonneries qui me font rougir. Il descend ses mains sur mon ventre avant de trouver mon intimité, il me pénètre de ses doigts et je ne peux retenir plus longtemps mes gémissements. Il me fait taire de ses lèvres avant de descendre toujours plus bas. Je suis au bord de l'orgasme quand ses lèvres arrivent à mon bouton rose. Liam m'effleure de sa langue et je ne peux retenir un cri de plaisir. C'est le signal qu'il attendait pour que sa bouche me dévore. Il ne me faut pas longtemps pour atteindre le point de non-retour. J'attrape le drap que je serre dans mes poings et j'explose en mille parcelles de plaisir. Liam me lèche encore une ou deux fois, avant de me retourner sur le ventre. Ce n'est pas la première fois qu'il me fait l'amour dans cette position, mais cette fois-ci elle m'excite énormément. Liam me prend en levrette. Mon fiancé me pénètre doucement et je gémis de frustration, j'en veux encore plus. Je gesticule sous lui, je l'entends haleter avant de m'immobiliser contre lui. Il reprend son va et vient, bientôt je transpire tellement que mes cheveux restent collés sur mon front. J'entends Liam gémir et me serrer de plus en plus, il est au bord du précipice. Au moment, où je m'y attends le moins, il se retire et m'attire au-dessus de lui. Je suis intimidée, car il a une vue sur moi et c'est moi qui décide du rythme à prendre. Je suis empalée sur lui et il pose ses mains sur mes cuisses et les redescend sur mes jambes. Je commence à bouger, j'halète et Liam passe son pouce sur mon bouton rose, je jouis. Hors de question de m'arrêter, je continue mes mouvements et Liam m'attire contre lui, me sert dans ses bras et j'intensifie mes vas et vient et il jouit à son tour. Je reste dans ses bras à bout de souffle, écoutant les battements de son cœur, je m'endors.

Le lendemain, nous décidons d'aller dans mon ancien appartement pour récupérer des affaires et surtout organiser mon déménagement. Je ne pense pas emmener grand-chose, car Liam a déjà tout chez lui. Le reste ira dans un garde meuble que Liam met à ma disposition. Nous sommes armés de cartons vides, de scotch et d'un feutre marqueur. La boule au ventre, je monte les escaliers, je mets la clef dans la serrure et je rentre. Je vois Félicie dans les bras de Thomas et cela me révulse. Le bougre a l'audace de me sourire et de me saluer. Je ne lui réponds pas et me dirige dans ma chambre. Liam va dire bonjour à mon ex-colocataire et à son meilleur ami. Je déplie un carton et je commence à mettre mes vêtements dedans.

- *Tu déménages ?*

- *Oui,* répondis-je sèchement.

- C'est à cause de Thomas, me demande la petite voie de Félicie

- Non.

Félicie s'assoie sur mon lit et ne dit rien pendant un moment. J'ai le temps de faire plusieurs cartons quand elle s'exclame.

- Ce n'est pas vrai ! Tu t'es fiancée ? Montre-moi cette bague, au lieu de faire la gueule.

- Félicie, sérieusement, je dois faire mes cartons. Liam m'attend et j'ai encore pas mal de truc à emballer.

Elle m'attrape la main, regarde la bague, me regarde, regarde la bague et ainsi de suite.

- Bon, tu as fini, soupirais-je.

- Mazette, tu es une vraie petite chanceuse ! C'est un vrai diamant ?

- A ton avis ? Mais raconte-moi, comment toi et …, je fais un geste de la main, *vous en êtes venus à être ensemble. Je te préviens il saute tout ce qu'il bouge.*

- Il sautait, c'est terminé, il m'a tout raconté. Écoute, on s'est vu dans un bar et depuis, on ne sait plus quitter. Le coup de foudre, quoi !

- Je t'aurai prévenue, faudra pas venir te plaindre. Je garde quand même un pot de Ben&Jerry dans notre congélateur au cas où.

Mon amie m'attire à elle et me sert fort, nous sommes réconciliées, même si nous n'étions pas vraiment fâchées. Je lui raconte les quinze derniers jours et elle sautille comme une adolescente. Elle est contente de ne pas être venue à New York et d'avoir permis à notre couple de se former. Félicie me félicite et m'aide à remplir encore quelques cartons, avant que mon amoureux nous rejoigne. Aider de son meilleur ami, ils entreprennent de descendre les cartons dans une petite camionnette que nous avons louée pour l'occasion. Je n'adresse pas la parole à Thomas qui cherche désespérément de commencer une conversation. Je laisse quelques petites choses à mon amie et je lui promets de continuer de payer ma part du loyer, le temps qu'elle trouve une autre personne. Je quitte mon appartement le cœur gros mais heureuse d'emménager chez Liam.

Les jours passent sans que je m'en rende vraiment compte. Mon fiancé est retourné au travail et moi je m'installe tranquillement dans son appartement. Je me sens bien et à ma place, mais parfois je me dis que ce n'est pas vraiment chez moi. Cet appartement, c'est Liam qui l'a choisi, qui l'a décoré et malgré mes affaires qui sont un peu partout, je sais que je suis chez lui. Je suis dans la cuisine et je regarde le frigo, dessus Liam a aimanté un calendrier où il a entouré le 12 de chaque mois. Il me reste un peu plus d'un mois avant de prendre ma décision, est-ce que je reste ici ou je reprends mon envol ? Je dois avouer que malgré mes sentiments envers Liam, je ne sais pas si je suis prête pour vivre cette vie. Mon fiancé part très tôt le matin, je ne le vois jamais partir et le soir, il rentre tard ou avec du travail. On ne se voit pas beaucoup et quand c'est le cas, on passe notre temps au lit. Je n'ai jamais eu une relation aussi torride avec un homme. Il me manque assurément et je ne peux rien faire pour changer cela. Je reste en contact avec sa famille qui me soutient et me conseille d'être patiente. Liam a toujours été très occupé, mais il n'oublie jamais ses proches. Je n'en doute pas, mais cela me rassure de l'entendre. Je me suis beaucoup rapprochée d'Angelo et de sa femme et ils m'ont appris quelques mots d'Italien. Je vais en faire la surprise à Liam et j'espère que celui-ci appréciera mes efforts. La semaine prochaine c'est son anniversaire, je compte l'entraîner dans le SPA où nous avons eu le PASS, puis dans un restaurant Italien qu'il affectionne particulièrement, puis à mon tour de lui bander les yeux pour l'entraîner dans son club. Je sais que ses soirées « libertines » lui manque et il n'a pas eu l'occasion d'en organiser une depuis très longtemps. Pour le moment, je n'ai pas accès à ses contacts pour organiser une soirée au manoir. Je pense que la surprise va être grande, il ne pense pas que j'ai évoluée par rapport à ça. Je continue à ranger la cuisine qui n'en a pas besoin, mais si je ne m'occupe pas, je vais devenir folle dans cet appartement. Mon téléphone sonne et je vois le numéro de ma meilleure amie s'afficher. Je pose le chiffon que j'ai dans les mains et je lui réponds.

- Salut ! Comment tu vas ?

-Pas terrible, me répondit-elle en sanglotant, c'est Thomas ! Il est parti avec toutes ses affaires.

- Aller ramène-toi ! La Ben & Jerry t'attends !

Je raccroche et j'envoie un sms à Liam pour lui dire que son meilleur ami a brisé un cœur. Je l'informe que Félicie passe à l'appart' et qu'elle sera sans doute là à son retour. Je n'ai pas besoin de me justifier mon amoureux me laisse faire ce que je veux, mais je trouve ça plus correct. Je sors tous les bonbons que j'ai accumulé en préparation de ce jour, le chocolat, les plaids et je fais bouillir de l'eau. J'entends la porte de l'ascenseur s'ouvrir et on toc à la porte, je vais ouvrir à ma meilleure amie, sauf que ce n'est pas elle que je trouve sur mon pallier. Les bras croisés et sourcils froncés, je regarde mon visiteur d'un mauvais œil. Visiblement, il n'a pas l'intention de parler le premier, alors je laisse parler la colère.

- Mais qu'est-ce que tu fou là ?

- S'il te plaît, Lola, laisse-moi te parler juste une minute, supplia Thomas.

- Tu rigoles ? Tu viens de briser le cœur de ma meilleure amie. Bouge de là avant qu'elle arrive.

- Mais, je t'aime, j'ai fait tout ça pour toi. Laisse-moi entrer.

- Thomas, je te préviens, soit tu pars de toi-même, soit j'appelle la sécurité.

- Mais… mais…, bégaya t'il.

- Je te laisse 2 secondes. Liam n'est pas …

Ma phrase reste en suspens quand je vois ma meilleure amie sortir de l'ascenseur. Elle met un moment avant de voir que Thomas est devant ma porte. Celui-ci se retourne et mon amie reste pétrifiée. L'atmosphère est électrique et la moindre parole pourrait mettre le feu aux poudres. Je respire et je regarde mon amie qui se décompose.

- Je crois que tu allais partir, Thomas.

- NON ! J'ai besoin de te parler, tu fais une grossière erreur avec Liam.

- Qu'est-ce que Liam a avoir dans cette histoire ?

- Il ne t'a pas tout dit, il te ment, dit-il très vite. *Il s'est passé quelque chose en Italie, la première fois que vous y êtes rendus ensemble.*

- Tu mens, accusais-je le cœur battant, *rentre Félicie, j'appelle la sécurité.*

- Laisse-moi t'expliquer, il n'est pas l'homme que tu crois. Il a couché avec elle, assomme t'il.

-Vas-t-en, criais-je !

Thomas me regarde et je vois dans ses yeux qu'il ne me ment pas. Liam m'a trompé et cela avec son ex, je comprends pourquoi il n'est pas venu me rejoindre directement. J'avais pensé qu'il m'avait laissé respirer, mais pas du tout. Pourquoi il ne m'a rien dit ? Je referme la porte sur Thomas, les larmes aux bords des yeux, le cœur qui bat fort et je m'effondre dans les bras de ma meilleure amie.

Nous décidons donc de passer la soirée devant la télé en mangeant toutes les cochonneries qu'on peut, en buvant du thé vert. On ne parle pas beaucoup, chacune perdue dans ses pensées avec ses démons. Comme à son habitude Liam arrive très tard et constate avec amusement notre léthargie, je le foudroie du regard. Il s'approche pour m'embrasser, mais je tourne la tête prétextant prendre un biscuit. Il n'y croit pas un seul instant, il me demande comment s'est passé ma journée. Je lui réponds évasivement et lui rétorque que faute d'être palpitante, elle a été instructive. Je le vois qui comprends très vite qu'il est dans le pétrin. L'ambiance change devient lourde et Félicie me dit qu'elle va nous laisser, qu'elle va mieux. Je ne crois pas un seul mot, mais je la laisse partir. Elle me souhaite bon courage avant de déguerpir très vite. Je lui enverrai un message plus tard dans la soirée. Liam s'assoie à côté de moi et pioche une poignée de pop-corn caramélisés, il ne doit vraiment pas être très à l'aise, car il fait toujours très attention à ce qu'il mange. Je décide de le laisser dans son jus et fais mine de regarder le film. J'évite tout contact physique ou visuel, je l'ignore et il déteste ça. Il change plusieurs fois de position, se lève se faire un plateau repas sain, va me chercher du thé sans que je lui demande et il finit par prendre une douche. Étant déjà en pyjama, je me glisse dans le lit et me tourne de mon côté. Liam arrive et me rejoint. Nous n'avons échangé que quelques mots depuis son retour et ça ne nous ressemble pas. J'ai envie d'exploser, de lui jeter au visage tout ce que j'ai sur le cœur, mais je me retiens. Liam passe un bras autour de moi et essaye de prendre ma main, mais je lui refuse. Il décide de passer ses mains sur moi, mon bras, mes hanches et je l'arrête avant qu'il aille plus loin. Je ne lui ai jamais refusé un rapport sexuel, alors ça fait mouche.

- Qu'est-ce qu'il se passe ?

- hum ? dis-je en me mettant sur le dos.

- *Tu ne m'as pas parlée de la soirée, tu acceptes à peine que je te touche, tu me fais la tête ?*

- *Oui*, répondis-je laconiquement.

- *Pourquoi ?*

- *Tu n'aurais rien à m'avouer ? Tu sais ce qu'on dit : « Une FAUTE avouée est une faute à moitié pardonnée ».* (Je me tourne face à lui)

- *Écoute, je crois que je vois de quoi tu veux parler.*

- *Ah ?*

- *Est-ce que c'est avec mon ex ?*

- *Tu comprends vite ce soir*, raillais-je.

- *Ok, j'ai vraiment merdé ce coup-là. Je m'excuse, vraiment. Je ne sais pas ce qu'il m'a pris, je suis un idiot.*

- *Tu m'as trompée !!*

- *Non !*

Je reste un moment interdite, je secoue la tête et lui tourne le dos. Il me retient avant d'expliquer :

- *On s'est embrassé, j'ai mis quelques secondes avant de la repousser. J'aurai dû la stopper tout de suite, mais je ne l'ai pas fait. Elle a commencé à me tripoter et à défaire mes vêtements, alors je l'ai repoussée, mais elle était collante. Il ne s'est rien passé de plus, je te le promets.*

- *Thomas a dit …*

- *Qu'est-ce qui t'a dit,* m'interrompit-il.

- *Que tu avais couché avec elle.*

- *Jamais, je ne te ferai une chose pareille, ma belle. Je tiens trop à toi.*

- *Il avait l'air vraiment sincère,* soupirais-je.

- *Je suis désolée ma puce.*

- *Tu viens de m'appeler comment ?*

- *Ma puce, ça ne te plaît pas.*

- *Si,* dis-je en rougissant.

Je ne savais pas si je devais le croire, mais il n'avait aucune raison de me mentir. Il aurait pu tout nier en bloc et ne rien me dire du tout. J'ai promis de lui faire confiance et je vais le faire. Thomas, lui cherche seulement à me monter contre mon Liam. Il ne faut plus que je le laisse faire, c'est un mec vraiment toxique et j'espère que Félicie va rester loin de lui à présent. A la pensée de ma meilleure amie, je lui envoie un bref message lui disant que j'ai parlé avec Liam et je lui raconterai tout plus tard. Ce dernier m'enlace, m'embrasse et me fait l'amour une bonne partie de la nuit. Je suis une femme heureuse et comblée.

Une semaine est passée sans que je m'en rende encore compte. Vivre auprès de Liam est un vrai bonheur, il est toujours aussi absent, mais quand il est là, il est parfait. Nous sommes samedi matin, Liam a des dossiers à déposer au bureau, il a un rendez-vous en visio avec un actionnaire et un déjeuner d'affaire. Je lance l'opération anniversaire avec la complicité de Victor, le chauffeur personnel de Liam. Il doit récupérer mon amoureux à la sortie du bureau et lui bander les yeux. Chacun son tour ! Il est 11h et on sonne à la porte, je file ouvrir. C'est Magali la gérante d'une boutique de vêtements où Liam m'a ouvert un compte. C'est la première fois que j'use de ses services et j'espère ne pas être déçue. Je lui explique qu'il me faut 3 tenues, l'une pour le SPA, l'autre pour un repas au restaurant et une troisième pour la soirée. Je ne lui donne pas trop de détails pour la soirée, Liam exige la discrétion, mais je lui explique que je vais dans un club et que je veux être très sexy pour mon amoureux. Elle est très intelligente et comprend très vite ce que je souhaite. La première tenue est vraiment ravissante et devrait plaire à Liam. Je porte un short noir, court, très chic, dans une matière très douce avec un chemisier blanc en dentelle. Je me sens vraiment belle et séduisante. Je la valide, inutile de perdre du temps sur cette tenue et nous passons à la suivante. Pour le restaurant, je souhaite être élégante, mais sans trop en faire. Elle me propose différentes robes, mais je jette mon dévolue sur une robe bustier bleu dans le style des années 60. La robe s'accroche derrière la nuque et marque ma taille avant d'être évasée jusqu'au genou. Elle est vraiment belle, je l'enfile et me rends compte que le tissu est très léger, comme vaporeux, c'est très agréable. Je la prends. Pour le soir, ça se complique, je veux le surprendre, mais je veux être aussi à l'aise. Magali me propose un pantalon pour que je sois plus à l'aise pour danser. Je ne peux rien lui dire, mais je ne compte pas vraiment danser et c'est bien trop habillé. Elle me regarde bizarrement et me tend un bustier très simple et très sexy à fines bretelles. Il est orné de perles et de dentelle, tout bleu, j'ai un coup de cœur. Elle me tend une petite jupe légère assortie, elle ne fait pas vulgaire, alors je passe le tout. Je relève mes cheveux et je me rends compte que je suis vraiment attirante dans cette tenue, c'est parfait ! Au regard de Magali, je pense qu'elle est de mon avis et je valide les trois tenues, je la remercie et mon marathon commence. Direction, la salle de bain pour une douche et enfiler ma première tenue. Je me maquille et me brosse les cheveux, ma coiffure terminée, j'entends qu'on frappe à la porte. Je pose ma brosse et je file ouvrir. C'est Victor, il vient récupérer mes tenues restantes. Il me complimente sur ma tenue, avant d'attraper les deux housses contenant mes vêtements. Je n'ai pas le temps de le remercier qu'il disparaît déjà dans l'ascenseur pour récupérer Liam à son déjeuner d'affaire. J'ai pris soin de lui ajouter une tenue et le fameux bandeau qui lui servira à se bander les yeux. Je suis toute excitée à l'idée que les rôles se sont inversés. J'enfile une veste et me voilà partie pour le SPA.

J'attends Liam sur les marches qui montent à l'institut. Je vois la limousine arriver, alors je descends pour ouvrir la porte à mon amoureux qui dit à Victor qu'il a été très rapide pour faire le tour de la voiture. Je me retiens de rire et lui tends la main pour l'aider à descendre. A mon contact, je sens qu'il a compris que ce n'est pas Victor. Il me caresse la main et remonte le long de mon bras pour atteindre mon visage, je soupire.

- Ma puce ?

- Joyeux anniversaire, m'écriais-je !

- Où est-on ? Demande t'il en portant ses mains au bandeau.

- Pas tout de suite, Liam. Donne-moi ta main, je te guide. Attention, il y a beaucoup de marches.

Liam, bon enfant, me suit sans poser de question, un sourire aux lèvres. J'arrive dans le hall du spa et une hôtesse nous attend déjà. J'avais pris l'initiative de prévenir l'institut de ma démarche en réservant. La jeune femme me tend la main pour que je lui confie celle de Liam, je lui dis de prendre bien soin de mon fiancé. J'embrasse Liam et je lui indique qu'on se retrouve dans quelques minutes, le temps de se changer. Premier soin, nous nous retrouvons pour un massage de couple. Liam a toujours les yeux bandés et je m'approche de lui pour lui retirer le bandeau pour qu'il apprécie mieux le moment. Il clignote des yeux avant de fixer son regard sur moi. Je ne porte plus grand-chose et lui non plus, il est très séduisant. Il regarde autour de lui et se rend compte où nous sommes, il est content et me remercie pour ce cadeau qui n'en est pas vraiment un. Après nous enchaînons avec divers soins du visage, des mains, des pieds et nous finissons dans le jacuzzi. On nous serre du champagne et des fraises et nous sommes tous les deux détendus. L'après-midi s'achève et je me retrouve dans le hall d'entrée, j'attends Liam qui est en train de passer la tenue que je lui ai choisi. Au bout de quelques minutes, il arrive rayonnant et marque un arrêt en me voyant. Je porte ma tenue numéro 1 et je sais à son regard qu'elle lui plaît. Mon fiancé s'approche me sert contre lui et m'embrasse. Je me sens bien contre lui, dans ses bras, mais je ne le laisse pas me divertir et lui repasse le bandeau sur les yeux. Il rigole et se laisse faire. Je l'entraîne à bord de la limousine, direction le restaurant. J'ai largement le temps et la place de me changer et j'enfile ma tenue 2. J'espère qu'elle va lui plaire autant qu'elle me plaît. Je sors mon miroir de poche et je me remaquille et me coiffe. Liam se demande ce que je fabrique, mais je garde le silence. Nous arrivons très vite au restaurant italien, Victor nous arrête devant et j'aide Liam à sortir une nouvelle fois de la voiture. Nous entrons dans le restaurant et un silence se fait, le patron me lance un clin d'œil et c'est dans cette ambiance particulière que nous nous installons. J'attends de voir la réaction de Liam, mais il reste impassible, alors je décide de lui retirer son bandeau. Il découvre où nous sommes et cela lui fait plaisir. Le patron lui souhaite un joyeux anniversaire avant de nous envoyer le serveur. Les gens applaudissent sobrement avant de retourner à leur conversation et repas. Mon amoureux a des étoiles pleins les yeux et je pense lui avoir fait plaisir. Il me tient la main et me remercie encore une fois. Il se rend compte que je me suis changée et il me fait lever de ma chaise. Il me fait tourner sur moi-même et me complimente sur ma robe. Je suis vraiment heureuse que tout lui plaise. Le repas se passe sans anicroche, nous passons un bon moment à rire et à discuter de tout et de rien. Les plats sont vraiment délicieux et le vin me tourne un peu la tête. Nous partageons un tiramisu avant de partir vers la surprise qui me fait le plus peur. J'ai le ventre qui se serre, je laisse Liam monter seul dans notre voiture et je lui bande les yeux. Je lui fais part de mon inquiétude tout en me changeant, il me rassure, en me disant que tout est déjà parfait et qu'il sera forcément content. Je lui dis que c'est mon cadeau d'anniversaire pour lui et que j'ai le tract. Liam me sourit bienveillant.

Nous arrivons au club et j'hésite sur la manière de procéder. Il y a beaucoup de monde et je ne connais pas l'endroit. J'informe Liam qu'à partir de maintenant, je vais le laisser me guider et qu'il a carte blanche. Il sourit largement et me demande si on a besoin d'un code pour qu'il s'arrête. Je lui réponds que non que je lui fais totalement confiance. Ma réponse le satisfait et je pense qu'il n'a jamais été autant heureux en ma présence. Qu'est-ce que ça va être quand il va découvrir où nous sommes ? J'ai le cœur qui bat fort et les mains qui tremblent, je n'arrive pas à lui retirer le bandeau, alors il me saisit les poignets. Je me fige.

- Ma puce, si tu le sens pas, on rentre à l'appart', tu m'as déjà bien gâté.

- Ça va aller, il faut juste que je me ressaisie, dis-je en détachant enfin son bandeau.

- Tu... Tu... m'as emmené au club, bégaye t'il en découvrant l'endroit.

- Oui, je sais que ça te manque, alors je pensais que ça pouvait te *faire plaisir.*

- Ma belle, vient par ici, tu es magnifique, dit-il avant de m'attirer à lui.

Liam m'embrasse, me touche et je frissonne déjà. Nous sommes toujours dans la voiture et j'entends la vitre de séparation remonté dans mon dos. Mon amoureux passe ses mains partout où il peut, il m'électrise. Le reste de la soirée se promet chaude et torride. Liam prend les choses en main et j'aime ça. Cela m'empêche de réfléchir à ce que je m'apprête à faire avec lui dans ce club de débauche. Il me mordille le lobe de l'oreille et descend dans mon cou, je soupire d'aise. Ses mains descendent sur mes seins me les caressent à travers le tissu et elles continuent leur progression vers mon ventre, mes hanches, mes cuisses et elles remontent sous la jupe. Mon slip est déjà mouillé et Liam gémit de contentement. Je commence à défaire sa chemise, je l'embrasse dans le cou, le long de sa mâchoire avant de descendre sur son torse. Chaque parcelle de sa peau est couverte de mes lèvres et je descends plus bas. Il gémit, soupire et je détache sa ceinture. Il me maintient les mains pour me stopper, je grogne de frustration. Liam me regarde et me dit que la suite ce sera au club. Il reboutonne sa chemise, je lisse mes vêtements et regarde ma coiffure et Liam m'ouvre la porte.

- Tu as fait privatiser notre pièce ?

- Absolument pas !

Mon fiancé me regarde surprit et m'embrasse, me remercie et m'entraîne à travers le club. Il passe au bar récupérer deux coupes de champagne et me guide à travers les pièces. Il rentre dans une salle qui porte le numéro 7 et le décor est assez surprenant. Il y a juste un petit meuble à l'entrée et tout le reste est recouvert d'énormes coussins, je n'avais jamais vu ça. Les murs sont rembourrés d'une matière douce et souple. Je vide ma coupe et la pose sur le meuble avant d'entrée dans la pièce. Liam m'imite avant de m'attirer à lui. Il ferme la porte en la poussant avec son pied et me dévore de baisers. Je me laisse complètement aller, oubliant la petite ouverture dans la porte où on peut nous regarder, plus rien n'existe à part nous deux. Je ne le sais pas encore, mais je m'apprête à passer une nuit absolument magique, torride et qui va me laisser quelques traces.

Le lendemain, je me réveille courbaturée sous le corps de Liam. Il a passé son bras et ses jambes sur moi, sa tête repose sur ma poitrine et je ne peux plus bouger. J'admire son corps nu sur le mien et cela me donne le sourire. J'ai une magnifique vue au réveil, les draps sont tombés sur le sol, je pense que nos ébats de cette nuit n'y sont pas pour rien. Une mèche de cheveux lui tombe devant les yeux, alors avec ma main libre je la repousse. Liam bouge et me sourit avant même d'ouvrir les yeux. En gardant ces derniers clos, il me murmure la voix encore lourde de sommeil :

- C'est le plus merveilleux anniversaire que j'ai passé.

- J'en suis vraiment heureuse. Par contre mes sous-vêtements Aubade n'ont pas résisté à ton assaut, plaisantais-je.

- Je suis désolée, ma puce, on ira en acheter d'autres pour que je les déchire encore, dit-il en ouvrant les yeux.

146

Il m'embrasse avant de reprendre.

- Dis donc, on leur a donné un sacré spectacle hier. Comment vas-tu ce matin ?

- Ça va, Monsieur le patron. Je me sens un peu mal à l'aise en imaginant qu'il y a peut-être des gens que je connaissais qui m'ont vu.

- Alors petit 1- C'est la première fois que le patron s'envoie en l'air dans son club et petit 2, s'il y avait des gens que tu connaissais, ils sont venus chercher la même chose que toi. Ne l'oublie pas.

- Jamais ? Dis-je choquée.

- Je n'avais jamais trouvé la partenaire idéale, avec ma fiancée c'est différent. La seule fois, c'était avec toi, mais personne ne nous avait vu. C'était vraiment excitant, je te remercie ma puce !

Je l'embrasse et me blotti dans ses bras. Je me sens tellement bien avec lui que je n'ai pas envie de sortir de ce lit. Son téléphone sonne sur la table de nuit, il tend le bras et regarde qui l'appel. Il me jette un regard inquiet avant de répondre. Je n'entends pas qui est à l'autre bout du fil et Liam ne parle pas beaucoup. Il fronce les sourcils, soupire, se redresse dans le lit, grogne auprès de son interlocuteur, passe les mains dans les cheveux et raccroche sans prendre le temps de saluer son correspondant. C'est le Liam professionnel et je suppose que c'est une personne sous ses ordres et que notre dimanche s'achève déjà. Il dépose son téléphone et se lève sans un regard, enfile son boxer et son t-shirt avant de lancer sa bombe.

- Nous avons un problème, déclare t'il froidement.

Je me redresse attrape les draps et me couvre avec. Mes yeux plongent dans les siens et je suis très inquiète. Il ne dit rien de plus, enfile ses chaussettes et son jean et il me regarde sans rien dire. Il commence vraiment à me faire peur. Je me racle la gorge et d'une petite voix je demande :

- *Qu'est-ce qui se passe ?*

- *C'est mon assistant que je viens d'avoir au téléphone. Il m'informe que nous faisons la une des journaux.*

- *Quoi ?? Comment c'est possible ?*

- *Je ne sais pas ma puce, apparemment des photos ont été prises devant le club. Mes avocats sont déjà sur le coup, je suis le dernier au courant, comme d'habitude,* sourit-il. *Notre photo apparaît partout !*

- *Liam, tout le monde va savoir que j'étais là-bas,* paniquais-je

- *Non, les paparazzis me voulaient moi et n'ont pas fait attention à la belle créature qui m'accompagnait. Je ne pense pas qu'on te voit, on peut vérifier si tu veux. Je ne veux pas que tu t'inquiètes, c'est déjà sous contrôle.*

- *Pourquoi les paparazzis voudraient des clichés de toi ? C'est vraiment dramatique ce qui m'arrive.*

- *Ma belle, je suis le directeur général d'une grosse entreprise... Le PDG, justement, veut te rencontrer, il nous invite à déjeuner, ça va te changer les idées. Il est temps que tu fasses ton entrée dans mon monde.*

- *Non, non, non, je ne peux pas Liam, je suis morte de honte.*

- Lola, c'est mon club où tu es allée, ça me touche que tu dises cela. Je veux bien comprendre que tu ne sois pas à l'aise, mais fais un effort. Le PDG est un ami, il ne te jugera aucunement et puis je serais là.

Je sens dans la voix de Liam qu'il perd patience et que mon attitude commence à l'agacer et le blesser. J'acquiesce de la tête et capitule. La boule au ventre, je me rends dans la salle de bain pour prendre une douche. Avant de rentrer dans la cabine, je tape « Liam Delmillo » dans la barre de recherche, c'est la première fois que je fais ça. Mes doigts tremblent en tapant les lettres, il y a une foule de liens parlant de mon fiancé, mais qui est-il ? Je clique sur l'onglet « image » et je me fige de terreur. La photo qui fait la une est magnifique ! Liam est sortie de la voiture et d'une main il referme la porte de la limousine et de l'autre il tient ma main. Il a les yeux baissés, les cheveux en batailles à cause de mes mains qui se sont perdues dedans et il sourit. Il est vraiment très beau ! Je suis juste derrière lui, les lèvres gonflées et rougies par nos baisés. Je suis resplendissante. Les yeux qui brillent, je regarde en face de moi droit sur l'objectif, un grand sourire illumine mon visage. Je me laissais complètement aller au moment présent et ça me va bien. La photo aurait pu être prise n'importe où, devant n'importe quel club ou bar. Seuls, ceux qui ont déjà été savent où nous sommes, cela me rassure un peu. Je fais défiler les photos et je vois Liam avec plusieurs femmes. Toujours les mêmes, des visages que je ne connais pas, c'était une autre vie, car depuis douze mois, je ne trouve que des photos de lui seul. Je retourne au résultat de ma recherche et ouvre le premier lien. Je lis l'article en diagonal, mais un paragraphe attire mon attention :

« Le beau Liam Delmillo ferait-il des infidélités

à l'actrice Natasha Ourlier ? Les deux jeunes gens

sont très secrets sur leur relation, mais leurs fiançailles

doivent avoir lieu cet automne »

Je lâche mon téléphone et je ne peux retenir un cri suivi de sanglots que je ne peux retenir. Liam rentre en trombe dans la salle de bain et s'approche de moi. Il n'a pas le temps de faire un geste de plus que ma main vient le frapper en pleine joue. Surprit il ne réagit pas, baisse les yeux, porte sa main à sa joue et ramasse mon téléphone. Il lit l'article, me regarde et :

- *Je peux tout t'expliquer.*

11. LES ENNUIES EN CASCADE !

J'essaie de faire bonne figure devant le PDG de Liam, je souris, je fais la conversation à sa femme, mais je ne suis pas enjouée, ça sonne faux. Je porte une robe printanière et un boléro blanc que je retire, car il fait beaucoup trop chaud. M. Armand, le patron de mon fiancé, me regarde avec un sourire un peu trop franc. Je frisonne. Il me complimente sur ma tenue et je le remercie. Je suis assise face à lui à ma droite se trouve Liam et à ma gauche son épouse. Cela fait une heure que j'essaie de donner le change et de rester courtoise quand M. Armand en vient à la photo. Je me crispe, Liam veut prendre ma main, mais je la retire. Le patron de mon amoureux ne loupe rien du spectacle et cela semble beaucoup l'amuser. Ironiquement, j'aime beaucoup les amis de mon fiancé. Madame Armand me tend une coupe de fruit et j'opte pour des fraises et des grains de raisins. Je la remercie d'un sourire sincère, car elle m'a l'air sympathique. Je sens un pied toucher les miens et remonter le long de ma cheville. Mon regard croise celui de M. Armand et il a l'air satisfait de mon trouble. Je retire mes pieds en le foudroyant du regard, mais il revient à la charge. Je prends mon jus de fruit et je lui lance au visage :

- *Non, mais vous allez pas bien, vous me prenez pour qui ?*

- *Ma puce, qu'est-ce qui se passe,* m'interroge Liam inquiet.

- *TON ami, n'arrête pas de me faire du pied sous la table,* j'insiste bien sur le ton.

- *Absolument pas, du tout,* objecte M. Armand.

- *Tu n'as pas recommencé Antonio,* s'offusque sa femme.

- *Je suis vraiment désolée Madame Armand, mais je vais prendre congé, j'étais ravie de vous rencontrer.*

Je quitte la table, juste avant d'entendre Liam s'excuser pour mon comportement. Je lève les yeux au ciel, qu'est-ce qu'il faut pas entendre. Je suis en colère, Liam n'est entouré que de pervers et cela m'effraie un peu, qu'est-ce que je dois en conclure ? Je me dirige vers la limousine où Victor nous attend patiemment. Il ne pose aucune question et m'ouvre la porte pour me laisser entrer dans la voiture. Je remets mon boléro et j'attends à mon tour que nous démarrons pour rentrer à l'appartement. Je vois Liam arriver tranquillement la veste sur l'épaule et un sourire aux lèvres, je crois que je vais l'étrangler, s'il ne le retire pas rapidement. Il discute avec Victor, mais je n'entends pas ce qu'ils disent. Il lui serre la main et monte dans la voiture. Liam s'installe confortablement, pose sa veste, détache le col de sa chemise et étend ses jambes. Il va même pousser le vis à soupirer d'aise, je le déteste. La voiture se met en route et nous restons silencieux dans une atmosphère étrange. J'ai l'impression qu'il ne faudrait pas grand-chose pour que j'explose, mais lui a l'air super détendu. Je le regarde furieusement, il croise mon regard et il se marre. Il est vraiment mort de rire et je ne comprends pas pourquoi. La situation n'a rien d'amusante ! J'attends qu'il se calme pour avoir une explication.

- *Il t'a prise pour une escort-girl et ton comportement à table n'a fait que confirmer ses doutes,* déclare-t-il encore hilare.

- *Je suis heureuse que la situation t'amuse. Qu'est-ce qu'il lui a fait penser ça ? La photo ne lui montre pas combien on s'aime ?*

- *Ah oui, Lola, on s'aime,* il ne rit plus du tout.

- *Enfin, tu vois ce que je veux dire,* répondis-je évasivement.

- *J'ai bien entendu oui, tu m'aimes ?*

- *Liam, s'il te plaît, ce n'est pas le moment.*

- Tu préfères qu'on parle de Natasha ?

- Non, tout à était dit, je sais lire les journaux.

- C'est un magazine à scandale, laisse-moi au moins te donner ma version, supplia t'il.

- Je doute que ce que tu as à me dire me plaise, je préfère que tu te taises. Dans trois semaines, je retrouve ma liberté et tu pourras la rejoindre. Attends, ce n'est pas le chemin de l'appart'.

- Non, on va au manoir.

Je le regarde stupéfaite et ne trouve rien à dire de pertinent. Qu'est-ce que nous allons faire au manoir à cet heure-ci ? Je regarde le paysage défiler sous mes yeux quand un sms arrive sur mon portable.

« Trop heureuse ! J'ai discuté avec Thom...On s'est expliqué et puis on s'est remis ensemble »

Ma pauvre Félicie, elle ne trouvera jamais de chaussure à son pied. Elle n'attire que les mauvais garçons et n'apprend pas de ses erreurs. Je ne peux rien faire pour elle, juste être là quand il lui brisera encore le cœur. Liam me regarde et me demande si tout va bien, je lui explique que son meilleur ami a décidé de jouer avec ma meilleure amie. Il hausse les épaules et me dit qu'il ira lui parler pour qu'il arrête ses conneries. Je ne suis pas sûre que ça fonctionne, mais ce n'est pas mes affaires, j'ai assez de problème à résoudre.

Nous passons les grilles, parcourons le chemin et nous arrivons au manoir. Il y a énormément de monde et plus nous approchons et plus je reconnais des visages. Qu'est-ce qui se passe ici ? Je regarde Liam et il a un large sourire. Je vois mes parents, sa mère, ma meilleure amie (la traîtresse) main dans la main avec Thomas, le jeune couple des soirées libertines, des amis de boulot et d'enfance, ma marraine et mon parrain, Angelo et sa femme apparaissent … Il y a tellement de personnes que j'aime, que les larmes me montent aux yeux. Liam me prend la main et me chuchote surprise ! Je lui demande qu'est-ce que tout le monde fait là dans cet endroit de débauche. Un peu hésitant, il m'indique que c'est notre fête de fiançailles et qu'il l'organise depuis notre retour d'Italie. J'ai un coup au cœur, j'aimerais le gifler qu'il est eu le culot de l'organiser sans moi, mais ça me touche tellement que je décide de l'embrasser. On entend une foule applaudir à toute pompe autour de la voiture, ils sont déchaînés ! Victor ouvre ma porte et je sors sous les cris et les applaudissements de nos proches. Liam me suit de près, il a un large sourire et je sais qu'il est heureux. Il attrape ma main et l'embrasse, mon cœur rate un battement quand nos regards s'accrochent. Je me laisse gagner par l'euphorie ambiant et je ris bêtement, oubliant Natasha et nos soucis. Des amis de Liam viennent me féliciter, puis sa mère vient s'excuser, encore, de son comportement et m'enlace, Angelo me demande si mon cadeau me fait « plaisir », j'éclate de rire et mes parents sont heureux pour nous. Ces derniers ont hâte d'apprendre à connaître mon fiancé et il l'enlace. Mon père l'informe que s'il me fait du mal, il lui briserait les genoux, ah mon papa si tu savais. Liam me regarde un peu mal à l'aise, il doit penser la même chose que moi. Nous continuons à recevoir des félicitations de nos invités quand je me rends compte de notre tenu, enfin surtout la mienne. Liam me lance un clin d'œil et quand ma traîtresse de meilleure amie vient nous féliciter encore, je comprends tout. Celle-ci tiens dans les mains, une housse blanche et elle m'informe qu'à l'intérieur, il y a la plus belle robe de tous les temps.

J'entraîne ma meilleure amie dans l'aile interdite aux visiteurs, jusque dans la chambre de Liam. J'ai un pincement au cœur en pensant à ce qu'il s'est passé ici, mais je passe outre et rentre avant de refermer aussitôt la porte. Je ne crois pas ce que je viens de voir. Je regarde Félicie qui me demande ce qui se passe.

- Alors qu'est-ce qui se passe ? Tu as vu un fantôme ?

- Non, dis-je. *Désolée, j'avais oublié que Liam voulait refaire la déco de sa chambre.*

154

- Tu es sûre, car j'entends des bruits de … ne me dit pas que quelqu'un s'envoie en l'air dans votre lit, ricane-t-elle.

- Ce n'est pas grave, je viens rarement ici, viens on va dans une autre chambre.

Félicie tourne les talons, je respire de nouveau et je lui propose la chambre la plus éloignée de celle de Liam. La robe tient toutes les promesses de ma meilleure amie, elle est vraiment magnifique. Elle est d'un blanc immaculé, le col est un V plongeant, presque indécent et les manches sont en dentelle. La jupe est courte, bien au-dessus du genou et une ceinture large vient marquer ma taille. Félicie m'informe que c'est Liam qui a choisi la robe et les bijoux pour les chaussures, ma meilleure amie a opté pour des ballerines blanches et plates. J'ouvre la parure de bijoux et je m'assois sur le bord du lit. Un long collier avec un pendentif en forme de larme blanche vient souligner mon décolleter. Les boucles d'oreilles sont assorties au pendentif et le bracelet en argent est très fins et délicat. Je m'observe un instant dans le miroir à pied de la chambre et une fois n'est pas coutume, je me trouve ravissante. Félicie entreprend de me coiffer et de me maquiller, elle est très douée. Je lance un dernier regard à mon reflet et nous sortons de la pièce pour rejoindre ma famille et mes amis.

Je manque de percuter quelqu'un en parlant à Félicie qui se tenait derrière moi. Je m'excuse en me retournant vers la personne et je déchante très vite. Je me tourne une nouvelle fois vers mon amie qui devient toute pâle. Thomas se tient devant nous avec une jeune femme que je ne connais pas qu'il tient fermement par la taille. Félicie me pousse et lui colle une gifle monumentale. La fille essaie de prendre la défendre de son compagnon, mais mon amie ne se laisse pas faire et l'insulte de tous les noms. Thomas reprend ses esprits et essaie de séparer les filles. J'envoie un SOS en sms à Liam en priant qu'il arrive à temps. Je reste à l'écart, choquée par le comportement de ces trois-là. Je n'ai jamais vu Félicie aussi violente, elle attrape la tête de la fille et la cogne contre le mur, cette dernière hurle et se tient le nez. Thomas essaie de s'interposer, mais son ex est absolument déchaînée, il se prend un coup de genou entre les jambes et il se plit en deux. La furie n'en a pas terminé avec eux pour autant, les insultes pleuvent autant que ses larmes coulent. Je me sens impuissante et j'essaie de la raisonner, mais je me prends un coup. Liam arrive à ce moment et me demande si ça va. Je lui dis que ce n'est rien, il essaie aussi de raisonner Félicie, mais celle-ci est trop occupée à donner des coups de pieds à Thomas. Si la situation n'était pas aussi grave, j'en rigolerai. La fille s'est assise dans un coin, les mains en sang et elle pleure sans faire de bruit. Liam arrive à maîtriser ma meilleure amie qui se débat encore. Nous décidons de la faire entrer dans la chambre pour qu'elle se calme, en attendant qu'on détermine les blessures de chacun. Thomas aura du mal à marcher durant un moment et il sera recouvert de bleus. Félicie n'y a pas été avec le dos de la cuillère. La fille a certainement le nez de cassé, Liam décide de faire venir une ambulance pour la transporter à l'hôpital et Thomas décide de l'accompagner, car il a trop mal. En sortant de la chambre, Félicie décide de se venger sur le buffet et surtout sur les pâtisseries et elle descend furibonde.

Liam me prend dans ses bras et m'embrasse. Il me complimente sur ma tenue, me dit que je suis belle et que je suis vraiment très attirante dans cette robe. Je rougis comme à chaque fois. A cet instant, je ne veux plus penser à nos problèmes, on les retrouvera bien assez tôt. Main dans la main, nous descendons retrouver nos invités le sourire aux lèvres. La musique arrive à nos oreilles dès les dernières marches et cela me donne envie de danser. J'attire Liam en direction du son, mais quand on arrive dans le grand salon, c'est un autre spectacle qui nous attend. Liam et moi marquons un moment d'arrêt avant de comprendre ce qu'il se passe. Une collègue de travail avec un cousin à Liam sont presque nus debout sur une table dans une danse lascive. Personne ne dit rien et tous les regardent amusés sont posés sur eux. Je ne sais pas trop comment réagir, c'est assez gênant, je me tourne vers Liam qui finalement trouve lui aussi ça amusant. Mon fiancé m'informe que c'est une soirée uniquement composée d'adultes donc personne ne sera choquée par leur comportement. Rassurée, j'entraîne mon amoureux au milieu de la pièce pour danser sur un slow. C'est l'occasion parfaite de me coller contre lui et sentir son corps contre le mien. Ma tête se pose naturellement contre lui et je ferme les yeux, plus rien à importance. Liam se révèle être un très bon danseur et je me laisse guider à travers la piste. Je ne remarque pas les regards sur nous ni mon père qui approche et qui tapote sur l'épaule de Liam. Celui-ci s'écarte et se retourne pour faire face à mon papa. Les deux hommes se jugent du regard, mais Liam finit par lui tendre ma main. Mon père ne sait pas danser, alors nous restons sur place se balançant de droite à gauche. Je ne le sens pas à l'aise dans cet exercice et je me demande pourquoi il s'inflige ça. Il soupire et s'écarte en me tenant uniquement par les mains.

- *Lola, j'ai besoin d'un verre,* murmure mon père.

Je l'entraîne à travers la pièce et je lui sers un whisky bien serré sans glace. Il l'avale d'une traite sous mes yeux étonnés.

- Qu'est-ce qui se passe papa, ça ne va pas ?

- Avec ta mère, on va divorcer.

L'annonce a un effet immédiat sur moi, mes jambes ne me portent plus et je tombe au sol. Mes parents, mes modèles, cela fait 40 ans qu'ils sont ensemble, je n'aurai jamais pensé qu'ils viendraient à se séparer. C'est inimaginable ! Mon père s'agenouille auprès de moi, me prend dans ses bras, comme quand j'étais petite et que j'avais fait un cauchemar.

- Ta mère a un amant depuis plusieurs années. Je suis tombé sur lui en caleçon dans la cuisine, m'explique mon père

- Ce n'est pas possible, tu dois faire erreur, maman ne ferait pas ça.

- Lola, elle me l'a avoué, tout va bien. La procédure est en route et c'est déjà presque terminé, avec ta mère on est d'accord sur tout.

- C'est pas possible !

- J'aimerais beaucoup que tu passes chez moi avec Liam, vous pourriez venir manger un de ces soirs. Je te présenterais Melinda.

Je ne trouve rien à dire de pertinent. Nos regards se croisent et je le vois d'une tout autre façon, plus comme mon père mais comme un homme. Une larme m'échappe et je la chasse doucement, si mon père est heureux avec une autre femme, qui suis-je pour le critiquer ? Mon couple préféré se sépare pour en former deux autres, telle est la vie.

Je rejoins Liam dans le salon, un peu bouleversée par les révélations de mon père, mais souriante. Il me tend la main quand j'arrive vers lui et me fait tourner sur moi-même, cela me fait rire. Quand j'ai fait un tour complet, il passe son bras autour de moi et m'embrasse, je suis la fiancée la plus heureuse du moment. Je plonge mon regard dans le sien et il me dit qu'il est temps qu'on s'éclipse, il ne me le dira pas deux fois. Nous saluons nos invités et les remercions d'être venus célébrer nos fiançailles et nous nous échappons de la foule. Victor nous attend à l'extérieur, mais je ne vois que la Prius. Liam arrive à sa hauteur et lui donne quelques ordres et le serre dans ses bras, étrange ! Mon fiancé m'ouvre la porte de la Prius et m'aide à monter à l'intérieur, un vrai gentleman. Il fait le tour du véhicule et monte derrière le volant. Il démarre et emprunte la petite route et passe le portail. Liam pose une main sur ma cuisse, tout en regardant la route, je pose la mienne sur la sienne et je me laisse porter par ce moment de répit. Comme à son habitude, mon fiancé ne me dit pas où nous allons, ce sera une surprise. Je ne dis rien, je ne pose pas de question, car je sais que ce sera inutile. Le trajet se fait dans un silence bienvenu, nous sommes tous les deux perdus dans nos pensées et aucun ne prend l'initiative de le rompre. Tout un coup, Liam bifurque à droite sur un petit chemin de terre, je ne l'avais pas remarqué avant qu'il tourne. Il s'arrête en plein milieu et coupe le contacte. Il se tourne vers moi, plonge son regard sérieux dans le mien, mon ventre se serre et il déclare :

- *Si tu veux devenir ma femme, il va falloir qu'on mette les choses au clair,* me déclare t'il.

Je ne comprends pas ce qu'il se passe, il y a deux minutes tout allait bien et là il m'a l'air contrarié. Je ne réponds rien, c'est lui qui me doit des explications, pas l'inverse je croise les bras sur ma poitrine et j'attends qu'il se décide. Le temps s'étire et l'ambiance devient oppressante. J'ai envie de sortir de là, j'ouvre la fenêtre et regarde la forêt qui nous entoure. Le paysage est apaisant, mais je ne peux m'empêcher de me dire qu'il ne faudrait pas qu'une voiture arrive dans un sens comme dans l'autre.

- *Écoute ma belle, le temps m'est compté, dans quelques jours tu devras faire ton choix et je n'ai pas envie que tu me quittes.*
158

- Nous ne devrions pas avoir cette conversation ailleurs qu'ici ? Une voiture pourrait arriver et nous lui bloquons le chemin.

- Ça n'arrivera pas. Je veux être honnête, ne rien te cacher pour que tu es toutes les cartes en main. Je ne sais pas si tu es prête à entendre ce que j'ai à te dire, mais je veux être transparent.

- Liam, tu me fais peur. Tu es un serial killer ?

- Mais non, rigole t'il.

- Alors, dis-moi ?

- Natasha est une femme vraiment formidable et je l'aime vraiment beaucoup. Je la considère comme ma petite sœur.

- Me prends pas pour une idiote, vous allez vous fiancer.

- Laisse-moi finir. Elle n'a pas la nationalité Française et nous devions faire un mariage blanc. Nous avons laissé fuiter très peu d'informations, parce que nous n'étions jamais ensemble. Avant de te rencontrer, Natasha est tombée amoureuse d'un Américain et elle est partie. Nous avons laissé la situation telle quelle. Je n'avais personne de sérieux dans ma vie et la presse je ne la lis pas... des gens la lisent pour moi.

- Tu es sérieux ? Je suis choquée. Il y a des gens qui lisent les journaux pour toi ?

- Ma belle, c'est très utile pour réagir vite quand c'est nécessaire, *comme ce matin par exemple.*

- Tu étais prêt à faire un mariage blanc, ça ne compte pas pour toi ?

- Ma puce, dit-il doucement, je tiens aussi à te parler de ma fortune.

- S'il te plait, épargne-moi ça, suppliais-je.

- Il le faut, tu vas être ma femme et je veux que tu saches qui tu épouses, ensuite je continue le chemin et tu auras toutes les cartes en main. Je suis vraiment très riche. Mon père quand il est décédé, il nous a laisser vraiment beaucoup d'argent et de biens. J'ai fait de très bon placement et ma mise de départ à bien plus que doublé. Mon emploi me rapporte beaucoup également. J'ai le manoir, le club, l'appartement, un restaurant, des voitures de luxe et aussi ce qui se trouve là-bas, dit-il en pointant le chemin. Ma fortune s'étend à d'autres domaines, mais il me semble inutile de tout te dire maintenant. Ce qui est important c'est ce qu'il se trouve là-bas.

Je ne réponds rien, comme d'habitude, Liam a le don de me couper le souffle. Je suis secouée par tout ce qu'il me dit. Les larmes me montent aux yeux et il m'embrasse en me serrant dans ses bras. Je ne m'attendais pas à toutes ses confidences et cela m'émeut, rajoutant sa surprise au manoir, c'est trop pour moi et mes larmes débordent. Il me demande si je suis prête et je secoue la tête pour lui dire oui, je ne peux pas parler tant que j'ai la gorge serrée. Liam enclenche la marche avant et nous avançons au pas. Il ne doit pas venir très souvent ici, car les branches nous barrent la route parfois et nous ne voyons pas très loin devant nous. La Prius n'est pas à l'aise sur ce genre de route de terre et plein de trous. Nous voyons enfin le bout et j'ouvre la bouche, puis me taie.

Nous débouchons sur une clairière où en son centre ne demeure qu'une maison d'architecte visiblement écologique. Elle ne semble pas très vieille et il y a encore le plastique sur les portes et les fenêtres. Elle est magnifique, elle forme un petit L, des baies vitrées me font face. Le deuxième étage de la petite barre du L est fait en bois et la grande barre qui n'est pas si grande est couverte de panneau solaire. Elle est vraiment magnifique, j'en ai le souffle coupé. Liam se gare sous un immense panneau solaire qui lui est posé sur une structure en bois. Il m'invite à descendre et je fais face à cette maison, les yeux grands ouverts. Mon fiancé se positionne derrière moi et m'enlace, me laissant admiré son chef d'œuvre. Il me donne les clefs et me susurre à l'oreille.

- Mon cadeau de mariage, si tu le veux. Personne n'est rentré dedans, j'attendais la femme de ma vie.

Je me retourne vivement, en restant dans ses bras, avant de lui répondre.

- Je ne peux pas accepter, c'est un cadeau bien trop important.

- Ça veut dire que tu dis oui ?

- Je dise oui ?

- Pour m'épouser

- Tu ne me l'as pas demandé dans les règles, pouffais-je

Liam met un genou au sol et me demande de l'épouser, les larmes aux yeux j'accepte. Il m'embrasse follement et il m'entraîne à l'intérieur de notre maison. Elle est encore plus belle à l'intérieur, Liam a vraiment beaucoup de goût. Je suis impressionnée par l'espace que contient cette maison. Il n'y a presque pas de cloison ni de mur, ce qui donne un grand espace de vie. Les murs sont blancs et toute la déco est à faire. Nous montons à l'étage par un escalier qui m'effraie aux premiers abords, car il n'y a que des marches apparentes. Il n'y a ni rambarde ni de contremarche, c'est déstabilisant. Je reste un moment au pied en me demandant si les marches vont supporter mon poids, puis je grimpe Liam à ma suite. L'étage est plus cosy, mais toujours aussi lumineux, et les pièces sont plus petites, mais ouvertes. Liam m'entraîne sur la droite et je découvre une pièce bien plus grande que les autres. C'est la seule pièce de l'étage avec une telle dimension. Je rentre et je remarque un renfoncement, je m'approche et je découvre une salle de bain ouverte sur ce que je suppose être notre chambre. Je reste un moment interdite, ne sachant pas comment réagir, c'est assez osé. Liam voyant mon hésitation m'explique que nous pourrions mettre des paravents ou même fermer l'espace si je le souhaite. Je souris rassurée et mon amoureux m'entraîne à l'opposé où je n'avais pas remarqué les grandes portes vitrées. Il les ouvre et elles donnent sur une terrasse suspendue. La vue est juste magnifique, la forêt s'étend à perte de vue devant moi. Je l'admire et je profite du silence perturbé uniquement pas le chant des oiseaux. C'est vraiment utopique ! Liam attire mon attention sur la vue en contrebas et je vois qu'il y a une piscine. Je n'en crois pas mes yeux, je souris, c'est tout Liam. Elle est couverte d'un dôme en verre qui rejoint la maison sous la terrasse. A ce que je peux voir les murs de chaque côté sont une extension de la maison. Il me tarde de voir cette pièce à part entière.

Liam m'enlace et nous restons un moment à admirer le paysage quand nos deux téléphones sonnent au même moment. Cela n'engage rien de bon, nous nous regardons et décrochons en même temps. Mon visage se crispe, mon corps se tend et Liam a exactement la même attitude. Son regard change et devient irrité. Nous raccrochons et nous disons en même temps :

- *C'est Félicie*

- *C'est Thomas*

- *Commence,* lui dis-je.

- *Je n'ai rien entendu de particulier, il n'y avait personne au bout du fil, et toi ?*

- *Félicie était en larmes et en détresse. J'ai vraiment peur pour elle. A ce que j'ai compris entre deux sanglots, elle a séquestré ton meilleur ami et*

162

ne sait plus quoi faire, elle est partie. Je crois qu'elle pète complémentent les plombs.

- Tu sais où elle se trouve ? Il faut qu'on la raisonne avant qu'elle ne fasse n'importe quoi.

- Dans un entrepôt désinfecté dans la zone industrielle.

- Aller ma puce, on y va, dit-il en m'embrassant

Nous redescendons à tout allure les escaliers et montons dans la Prius. Liam conduit très vite et je m'accroche à deux mains, nous arrivons très vite. La zone n'est pas très grande et nous trouvons rapidement la voiture de Félicie. Liam se gare juste derrière elle, je saute de la voiture et je commence à pénétrer dans la cour de l'entrepôt. J'appelle Félicie, mais elle ne me répond pas. Je prends mon téléphone et je compose son numéro, mais je tombe sur la messagerie directement. Liam me prend la main et nous courrons vers le bâtiment, la première porte est fermée, nous courrons vers la deuxième, elle est fermée, elle aussi. Liam voit une fenêtre brisée, il retire sa veste et il enferme son poing à l'intérieur pour se protéger et retire tous les morceaux de verre qui pourraient nous blesser. Il me porte pour que je me glisse à l'intérieur, puis il passe à l'intérieur à son tour. Nous sommes dans une pièce où il fait froid et l'endroit n'est pas éclairé. Liam me reprend la main et nous sortons de là pour débouler dans un couloir. Nous nous arrêtons et écoutons ce qui se passe, au loin à gauche, je pense entendre des voix. Je regarde Liam et il hoche la tête, nous nous précipitons vers les voix qui se font de plus en plus précises. Nous entendons Félicie menacer Thomas de lui couper les parties s'il continue de lui briser le cœur. Je crois que c'est la première fois que j'entends ce dernier pleurnicher. Il est tellement sans cœur que je pensais qu'il était impossible qu'il pleure. il faut croire qu'il y a un début à tout.

Nous arrivons dans une grande pièce et le spectacle que nous voyons nous glace le sang. Thomas est attaché à une chaise et Félicie lui pointe une arme dessus, mais où a-t-elle pu se procurer ce genre de chose. Nous ne savons pas quoi faire, mais pour ne pas l'effrayer, je commence par me racler la gorge. Elle se retourne et l'image qu'elle me renvoie me fend le cœur. Félicie est décoiffée, son maquillage a coulé et sa tenue est froissée, déchirée. Des ruisseaux de larmes coulent sur ces joues. Thomas n'a pas dû se laisser faire et je me demande comment elle a réussi à le maîtriser. Ma meilleure amie me regarde désespérée et m'interdit de m'approcher, elle pointe son arme dans notre direction. Dans mon champ de vision, je vois Liam qui recule discrètement et je fais un pas en avant. J'ai le cœur qui bat fort et elle me fait peur avec son arme.

- *Félicie, qu'est-ce que tu fabriques avec cette arme ?*

- *Je vais le tuer, je te le jure, il ne nous fera plus de mal,* crie-t-elle.

- *Tu veux bien arrêter de pointer ton arme sur moi ? Je vais venir discuter avec toi, tu es d'accord ?*

- *D'accord,* dit-elle en baissant son arme.

J'avance doucement dans sa direction, les mains visibles et en restant le plus calme possible. J'arrive à sa hauteur et je la prends dans mes bras, j'essaie de gagner du temps pour laisser Liam agir. Je ne sais pas ce qu'il fait, mais je suis sûre que ce sera une bonne idée.

- *Raconte-moi, ce qu'il se passe ici. Tu vas bien, Thomas ?*
Demandais-je sans quitter mon amie du regard.

- *Ça va,* répondit-il pas rassuré du tout.

- *Quand vous êtes partis, il est revenu et il s'est moqué de moi en se pavanant avec cette fille. Je me suis sentie humiliée, alors je l'ai attiré dans une autre pièce et je l'ai gazé puis tasé. Je l'ai transporté dans une brouette, tout le monde a cru qu'il était ivre. Je l'ai mis dans ma voiture, je l'ai transporté ici et je l'ai attaché.*

- Où as-tu trouvé l'arme ?

- C'est mon père qui me l'a donnée à mes 18 ans. Je l'ai toujours sur moi, au cas où ce genre de type croiserait mon chemin.

- Tu ne peux pas le tuer, tu serais une meurtrière, ma meilleure amie n'est pas une meurtrière dis-je calmement.

- Je sais, pleure t'elle, *mais il m'a fait tant de mal.*

Je l'attire dans mes bras et j'aperçois Liam qui entre par la porte derrière elle. Je lui demande de me donner son arme, elle hésite un instant avant de me le donner. Liam se précipite vers son meilleur ami et le détache. Félicie s'effondre dans mes bras pendant que Thomas l'insulte de tous les noms. Il a retrouvé son courage, maintenant qu'il n'est plus attaché et plus pointé avec une arme. Liam le retient de se jeter sur elle et j'ai bien envie de pointer le canon dans sa direction, juste pour lui rappeler qu'il a été trop loin. Je regarde Liam qui essaye de le calmer et une ambulance arrive tout alarme hurlante.

12. UNE VISITEUSE INATTENDUE

Félicie est internée dans un hôpital psychiatrique, elle n'a pas supporté tout ce que Thomas lui a fait subir psychologiquement. Ma meilleure amie s'est enfermée dans un mutisme qu'elle ne sort que pour pousser des cris de terreur. Je vais la voir parfois, mais les médecins me disent que pour le moment cela ne sert pas à grand-chose. Thomas a été gardé en observation et je n'ai pas de ses nouvelles. J'en suis d'ailleurs très soulagée.

Avec Liam nous vivons sur un petit nuage, nous discutons plus et nos liens se resserrent de jours en jours. Le temps n'a plus d'emprise sur nous et le marché conclu des mois plus tôt n'a plus de raison d'être, car nous nous aimons. Mon amoureux est sur le canapé et lit le nouveau roman qu'il s'est procuré dans la petite librairie en bas de chez nous. Liam a commencé à lire lorsque je l'abandonne, certains soirs, pour me plonger dans le mien. Je suis très fière qu'il partage à présent quelque chose que j'aime. Nos soirées sont souvent animées de débat sur un livre que nous avons tous les deux lus et c'est vraiment un plaisir. J'enfourne une plaque de cookies à cuire au four quand la sonnette de l'appartement retenti. Liam lève les yeux de son roman et me fait signe de ne pas bouger. Il se dirige vers la porte et j'entends un cri strident me percer les oreilles. Une voix féminine se mélange à mon homme, mes poils se dressent, je referme la porte du four et me précipite pour voir. Qu'est-ce que c'est encore ça ? Une rousse, les cheveux bouclés, plonge son regard vert dans les miens et je vois que son sourire disparaît. Elle se détache enfin de mon homme qui sourit à pleine dent avant de lancer les hostilités.

- Liam, tu m'expliques qu'est-ce que cette pétasse fait chez nous ?

- Natasha, je te présente Lola, ma future femme, répondit Liam tout sourire en s'approchant de moi.

J'essaie de sourire, mais « le pétasse » et le « chez nous » ont du mal à passer. Liam passe son bras autour de moi et je ne lâche pas l'ex de mon homme du regard. Toutes les deux, on se juge, se jauge et elle finit par éclater de rire. Je ne comprends pas ce qui la fait rire, elle est folle où quoi ? Je regarde Liam toujours tout sourire qui retourne à son livre. Je suis complètement perdue. La rousse s'approche de moi et me serre contre elle, visiblement je ne suis plus une pétasse qui est chez elle.

- *Excuse-moi ! Mignonne comme tu es, j'ai cru que tu étais une pouf* à Liam.

- *Nat' tu n'es pas en train de dire que je sortais qu'avec des filles ingrates,* rétorque Liam

- *Je ne le dirais pas alors,* le taquine t'elle en me faisant un clin d'œil.

- *Je peux t'offrir quelque chose à boire ? J'ai des cookies dans le four,* dis-je en retournant dans la cuisine.

- *Mojito,* s'exclame-t-elle.

Mes yeux se lèvent sur la pendule, se fixent sur ce qui devrait être ma nouvelle amie et j'éclate de rire en remarquant la position des aiguilles.

Natasha est vraiment délicieuse, nous avons beaucoup de points en commun et nous avons passé la journée à rigoler et à se moquer gentiment de Liam. Il est presque 22h quand Liam propose de sortir, faire la fête et profiter de son amie. Je m'éclipse prétextant un mal de tête, ils ont besoin de se retrouver tous les deux. Aucune jalousie ne vient percer mon cœur, mais une solitude, Félicie me manque et Natasha me la rappelle beaucoup. J'enfile un pyjama et me glisse dans les draps, j'attrape mon livre et une tornade rentre dans la chambre. L'amie de Liam se trouve devant moi, elle a pris le temps de se changer, elle est magnifique dans sa petite robe à paillettes. Son maquillage est sophistiqué et cela me rappelle qu'elle est connue et censée être fiancée à Liam. Je ne peux retenir une larme coulée sur ma joue. Je la chasse d'un revers de main et cligne des yeux pour retenir les autres qui manquent de s'échapper. Je suis certaine que ces deux-là vont faire la

« une » des journaux. Je peux déjà imaginer les titres : « Natasha vient reconquérir son fiancé ! ». Une larme de plus s'échappe de ma surveillance, je la laisse rouler, je n'essaie pas de l'arrêter. Natasha s'approche de moi et s'assoie sur notre lit et attrape mes mains. Elle est calme et posée, c'est surprenant d'elle, mais je me laisse faire.

- *Qu'est-ce qu'il se passe*, me dit-elle rassurante.

- *Les journaux vont parler de vous demain, c'est certain*, expliquais-je d'une petite voix.

- *Ah non, ce soir je sors avec toi ! On va faire la tournée des bars et je vais te raconter plein de conneries sur Liam.*

Je pouffe de rire, comme une collégienne. Le temps de sortir du lit, Natasha a été cherché une robe magnifique. C'est la copie conforme de la sienne en verte, je la remercie et enfile le vêtement rapidement. Elle m'installe devant ma coiffeuse et elle commence à me coiffer et maquiller. Je suis resplendissante. Satisfaite, elle s'écarte sort de ma chambre et revient avec une paire de ballerine plate. Je suis reconnaissante qu'elle ne m'a pas forcée à mettre ces horribles talons haut que Liam adore tant. Je les enfile et je remarque qu'elle porte le même modèle en talon haut. Elle avait donc tout prévu !

Nous sortons enfin de la chambre et Liam me sourit largement, ma tenue lui plait visiblement. Il me chuchote quelques phrases coquines et le rouge me monte aux joues. Natasha lève les yeux au ciel. J'embrasse mon amoureux et nous partons écumer les bars. Ma nouvelle copine m'entraîne dans un endroit qui lui ressemble beaucoup. Il y a de la musique latine et on y sert étonnamment des mojitos. Je sens que la soirée risque d'être mémorable et j'en suis ravie. Un serveur bien mignon, vient nous déposer deux mojitos sans qu'on est rien commandé. Natasha m'explique qu'elle est une habituée et que le serveur lui est très familier me raconte t'elle en se léchant les lèvres. Je lui rappelle qu'elle est mariée et elle se crispe en plongeant ses lèvres dans son verre. Je la fixe ne comprenant pas sa réaction, j'envoie un SMS à Liam pour savoir si elle est bien mariée. Nous dansons ensemble, nous nous amusons, rions beaucoup et après plusieurs mojitos, les esprits s'échaudent. Je vois Natasha pencher sur le bar en train d'embrasser le serveur à pleine bouche. Je reste sur mon siège, abasourdie, mais je reprends très vite mon esprit quand je vois un radieux sourire sur les lèvres de mon amie. Je vérifie mon portable et je vois la réponse de Liam qui ne me rassure pas.

Je t'expliquerais. Passe une bonne soirée...

Un suivant arrive dans la foulée :

Pas de bêtises, je t'aime

Il est sérieux, mais qu'est-ce que ça veut dire ? Un autre verre arrive à notre table, je lève les yeux sur Natasha. Elle me dit que je suis pâle et que ça va me remonter. Je ne cherche pas à comprendre et j'avale cul sec le verre et me dirige vers le bar. Je demande un « Arc en ciel », mais le barmaid ne connaît pas et me regarde comme si j'étais folle. J'attrape mon sac, ma copine et je sors de cet endroit. Direction le bar de coincés !

Je retrouve facilement l'adresse, grâce aux indications de Liam qu'il m'a envoyé par sms. Il y a toujours le même barmaid et je lui demande deux arc-en-ciel. Il me regarde, sourit et me fait une blague sur le fait que je suis venue avec des renforts pour mettre l'ambiance. On s'installe, nos verres arrivent, je le vide d'une traite et en recommande un autre. Je sais que je ne devrais pas boire, ça va mal finir... encore. Mon second verre arrive et je plonge mes yeux dans ceux de la belle rousse qui m'accompagne. Je ne cherche pas à la ménager et je la questionne sans détours.

- Tu es revenue récupéré Liam, c'est ça ? Il t'a quitté ton Américain ?

- Lola, raconte pas de conneries. L'alcool te fait dire n'importe quoi, me répondit elle en goûtant son verre du bout des lèvres.

- Qu'est-ce que tu viens faire là ? Pourquoi tu reviens dans sa vie ? Putain, parle, m'énervais-je.

- Du calme, Liam c'est comme mon grand frère. Il me manquait je suis venue.

Elle me ment, elle hésite sur ses mots, son regard est fuyant et elle triture ses doigts. Je me lève avec violence et lui décoche une baffe raisonnante avant de lui crier de sortir de nos vies. Elle se lève sans un mot et sort du bar. Je sors mon téléphone et raconte brièvement à Liam que j'ai régler le problème de son ex. Je fini mon verre et en redemande un autre. Comme la dernière fois, je file me trémousser sur la piste et mes yeux se plongent dans ceux de Gabriel, mais qu'est-ce qu'il fait là ? Il s'approche et sans un mot, danse avec moi, avec respect sans me toucher. La température monte entre nous deux et je me rappelle qu'il m'a déjà embrassée. Je lui fais volte-face et dépose brutalement mes lèvres sur les siennes. Il ne répond pas à mon baiser et il s'écarte pour me regarder dans les yeux. Il me dit que j'ai trop bu et qu'il me raccompagne. Je ne dis rien et il me fait sortir rapidement puis je monte dans sa voiture. La scène me semble bien trop familière et les larmes coulent encore sur mes joues. Gabriel me conduit directement chez Liam sans m'avoir consultée avant. Il ouvre la portière, m'accompagne à travers le hall puis monte avec moi dans l'ascenseur. Pendant tout ce temps, aucun mot n'est échangé et je ne reconnais pas le jeune homme rencontré lors des soirées à Liam. La porte de l'appartement s'ouvre sur mon amoureux qui échange quelques mots à mon chauffeur. Ils échangent une accolade et nous rentrons. Je vois Natasha installée sur le canapé avec une poche de glace sur la joue, je ne regrette pas, elle m'a menti. L'alcool coulant encore dans mes veines, je la regarde pleine de rage et je lui lance que s'il elle ne veut pas avoir le même bleu de l'autre côté, elle a plutôt intérêt de déguerpir.

Hier soir, je me suis couchée après avoir pris une douche et je me suis endormie instantanément. Je n'ai pas entendu Liam venir se coucher et je ne l'ai pas entendu se lever. J'immerge et je comprends avec horreur mon comportement. Je lui ai laissé aucune chance, ma jalousie m'a aveuglée et l'alcool m'a rendue audacieuse. J'ai honte de moi et je me cache dans l'oreiller de Liam. Les volets s'ouvrent et je gémis de douleur. La lumière du jour me donne mal à la tête, je ferme les yeux. J'entends des pas qui se dirigent sur ma gauche et je lance l'oreiller dans cette direction. J'entends le doux rire de

Liam me venir aux oreilles. Je garde les paupières closes et un sourire élargi mes lèvres.

- *Ferme les rideaux, s'il te plait, j'ai mal à la tête*, grince-je

Il ne répond pas et me rejoint sur le lit.

- *Tu as été très vilaine avec Nat'*, chuchote Liam. *Je vais devoir te punir pour ça.*

Je ne veux pas ouvrir les yeux et ma respiration s'accélère quand Liam m'embrasse sur la clavicule en remontant dans mon cou. Il me prend une main qu'il me remonte au-dessus de ma tête et je sens un tissu doux qui frôle mes bras, Il m'accroche le poignet et j'ouvre les yeux rapidement.

- *Non, mais qu'est-ce que tu fabriques,* demande-je en essayant de me détacher.

- *Laisse-ça en place*, ordonne t'il en me prenant l'autre main, *j'ai très envie de toi.*

- *Détache-moi Liam ! A quoi tu joues ?*

Il ne me répond pas et sa bouche parcourt déjà mon corps. Il déchire ma nuisette comme si elle n'était rien. Le tissu se craque et tombe en lambeaux aux pieds du lit. Je ne comprends plus rien, il devrait être furieux que j'ai agressé sa copine. Liam continue de m'embrasser, mais je ne fais plus attention, je cherche l'explication qui m'échappe encore. Sa langue sur mon clitoris me surprend, je sursaute. Je le regarde et je me perds dans la douceur de ses lèvres et sous sa langue experte. Je jette la tête en arrière et je gémis, c'est trop bon. Je perds le fil de mes pensées et je finis par jouir contre sa bouche. Liam se redresse, verrouille son regard au mien, se déshabille lentement et un gémissement m'échappe. Cela le fait sourire, il continue son manège et je suis au supplice. J'aimerais pouvoir le toucher, le caresser, l'embrasser, mais mes poignets sont toujours entravés. Le spectacle est torride, mon amoureux s'approche enfin et se penche sur moi. Je l'enlace avec mes jambes et il me pénètre avec douceur. J'en veux plus et je bouge le bassin pour venir à sa rencontre, son rythme s'accélère et je touche presque le point de non-retour, mais il s'arrête. Je cherche à accrocher son regard, mais il me fuit, qu'est-ce qui se passe encore ? Il se maintient sur un coude et il me regarde tendrement. Je ne veux pas qu'il me parle, je veux qu'il ne dise rien, je ne veux pas qu'il gâche le moment. Il se redresse et me détache, je frotte mes poignets brièvement et je profite de la situation. Je le bouscule pour me retrouver au-dessus de lui, à moi de jouer. Liam pose ses mains sur mes hanches et je commence à bouger en rythme et très vite nous atteignons l'orgasme ensemble. Je l'embrasse et me couche sur lui, je me sens épuisée.

- *Lola ...*

- *S'il te plaît, je sais, laisse-moi le temps de me ressaisir*, implore-je.

Ses mains se baladent sur mon dos et je sens très vite son impatience. Ses doigts se frayent un chemin dans mes cheveux, j'adore ça, mais je descends de sur lui. Il est temps qu'on discute, que je m'excuse, je serre les dents et je regarde Liam.

- *Tu as raison*, commence-t-il, *elle est venue ici pour moi. Elle pensait que j'étais encore célibataire et que je serais d'accord. Elle a été surprise de te retrouver ici et s'est ravisée.*

- *C'est une blague*, m'exclame-je en attrapant son t-shirt. *Elle est encore là ?*

-*Lola, s'il te plait, laisse-moi t'expliquer*, supplia t'il.

- Il est hors de questions que je laisse encore quelqu'un se mettre entre-nous, lui rétorque-je en enfilant son boxer. *Natasha,* braille-je.

Je sors de la chambre et je la trouve en train de manger une tartine dans la cuisine. Je m'installe en face d'elle et découvre le bel hématome qui orne sa joue. Je ne peux m'empêcher de sourire et elle porte sa main à son bleu. Nous sommes revenues à la casse départ, on se regarde, s'évalue et elle finit par me tendre une tasse de café. Je la décline, je me prépare un thé et elle commence à m'expliquer les raisons de sa venue. Je ne l'interromps pas, je m'installe en face d'elle, je vois Liam s'approcher et se poster derrière moi. Il m'enlace et pose son menton sur ma tête et je lève les yeux au ciel. Natasha m'explique ce que mon amoureux tentait de m'expliquer et finit par dire qu'elle m'aime beaucoup malgré la gifle. Elle essaie de me rassurer, mais je resterai méfiante, elle aime Liam, ça transperce tous les pores de sa peau. Je voudrai m'excuser, mais je ne peux pas, je lui donne un pale sourire et hoche de la tête. C'est tout ce que je peux lui donner pour le moment.

Les jours suivants sont assez tendus à l'appartement, mais j'essaie de faire bonne figure. Liam propose un restaurant et une sortie en discothèque, j'accepte pour aller manger avec eux. Le repas se déroule sans anicroches, nous échangeons des plaisanteries et Natasha me partage des anecdotes sur Liam. L'ambiance est détendue et je dois avouer que je passe une bonne soirée. Je me lève pour aller aux toilettes avant de partir. J'embrasse Liam et je me dirige aux toilettes pour dame, il y a du monde j'attends. Une personne arrive derrière moi, mais je n'y prête aucune attention, j'ai les yeux rivés sur mon téléphone. Au bout de quelques instants, c'est à mon tour et je rentre dans la pièce. La personne derrière m'attrape violemment et m'écrase de tout son poids sur le mur carrelé. Une forte odeur d'antiseptique agresse mes narines, je n'ai pas le temps d'y faire attention. Mon agresseur m'attrape les cheveux et me tape la tête contre le carrelage. Je suis sonnée, mais consciente. Je sens une haleine mentholée avant de comprendre ce qu'il se passe, ma tête est tirée en arrière avant d'être de nouveau projeter contre le mur, je cris. Je vois des étoiles et je cligne des yeux pour adapter ma vue. Je sens un liquide me couler le long du visage, je suppose que je suis ouverte au niveau de l'arcade, mais je ne peux pas vérifier. Tout se passe très vite, la personne se colle à moi, me plaque un peu plus contre le mur et je peine à respirer.

- Tu pensais vraiment que j'allais te le laisser, sale garce, crache

Natasha.

- *Lâche-moi, tu me fais mal,* hurle-je

Des coups se font entendre contre la porte, la pétasse à penser à fermer la porte à clefs. Je suis dans de beaux draps.

- *Tu vas sortir de sa vie et l'oublier,* m'ordonne t'elle en desserrant un peu sa prise. *Je vous ai laissée toutes ces semaines vous amusez, c'est terminé !*

- *Tu peux rêver. Quand il va savoir ce que tu m'as fait, il te jettera de sa vie.*

- *Vraiment,* ricane-t-elle. *Tu n'es rien pour lui, une distraction pendant que j'obtenais mes papiers. C'est fini, ma belle, remballe tes affaires.*

- *Je ne comprends rien, lâche-moi* braille-je.

- *Quand j'ai vu votre photo dans les magazines, je n'ai pas supporté. Je ne pouvais pas te laisser prendre ma vie. Tu n'es rien, tu n'es personne, tu m'as traînée dans la boue et j'étais la risée de tous. Tu te rends compte ? Une petite pimbêche qui me vole mon fiancé, ma vie et je ne devais pas réagir,* m'hurle-t-elle dans l'oreille.

On frappe de nouveau à la porte et des voix s'élèvent, mais je n'entends rien. J'ai du sang qui me coule dans l'oreille, sur la joue, j'essaie de me délivrer, mais Natasha m'attrape plus fermement et me balance contre le mur de toutes ses forces. Je tombe au sol, je la vois se taper la tête contre le mur, me sourire, je cligne des yeux et c'est le noir.

J'ai beaucoup de mal à ouvrir les yeux, je suis allongée dans une pièce inconnue. Je porte la main à ma tête et je grimace de douleur. Je tourne légèrement la tête, mais elle m'élance, je pousse un gémissement. Je suis à l'hôpital, j'essaie de me redresser, mais des fils me retient. J'attrape comme je peux la télécommande pour appeler l'infirmière. J'appuie sur le bouton et une femme d'un certain âge rentre dans la pièce quelques minutes plus tard. Elle m'explique que j'ai été agressée et que j'ai une commotion cérébrale et que je suis en observation depuis deux jours. Je lui demande où est Liam et elle m'informe qu'il est parti ramener notre amie qui a été également frapper à la tête. Je sursaute et je me rappelle de la scène, ma tête qui heurte une dernière fois le mur et Natasha qui se cogne violemment la tête.

- *C'est elle qui ... m'a agressée*, dis-je la bouche pâteuse.

- *La police attend pour vous parler, vous voulez que je les face entrer ? Nous pouvons attendre votre compagnon,* m'informe l'infirmière.

- *Je veux bien attendre Liam.*

- *Pas de soucis. Je vais dire au médecin de passer vous voir.*

Liam arrive quelques heures plus tard et il est vraiment dans un triste état. La mine tirée, les cernes lui mangent les yeux et il porte toujours les vêtements de la dernière fois que je l'ai vue. Mon amoureux m'informe qu'il est resté ici à mon chevet. Il me demande si je me souviens de qui m'a agressée. Mon ventre se tord, la gorge se noue, les larmes commencent à couler, mais je vais devoir lui dire la vérité et cela me fait mal pour lui. Je sais qu'il tient beaucoup à Natasha et je vais tout détruire. Des larmes coulent sur mon visage, j'attrape sa main, la serre et la porte à mes lèvres. Liam ne dit rien, il me regarde avec tendresse et m'encourage en silence. Il essuie mes larmes du pouce et je prends une grande inspiration. Je lui déballe tout sans rien omettre, je parle vite et je respire à peine. Je garde les yeux plantés sur nos mains jointes, je fuis son regard et je n'ose pas l'affronter. Je m'attends à ce qu'il me traite de menteuse, qu'il me quitte et qu'il ne veut plus de moi. Il me lâche les mains et les larmes coulent de plus belles. Le lit s'affaisse, Liam me prend dans ses bras et il me dit qu'il me croit. Des clients du restaurant m'ont entendue hurler et ils ont témoigné dans ce sens. De soulagement, mes nerfs lâchent et je pleure encore plus en me serrant à lui plus fort. Nous prenons la décision de porter plainte et de l'éloigner de nous. Liam s'excuse de l'avoir laisser revenir dans sa vie, il s'en veut, il m'embrasse doucement sur le crâne et me demande pardon une bonne centaine de fois. J'ose enfin lever les yeux vers lui et je l'embrasse du bout des lèvres.

Deux agents de police rentrent dans ma chambre et je leur raconte une nouvelle fois mon agression. Je devrais aller au poste pour faire ma déposition, l'un des agents m'assure que des mesures seront prises avant ma sortie. Liam sort avec les deux policiers, je les vois qu'il leurs parle dans le couloir. Mon cœur se serre, Liam est un homme vraiment courageux et j'ai vraiment énormément de chance de l'avoir dans ma vie. De nouvelles larmes roulent sur mes joues, je les laisse dégringoler et je finis par m'endormir avant le retour de Liam. Je sursaute quand ce dernier rentre dans la chambre avec un café, un thé et deux muffins. Il me sourit, cela me réconforte, il se replace à mes côtés et nous n'échangeons aucun mot. Nous buvons notre boisson chaude et je grignote à peine mon muffin. Liam finit par me dire qu'il a donné son adresse aux policiers pour qu'ils interpellent Natasha. Ce dernier ayant des soupçons de sa culpabilité, voulait qu'elle soit dans un lieu où les policiers pourrait l'arrêter facilement. Il a prévenu Victor de ne pas la laisser partir et d'aider les agents pour que ça se passe le mieux possible. Il attend son appel pour l'informer de la fin de l'opération.

Un médecin rentre dans la chambre, il nous explique encore que j'ai une légère commotion. Je vais devoir encore rester un jour à l'hôpital pour être sûre que je vais bien et que ma blessure à la tête se referme proprement. Nous le remercions et Liam l'informe qu'il passera la nuit avec moi. Le médecin n'est pas vraiment d'accord, mais mon amoureux ne lui laisse aucun refus possible. Le lendemain, le docteur nous donne l'autorisation de sorti et nous partons retrouver une vie calme. Liam prend un congé et il reste avec moi durant toute ma convalescence. Mon homme est parfait !

Le soir, nous sommes tous les deux installés sur le canapé, je revois Natasha tel un fantôme virevolter dans l'appartement. Je ne suis pas du tout à l'aise, je frisonne et Liam s'aperçoit de mon trouble. Il se rapproche de moi et je le vois qui rassemble son courage. Je remonte le plaid, me recouvrant les jambes, sur mon menton. Il s'approche encore plus près de moi, m'embrasse, prend une grande inspiration et se lance.

- *Je ne sais pas vraiment pas où commencer,* essaye-t-il, *excuse-moi pour tout le mal que Natasha a pu te faire.*

- Liam, soupire-je, *tu n'es pas responsable de cette folle. Je ne t'en veux pas, rassure-toi.*

- *Écoute, je ne savais pas que Natasha avait de tels sentiments pour moi. Jamais elle n'y a fait allusion, sinon j'y aurais mis un terme. Elle n'avait jamais été aussi violente, aussi extrême. Je dois t'avouer que je suis choqué par son comportement,* me dit-il en versant quelques larmes que j'essuie avec mon doigt.

Il fait une pause et je l'attire dans mes bras, il me touche et mes yeux mouillés ne peuvent se détacher de lui.

- *Pardonne-moi, ma puce. Je n'ai pas été à la hauteur et je n'ai rien vu venir. Je ferais tout pour que tu oublies tout ça, je m'en veux tellement. Je te le promets !*

Je ne trouve rien à répondre, je l'embrasse tendrement avant de le prendre dans mes bras. Nous nous endormons comme la première fois que je suis venue dans l'appartement et cela me tire un sourire avant de sombrer totalement dans le sommeil.

13. SURPRISE !

Nous sommes le 8 mai, un an jour pour jour après l'excès de folie de Félicie. Cette dernière va mieux, même si elle a dû passer par plusieurs psychologues pour se remettre de sa crise. Thomas n'ayant pas porté plainte, cela a énormément peser dans la balance de son rétablissement. Ce dernier n'est pas resté dans les parages, il est parti et nous n'avons plus eu de ses nouvelles, bon vent ! Natasha est encore en prison suite à mon agression, avec le soutien de Liam j'avais porté plainte et une mesure d'éloignement a été prise. Je suis vraiment soulagée !

Je suis dans la grande pièce à vivre de notre maison et elle n'a pas beaucoup changé depuis notre emménagement. Les murs sont toujours blancs et les points de couleurs viennent essentiellement des cadres où j'ai mis des photos de nous deux. J'aime cette pureté, cette simplicité qui nous correspond très bien. Hier, nous nous sommes mariés à la mairie entre deux témoins, je suis officiellement Madame Delmillo pour le plus grand plaisir de mon époux. Ma robe était blanche comme veut la coutume, mais courte. Je ne voulais pas me marier à la façon meringue et je vois encore la tête de Liam quand il m'a vu pour la première fois. Il était très étonné par ce choix audacieux. Aujourd'hui, c'est la cérémonie laïque, n'étant pas croyante je ne souhaitais pas me marier à l'église. Ma belle-mère l'a très mal pris, car elle aurait bien emmené son fils bénir son union auprès de leur prête. J'ai fait un compromis avec ce rituel pour apaiser les relations, mais je ne suis pas à l'aise du tout. Je suis prête, j'ai remis ma petite robe de mariée et j'attends Liam qui termine de se préparer en haut. J'ai une tasse chaude pleine de thé entre les mains et mon regard est perdu sur la clairière qui m'entoure et plus loin la forêt. La journée risque d'être longue et j'espère sous le signe de la bonne humeur, ce qui n'est pas garanti avec nos invités. Je suis plutôt sereine, mais on est jamais à l'abri d'une mauvaise surprise.

Liam descend les escaliers et il a déjà un immense sourire qui lui barre le visage. Il accroche les boutons de sa chemise et s'approche de moi pour m'embrasser. Il se tient derrière moi et passe ses bras autour de mes hanches. J'appuie ma tête contre lui et je profite du calme ambiant avant que nos invités envahissent les lieux. Mon mari m'embrasse en dessous de l'oreille avant de me chuchoter :

- J'ai rêvé que nous avions des enfants.

- Tu en voudrais ?

- Bien sûr. Je souhaiterais qu'ils aient ton petit nez et tes magnifiques yeux, chuchote t'il.

- Et puis ton caractère et ton intelligence, enchérie-je en souriant.

- Alors, tu es d'accord ?

- Tu es bien en train de me demander si je veux avoir des enfants avec toi, maintenant ?

- Oui, me répond Liam dans mon cou.

J'ai le cœur qui bat trop vite et je ne sais pas quoi répondre et je reste silencieuse. Est-ce que je veux des enfants, maintenant ? Non, j'ai envie de profiter de Liam, de voyager et de profiter de ce que nous avons tous les deux. Je ne sais pas trop comment lui annoncer, il a l'air d'être très enthousiasme. Une idée me vient :

- Non, pas pour le moment, mais nous pouvons nous entraîner ?

- OK, ça me va, me répond il se retournant face à moi.

- Maintenant ?

- Oh que oui, tu es bien trop séduisante dans cette robe.

J'ai à peine posé ma tasse que Liam soulève ma robe, déchire mon slip et commence par me caresser. Je m'agrippe à lui et je me prépare à l'orgasme qui va me faire prendre.

La clairière est pleine de monde, nous sommes entourés de toute notre famille, de nos amis et de nos proches. La cérémonie va débuter, Liam et moi sommes debout en dessous d'une arche de fleurs et nous nous regardons. A ma gauche, tous les invités ou presque sont assis et à ma droite un couple d'amis communs qui vont célébrer notre mariage. Tout ça n'a rien de légale, c'est juste symbolique pour nous lier un peu plus, par des liens que personne ne pourra détruire. Abigaël se racle la gorge pour attirer notre attention et nous finissons par nous détacher des yeux pour la regarder. Elle célèbre notre amour, notre union avec tellement d'émotion qu'elle me fait couler quelques larmes. Julien, son compagnon, l'accompagne à la guitare par moment et c'est vraiment très joli. A la fin, nous recevons une multitude de tête de fleurs que les invités nous lancent. Nous rions de bon cœur et nous nous prêtons au jeu avec bonheur. Quand ils ont fini, je m'éloigne un peu, accompagnée de toutes les filles non mariées pour jeter mon bouquet. Il est tellement beau que ça me fait un peu mal au cœur. Liam l'a pris en photo sur toutes les coutures pour faire un montage, j'ai hâte de voir ce que ça va donner. Il ne veut rien me montrer tant que ce n'est pas terminé, c'est trop adorable. Je jette un coup d'œil par-dessus mon épaule, les filles sont toutes excitées par la perspective que ce soit leur tour d'avoir la bague au doigt. Je regarde droit devant et celui-ci se pose sur l'homme de ma vie. Il se tient debout, contre un arbre, juste en face de moi, les mains dans les poches et souriant, il m'observe autant que je le fais. J'ai envie de courir vers lui, qu'il me prend dans ses bras et qu'on fuit tout ça. Je le détaille dans son smoking, il est tellement canon. Je ne me lasserai jamais de le regarder, je l'aime tellement que mon cœur se gonfle d'amour et de fierté. J'entends des sifflements qui me ramène au moment présent. Un dernier coup d'œil derrière moi et je lance le bouquet avant de me précipiter vers Liam. Je ne prends même pas la peine de voir qui a eu les fleurs, rien à faire, mon attention est sur mon mari. J'entends des hurlements de joie et j'arrive dans les bras de mon époux. Je l'embrasse et j'entends de nouveaux sifflements et des applaudissements. Je souris contre sa bouche avant de m'écarter un peu de lui. Liam me retient et me serre encore un peu plus contre lui et m'embrasse encore avant de me chuchoter qu'il est impatient d'être à ce soir.

La fête bat son plein, nous déjeunons dehors sous des tonnelles blanches que la mère de Liam a fait monter pour l'occasion. C'est elle qui a tout organisé et je dois avouer que c'est magnifique ! Comme à son habitude, elle a mis les petits plats dans les grands et je suis vraiment honorée qu'elle est fait tout ça pour moi, pour nous. Je cherche son regard et quand je le trouve, je lui souris et lui dit « Grazie ». Elle est surprise, mais je vois qu'elle est heureuse. Il est temps pour moi de donner mon cadeau à Liam. Je me lève de ma chaise en prenant mon verre et une petite cuillère. Je tapote ma cuillère contre mon verre et demande à mes proches un peu de silence. Tous les regards sont braqués sur moi et j'ai le tract. Liam est juste à côté de moi et il ne s'est absolument pas ce qui se passe. Je plonge mes yeux dans ceux d'Angelo pour y trouver la confiance et le courage de me jeter à l'eau. J'explique à mes invités qu'il est temps que Liam découvre son cadeau. J'ai fait le plan de table de sorte qu'un Italien ou un français bilingue soit à côté de quelqu'un qui ne parle pas Italien. Quelques personnes sont dans la confidence et des murmures se font entendre et je commence mon discours... en italien. Je lui fais une déclaration d'amour dans sa langue maternelle et il est ému. Je vois les larmes perlées au coin de ses yeux, je ne peux pas détacher mon regard du sien et même si parfois mon Italien est approximatif et que mon accent n'est pas à la hauteur, je lui livre mon cœur. J'aperçois sa mère derrière lui, les mains jointes et en larmes, elle est émue. Je suis touchée et je termine mon monologue en embrassant mon homme. Liam me serre contre lui et un tonnerre d'applaudissement retendit. J'ai réussi et je suis fière de moi. Liam me lâche, se met debout et serre contre lui pour m'embrasser de plus belle. Des cris, des sifflements se joignent au bravo et nous finissons par rire. Mon époux se sèche les larmes, je me rassois et je le vois qu'il reste debout et là je ne ris plus du tout. Liam ne fait jamais rien à moitié et quand il dit que lui aussi a une surprise pour moi, je frissonne de plaisir et d'appréhension. Il sort de sa poche intérieur une enveloppe et il me la tend. Je me lève et la saisie, les mains tremblantes et j'ouvre l'enveloppe devant tous nos proches. Deux billets de voyage, je porte ma main à ma bouche et laisse mon émotion m'envahir. Liam me prend dans ses bras et je prends un instant pour me ressaisir. Je finis par annoncer à nos invités que nous partons un an pour un tour du monde dans les plus grandes capitales. C'est à mon tour d'enlacer mon mari et de le remercier. Je l'embrasse encore et encore !

Des applaudissements isolés me parviennent de la maison, je me retourne et je vois Thomas qui s'avance vers nous. Je ne me sens pas à l'aise et me blottie un peu plus contre mon homme. Liam passe un bras autour de moi et me serre un peu plus fort. Il n'attend pas que son ex meilleur ami lui parle et il prend les devants.

- Qu'est-ce que tu fais là ?

- Mon meilleur ami se mari et il ne m'invite pas, c'est insultant, crache t'il.

- Thomas ne fait pas d'histoire, va-t'en. Personne ne veut de toi, ici, tu effraie ma femme et mes invités.

- Tu m'as prise la femme de ma vie, elle est à moi, tu comprends pas ça, hurle t'il. *Je ne te la laisserai jamais, sa place est avec moi.*

- Je ne t'aime pas, Thomas, murmurais-je.

- Il t'a manipulé, Lola. Tu sais bien que c'est moi que tu aimes, je suis fou de toi. Rappelle-toi de la nuit qu'on a passé ensemble, ça compte pas pour toi, s'énerve t'il.

Liam se tend à ses paroles, il sert les dents et les poings et je sais que la discussion est terminée. Un silence se fait, plus personne n'ose faire quoi que ce soit, les regards sont braqués sur nous. Le choc encaissé, Liam s'avance dans sa direction, le regard mauvais

- Thomas, je te raccompagne, aller viens, lui dis-je en le tirant par le bras.

- Elle me préférera toujours à toi, tu ne seras jamais à la hauteur et quand tu merderas, je serais là pour elle, provoque Thomas

- Casses-toi avant que je te colle mon poing dans la gueule.

182

J'entraîne Thomas dans la maison et le pousse en direction de sa voiture. Il n'arrête pas de me parler, d'essayer de me convaincre de partir avec lui, que je serais plus heureuse avec lui. Je prends le temps pour le regarder vraiment et je m'aperçois que son jean est déchiré et que sa chemise n'est pas propre. Il est au fond du trou, mais je ne vais pas me laisser avoir aussi facilement. J'essaie de le raisonner et de lui faire comprendre que tout ça c'est dans sa tête. Thomas ouvre la boite à gants par la fenêtre ouverte et en sort quelque chose que je ne vois pas. Il se retourne et me plante un couteau dans l'abdomen en me disant que s'il ne pouvait pas m'avoir Liam ne m'aura pas. Je hurle de douleur, mais je ne peux pas bouger. Il retire le couteau et me poignarde une seconde fois, je cris une nouvelle fois, il me retient de tomber au sol et m'approche de lui. Ses lèvres se pose sur les miens et il se met à rire. Mes mains que j'ai porté à mes blessures sont rouges, je baisse les yeux pour voir l'étendue des dégâts et j'entends Liam hurler et courir. Thomas m'embrasse de nouveau, je ne réagis pas, je suis comme une poupée dans ses bras. Il me jette violemment au sol et je vois le visage de Liam au-dessus de moi. Thomas se précipite dans sa voiture et fuit. Mes yeux se voilent, mon époux cris à quelqu'un d'appeler les secours, une ambulance, puis il me dit de rester avec lui que tout va bien se passer. Je fixe mon regard au sien et c'est le trou noir.

Je suis étendue sur la pelouse, je ne ressens plus mon corps et un soleil m'éblouit. Je ferme les yeux, puis les rouvre en me protégeant avec ma main. Je me relève et m'aperçois qu'il n'y a rien autour de moi. Je décide d'avancer pour chercher Liam, je marche durant des heures, mais je n'ai pas soif et je ne suis pas fatiguée. Le paysage ne change pas, le soleil ne bouge pas et je ne vois toujours rien d'autre que de l'herbe. Je décide de m'asseoir un instant sur une roche que je n'avais pas remarqué jusque-là. Au bout, d'un moment quelque chose me fait de l'ombre je soupire d'aise. Je lève les yeux et c'est un homme qui me jauge. Il est plutôt grand, blond, bien bâti et très sexy. Il faut avouer que j'en ferais bien mon quatre heure. Je me lèche les babines et m'essuie les mains sur mon short. Je me lève pour me présenter, mais l'homme me devance.

- Alors mignonne, tu es perdue ?

- Je cherche mon époux, Liam, mais je ne sais pas où je suis. Vous pouvez m'aider peut-être ?

- Je suis Raphaël et je peux vous aider bien entendu. Je peux vous soigner si vous le souhaitez.

- Vous êtes médecin ? Je ne suis pas blessée, dis-je en me regardant.

- Non, je suis archange. On m'a envoyé pour vous soigner Lola, laissez-moi vous aider.

- Mais vous êtes, fou !

Je sentie une vive douleur dans l'abdomen et je tombe à genoux au sol. Je vois du sang couler et je relève les yeux vers Raphaël.

- Aidez-moi, je vous en supplie.

L'archange ou qui que ce soit cet homme pose ses mains sur mes blessures et une douce chaleur m'enveloppe. Je ferme les yeux pour apprécier cette douceur.

Le sol dur se change en quelque chose de moelleux et je sens qu'on me tient la main. Je retrouve peu à peu mes sensations, j'ouvre les yeux et des larmes coulent sans que je puisse les retenir. J'ai quelque chose dans la bouche qui m'empêche de parler et me fais mal. J'essaye de bouger les doigts et la personne se déplace légèrement :

- Ma puce, tu es réveillée ?

Je cligne des yeux pour voir Liam penché au-dessus de moi. Je découvre qu'il n'est pas rasé, que son sourire a fané et ses yeux ont rougi. Je le vois appuyer sur un bouton et il abaisse les barreaux et s'assoit sur le bord du lit. Son pouce essuie mes larmes qui ne cessent de couler.

- Ne parle pas, ma puce, tu es intubée. Est-ce que tu vas bien ?
Cligne des yeux une fois pour oui et deux fois pour non.

Je cligne une fois des yeux. Une infirmière arrive et Liam lui explique que je suis enfin réveillée. Depuis combien de temps je suis restée inconsciente ? Je n'en ai aucune idée. L'infirmière entre dans mon champ de vision et me parle doucement. Elle va chercher le docteur pour me libérer et voir si tout va bien. Elle part, me laissant seul avec Liam. Ce dernier plonge son regard dans le mien et me murmure des paroles rassurantes. Le médecin et son équipe arrivent très vite et je suis vite libérée. J'ai mal à la gorge, je suis fatiguée, mais je me laisse ausculter sans broncher. Le médecin regarde mes deux blessures, l'une dans le ventre et l'autre un peu plus haute dans la poitrine. Je suis là depuis plus d'une semaine et mes blessures sont en bonne voie. Je demande de l'eau qu'on m'apporte rapidement. Il va falloir que je me repose, le temps de me rétablir complètement.

Aujourd'hui, je sors enfin de l'hôpital et je suis encore en convalescence. Nous ne pourrons pas partir faire le tour du monde avant un long moment. Liam me conduit chez nous où je vais devoir me reposer. Je me sens très bien et je pourrai voyager, mais le médecin préfère rester prudent. Mon époux m'apprend que Thomas a été arrêté et qu'il est en prison actuellement, il n'est pas prêt de ressortir. Je suis soulagée je ne crains plus rien de lui, je pense qu'il lui faudrait un suivi psychologique. Mon mari m'indique que nos avocats l'ont demandé durant le procès et que ça nous a été accordé. Je n'en reviens pas que Liam a géré tout ça, pendant que moi je n'étais consciente de rien. Je le remercie et je refais naître un sourire sur ses lèvres. Nous arrivons chez nous et un gros poids s'évapore en apercevant notre maison. Je rentre et je décide de prendre une douche pour retirer l'odeur de l'hôpital qui me poursuit. J'allume l'eau de la douche, je mets mes vêtements dans le panier à linges sales et je rentre dans la cabine. Liam rentre dans notre salle de bain, se déshabille et me rejoint. Cela fait du bien de sentir son corps contre le mien, je le laisse me toucher, m'embrasser et c'est vraiment agréable. Une douce chaleur m'envahit et nos lèvres se retrouvent encore plus passionnées que jamais. Je rompe notre baiser et j'entreprends de le laver, Liam se laisse faire. Une fois terminé, il me rend l'appareil et je sens tout mon cœur s'électriser à son contact. Nous sortons de la douche et Liam m'entoure d'une serviette épaisse et très douce, puis il me porte jusqu'à notre lit. Il m'essuie très rapidement avant de retirer la serviette et je me retrouve nue sous ses yeux brillant de désir. Liam retire sa serviette et me rejoint. Il passe ses mains partout sur mon corps, m'embrasse, me mordille, je le prends dans mes bras et lui rends tout l'amour qu'il me donne. L'ambiance devient vite chargée d'électricité sexuelle et nous nous abandonnons dans les bras l'un de l'autre. C'est la première fois que Liam me fait l'amour avec autant de précaution, de délicatesse et de douceur. Je ne peux me contenter de si peu, alors je me jette sur lui et je prends les choses en main. Liam est d'abord surpris, puis me laisse le chevaucher avec ardeur. Il ne me faut pas longtemps pour atteindre un orgasme. Liam me retourne sur le lit et me prend violemment en levrette et nous prenons tous les deux un orgasme bruyant. Le mien dure longtemps et Liam me caresse et m'embrasse, ce qui amplifie mes sensations.

Les semaines passent et nous programmons notre tour du monde. C'est compliqué car mon mari et moi n'avons pas les mêmes envies. Nous décidons donc de rallonger notre séjour pour avoir le temps de tout faire, nous partirons donc 18 mois. Liam a vu avec son patron et cela n'a posé aucun problème, car il avait des congés à poser. Nous partons dans 15 jours et presque tous les détails sont réglés. Je suis vraiment heureuse de partir et voyager, je suis assise sur le canapé avec une tasse de thé à la main pendant que Liam vérifie que toutes les réservations sont validées aux bonnes dates. Je me lève pour me resservir du thé, mais tout tourne autour de moi, je n'ai pas le temps d'appeler Liam que je m'écroule. Je sens qu'on tapote mes joues et j'ouvre mes yeux. Je croise ceux de Liam et d'une autre personne que je ne connais pas.

- *Ma puce, ça va ? Qu'est-ce qu'il s'est passé ?*

- *Euh,* fais-je avant d'essayer de me redresser.

- *Attends, ma belle, je vais t'aider.*

- *Merci, mon cœur, je crois que j'ai fait un malaise.*

- Bonjour Lola, je suis le docteur Jouvisky. Est-ce que vous avez un retard dans vos règles ?

- Je vous avoue que je ne sais pas, pourquoi ?

- Écoutez, votre époux m'a donnée vos dernières analyses, elles sont excellentes. J'essaie juste de comprendre. Vous avez pris un petit déjeuner suffisant ce matin ?

- Oh oui, j'ai très bon appétit et Liam me nourrit pour ..., je m'interromps en me rendant compte de ce que je m'apprêtais à dire.

Je me rends compte que je n'ai pas eu mes règles depuis que je sortie de l'hôpital, il y a un mois et demi. Liam m'avait fait remarquer que mes seins étaient un peu plus gros et je mange plus que d'habitude. Mon regard passe du docteur à Liam, qui discutent ensemble, avant de leur annoncer.

- Je pense que je suis enceinte, dis-je dans un sourire.

Les deux hommes me regardent et mon mari me sourit, s'approche de moi et m'embrasse. Il est heureux de cette nouvelle, le médecin nous interrompt en nous expliquant qu'avant de s'emballer, je vais devoir faire une prise de sang et ensuite une échographie si le test est positif. Docteur Jouvisky nous laisse après m'avoir fait les ordonnances, j'enlace Liam. Je suis heureuse de vivre tout ça avec lui. Il sera parfait comme papa, comme il est en tant qu'époux.

Le lendemain matin, je fais la prise de sang et j'ai les résultats en fin d'après-midi, en appelant le laboratoire. La secrétaire qui me répond, me fait patienter le temps qu'elle cherche mon dossier. Liam me regarde et me mime des lèvres « Alors ? », je souris face à son impatience et je ne sais pas encore. La secrétaire me demande mes informations pour sécuriser la communication, je lui communique mes noms et prénoms, ma date de naissance, mon adresse, mon numéro de téléphone, ainsi que le code secret qu'on m'avait communiqué le matin même. Au bout de quelques secondes elle m'annonce que je suis enceinte d'un mois et demi et me félicite avant de raccrocher. Je me tourne vers Liam, un sourire aux lèvres et les larmes qui perlent au coin de mes yeux. Il comprend tout de suite, il m'attrape et me fait tourner dans le salon. Il me repose m'embrasse sur les lèvres avant de tomber à genoux pour embrasser mon ventre encore plat.

- *Je vais être maman,* dis-je en me le murmurant

- *Tu seras une merveilleuse maman,* me dit Liam radieux.

- *Je préfère qu'on garde le secret, encore un mois et demi. Je ne voudrais pas faire une fausse joie à ta mère,* ris-je.

- *Je suis d'accord, nous allons en profiter tous les deux.*

Les semaines qui suivent passent très vite. Nous avons fait l'échographie et nous avons rencontré notre bébé. C'était un moment magique et nous avons été très ému. Il va très bien et il est parfaitement viable. Liam décide de ne plus attendre plus longtemps et il convie notre famille et amis pour un repas à la maison.

Nous y sommes, tout le monde est réuni, ils sont tous de bonne humeur, ils rient, discutent se taquinent, l'ambiance est bon enfant. Liam a son bras posé sur le dos de ma chaise, il est détendu et au contraire de moi qui suis stressée. Mon mari a fait venir ses employés du manoir, pour que nous puissions apprécier la soirée. Ces derniers débarrassent la table et demandent discrètement s'ils peuvent apporter le dessert surprise. Liam acquiesce dans un grand sourire et les desserts sont servis sous cloche. J'informe les invités qu'ils ne doivent pas dé-clocher avant qu'on leur donne le signal. Ils sont surpris, mais tous jouent le jeu.

- Chère famille, chers amis, commence Liam en se levant, si nous vous avons fait venir ce soir, ce n'est pas pour rien. Pour le découvrir, il vous suffit de retirer la cloche de vos desserts ... maintenant.

Chacun découvre dans son assiette un gâteau en forme de chausson bleu ou l'autre rose. Tous les regards se tournent vers moi, ils ont tous très vite compris. Les femmes ont porté leur serviette à la bouche, les larmes aux yeux et les hommes commencent à manger, je souris. Je vois ma mère, mettre une claque derrière la tête de son nouvel amoureux pour qu'il arrête de manger. Mon père croise mon regard, ému, il n'ose rien dire et sert la main de sa fiancée. La mère de Liam pleure, je me doutais un peu de sa réaction.

- Comme vous l'avez compris, Lola et moi attendons un petit bébé. Il sera parmi nous dans 6 mois si tout se passe bien, annonce fièrement Liam.

Tous nous félicitent et nous embrassent, ils sont tous heureux pour nous et à ce moment précis, je suis la plus heureuse.

Je regarde Liam discutant avec Gabriel, notre ami, qui est en face de lui. Il est magnifique ! Une mèche lui barre encore les yeux et il la repousse machinalement, son regard caramel qui hypnotise son interlocuteur, ses mains que j'aime tant et son sourire qui me coupe toujours le souffle. Je l'aime, j'en suis certaine et je sais que lui aussi. Nous avons vécu tellement de choses, rien n'était facile et je ne pensais pas avoir une relation si apaisée avec lui et qui me procure autant de bonheur. Je ne peux retirer mes yeux de lui, il fait naître un moi des émotions inédites et bouleversantes. Liam c'est l'homme de ma vie, car il représente mon idéal, ma moitié, mon essentiel... Je ne m'imagine pas vivre sans lui, c'est impossible, mon cœur se serre et c'est la panique. Liam est un homme parfait pour moi, on se complète parfaitement et avec lui je me sens plus forte, plus courageuse et plus en équilibre avec moi-même. Son sourire me rassure, m'apaise et me pousse à aller de l'avent. L'amour que je lui porte est tellement fort que parfois, j'ai la tête qui tourne, mais il est toujours là pour recevoir tout cet amour. J'aime Liam et je réalise que je serais prête à tout pour lui, même à mourir pour qu'il vive. Liam surprend mon regard insistant :

- Qu'est-ce qui se passe, ma puce ?

- Je me rends compte à quel point j'ai de la chance d'être auprès de toi, lui murmurais-je.

- Moi aussi je suis chanceux, me dit-il avant de m'embrasser, *je t'aime.*

- Je t'aime tellement.

Remerciements :

Je vous remercie, vous lecteur, qui m'avez laissé une chance, en lisant mon premier livre. Merci à vous !

Merci également à Frederick qui m'a offert la couverture, merci pour ton travail et ta patience.

Evelyne, mon amie qui a été là pour me corriger, me conseiller et m'encourager durant toute cette aventure extraordinaire.

Mon mari, mon premier lecteur, celui qui a toujours trouvé les mots pour me faire avancer et croire à cette aventure. Le premier à subir mes doutes, mes découragements et mes petits moments de folies à l'écriture de cette romance-érotique.

Je vous remercie !